Le conseiller

9, rue Vaneau, 75007 Paris
www.editions-temporis.com

ISBN : 978-2-37300-051-1

Le conseiller

Jean-Christophe Potton

TEMPORIS
éditions

A mon épouse et nos enfants, en souvenir des belles années de Montevideo et pour le bonheur qu'ils me donnent chaque jour.

Et pour tous ceux qui, comme Julien Ennac, veulent réussir leur vie, et ont du mal...

Les destins ne tiennent souvent à rien. Le 31 octobre 2009, Hector Mortaise, conseiller culturel de l'ambassade de France à Montevideo, tombait de l'estrade lors d'une fête patronale au bout du pays. Il avait été conduit par ses fonctions à danser avec la nouvelle Miss Colonia del Sacramento alors qu'il ne goûtait guère aux plaisirs du tango uruguayen. Il s'était fracturé la jambe et avait été rapatrié en France pour y achever plus paisiblement sa carrière.

La direction des ressources humaines décida de ne pas le remplacer, au nom des réductions d'emplois qui se mettaient en place dans le réseau diplomatique. Préoccupé, l'ambassadeur fit valoir les résultats du premier tour des élections présidentielles du dimanche précédent et la probable victoire au second tour de José Mujica, l'ancien Tupamaro. La direction politique appuya sa demande. Le cabinet du ministre reçut un appel des services : on ne pouvait affaiblir notre ambassade au moment où un guérillero, dont on connaissait mal les intentions, allait prendre les rênes d'une République sensible, coincée entre le Brésil et l'Argentine sur les rives du Rio de la Plata et de l'océan Atlantique. Un nom commença à circuler, surprenant. On ne savait qui l'avait prononcé en premier. A l'exception de son camarade de promotion Michel Dablanc, personne dans les hautes sphères n'avait entendu parler de cet obscur secrétaire de chancellerie, ce qui lui évitait bien des ennemis. C'est ainsi que Julien Ennac fut informé peu avant Noël qu'on lui proposait de devenir conseiller de coopération et d'action culturelle à Montevideo, fonction à laquelle ne le prédisposaient ni ses compétences personnelles, ni son niveau hiérarchique, ni son parcours jusqu'alors terne au sein du ministère.*

---

* Certains patronymes ont été modifiés.

Fou de bonheur, puis d'inquiétude, il accepta malgré les réticences de son épouse peu désireuse de quitter en cours d'année appartement et travail pour une destination aussi lointaine. Chacun pour leur part, la direction des ressources humaines, la direction politique, la direction des affaires culturelles et Michel Dablanc lui expliquèrent ce qu'on attendait de lui, provoquant une certaine brume dans son esprit. L'acte de nomination fut signé mi-janvier. Fin février, il prit en famille le vol Paris – Buenos Aires, connexion Buenos Aires – Montevideo. Il atterrit à Montevideo quelques jours avant la cérémonie d'investiture de José Mujica.

Chapitre 1

A l'angle de l'avenue Uruguay et de la rue des Andes, le palais Buxareo abrite l'ambassade de France depuis quatre-vingt-dix ans. Julien Ennac ressent une profonde émotion en apercevant le drapeau français sur la façade. Pour la première fois, il va servir son pays à l'étranger et en être le représentant. En sera-t-il digne ?

Il resserre sa cravate et sonne. Pas de mouvement. Il réitère et voit la porte s'entrebâiller sur un garde de sécurité.

- Julien Ennac, le nouveau COCAC, annonce-t-il fièrement, le nouveau conseiller de coopération et d'action culturelle. El nuevo consejero de cooperación y acción cultural, précise-t-il devant l'absence de réaction du garde qui ne parle probablement pas français. Pourrais-je voir el señor Carayon ?

Le señor Carayon est dans son bureau. Le garde fait entrer le visiteur et lui explique dans un espagnol qu'il ne comprend pas encore très bien qu'on ne lui avait pas ouvert parce que la caméra filmait au-dessus de sa tête. On allait mieux la régler, à sa taille. Ou peut-être l'homme lui disait-il qu'il pensait que les COCAC étaient plus grands.

Julien écoute vaguement, il a d'autres préoccupations. Il découvre l'intérieur du palais où vont maintenant s'exercer ses talents ou ses absences de talent. « *Le thé de ma mère a pris l'eau en pantoufle / Ce n'est pas grave. Le cric qui croque n'amasse pas mousse* ». Il regrette de ne pas échanger de mots de passe car il s'agit d'un château-fort.

L'escalier d'honneur, le marbre des colonnes et l'ampleur des lieux l'impressionnent. Il se sent petit, ce qui est d'ailleurs une appréciation exacte de la réalité car il l'est. Il se racle la gorge, serre son attaché-case contre lui, pense à Sophie et aux enfants laissés près de l'hôtel. Chemisette claire à manches courtes, soixantaine solide, visage carré, cheveux ras de légionnaire, le premier conseiller l'accueille dans son bureau climatisé du premier étage et le fait asseoir, soucieux.

- Cela ne va pas, Julien ?

- Si, si. Todo bien, todo bien.

- Un verre d'eau? Tu devrais faire attention avec le soleil, vois-tu. La couche d'ozone est percée dans cette région, il brûle sans qu'on s'en aperçoive.

- Vous trouvez que je suis rouge.

Il sent son visage aussi cramoisi qu'après trois verres de Tannat. Avant de rejoindre l'ambassade, il avait parcouru le quartier et ses rues larges et arborées, bordées de palais fatigués, d'immeubles bas aux frontons travaillés, de constructions des années 60 et de terrains inoccupés. Il s'était recueilli sur la place de l'Indépendance, au pied de la statue équestre du général Artigas. En contemplant le « *Libertador* » au-dessus de lui, il s'était promis lui aussi de conquérir la ville, mais il avait marché trop vite pour l'été uruguayen, promeneur isolé en costume sombre et cravate accrochée au cou comme un lasso ou la corde du pendu. Carayon sourit.

- On peut se tutoyer, tu sais. C'est la tradition.

- On tutoie aussi l'ambassadeur ?

Question saugrenue. Le sourire du premier conseiller s'élargit. Il en a reçu, des petits jeunes, après tant de postes dans tant de pays et tant de nouveaux venus auxquels il convient d'apprendre les codes de la vie diplomatique.

- Tu vas vite en besogne, toi. Essaie d'abord de gagner sa confiance. Pas facile, il est exigeant.

- C'est un despote ?

- Une machine intellectuelle super rapide et pleine d'idées. Avec l'enthousiasme des débutants, la foi des convertis, la naïveté de ceux qui croient pouvoir changer le monde, il est sacrément dangereux. On était plus tranquilles avec son prédécesseur.

- Poyet ?

- Le sommeil assuré. Il ne s'intéressait qu'à son chien. Un vrai pro capable de ne rien faire sans que cela se voie de Paris. Le nouveau, lui, il s'agite. Mais au bout du compte, Julien, est-ce que cela sert à quelque chose de s'agiter ?

Julien ne sait pas. Il a chaud et la climatisation congèle la transpiration qui colle sa veste et sa chemise à sa peau moite. C'est très désagréable.

- Où est-il ? demande-t-il.

Carayon fait un geste en direction d'une porte fermée. Un bureau quatre fois plus grand que le sien mais vide pour l'instant car François Foussier est en réunion au protocole pour régler les derniers détails de la visite des sénateurs.

- Il veut avoir l'œil à tout, explique le numéro 2 de l'ambassade en baissant la voix, penché vers son interlocuteur, c'est incroyable. Il ne laisse rien passer, on a l'impression qu'il ne fait confiance à personne. Peut-être a-t-il reçu des instructions. Tu arrives dans un moment de grande tension, Julien. Avec l'élection de Mujica, tout le monde est sur ses gardes...

Julien le sait. Il sera attentif.

Chapitre 2

Un bureau de chef. Carayon l'a conduit dans son nouveau royaume et laissé seul. Sympa ou pas, le premier conseiller, pas évident. Ce qui est sûr c'est que l'ambassadeur l'impressionne, mais que lui ne doit guère impressionner l'ambassadeur. « *Une autoroute devant moi, j'ai une autoroute devant moi avec un premier conseiller pré-retraité et une consule qui n'a pas dépassé mon grade malgré ses dix ans de plus. Si je me débrouille bien, je serai rapidement l'homme de confiance de Foussier, avant de trouver un moyen d'établir une relation plus personnelle entre nous. En somme, ce n'est pas trop compliqué...* ».

Boiseries, hautes fenêtres, étagères surchargées de livres, parquet ancien, un vrai bureau de chef comme il n'en connaîtra peut-être jamais à Paris. Il ouvre les tiroirs et ne trouve qu'un peu de la poudre dont se recouvrait Mortaise. Il a un mouvement de recul, c'est dégoûtant, on aurait pu faire mieux le ménage, puis il esquisse un sourire : lui aussi va peut-être s'y mettre pour cacher sa transpiration. Un Ennac poudré, quelle rigolade ! Les enfants vont adorer. Un Ennac poudré qui va danser le tango à Nueva Helvecia et se casser la jambe en tombant de l'estrade.

Il est en train de songer à l'accident de son prédécesseur qui avait libéré le poste quand la porte s'ouvre et qu'apparaît une silhouette mature.

- Monsieur le conseiller, prononce la femme, je suis Anita Méndez, votre secrétaire.

Julien a un mouvement d'hésitation, puis apparaît une seconde femme à peine moins âgée, Barbara Forlán, puis une troisième comme si elles se reproduisaient telles des champignons par temps de pluie. Il ne devrait pas être surpris, il connaissait la composition de son service et le profil des agents placés sous ses ordres : une attachée culturelle de soixante ans, une attachée scientifique de soixante-deux ans, deux secrétaires qui ont également dépassé la soixantaine et une volontaire internationale qui suit la coopération linguistique. Il s'est levé.

- Madame..., commence-t-il en s'adressant à la plus entreprenante des trois.

- Vous pouvez m'appeler Barbara.

- Barbara...

- On peut vous appeler Julien ? C'est plus pratique. Monsieur le conseiller, c'est vraiment long quand on se voit tous les jours.

- Je ne préfère pas, madame.

- Appelez-moi Barbara. Votre prédécesseur, c'était Hector. Il était ravi qu'on l'appelle Hector. Julien, c'est plus joli, plus moderne. Quand on pense que vous n'avez que trente-quatre ans.

- Vous êtes bien renseignée.

Elle s'esclaffe.

- C'est Robert, le premier conseiller, qui nous l'a dit. En pleine réunion de services, quand l'ambassadeur avait annoncé votre nomination, il s'était exclamé : « *On nous envoie des nourrissons, maintenant !* ». Il s'est aussi renseigné sur vous et nous a expliqué qu'on ne savait pas grand-chose, sinon que vous aviez de grands pieds.

Les trois femmes et Julien baissent instinctivement la tête en direction des chaussures du COCAC. C'est vrai qu'il a de grands pieds. Il est tellement vexé et furieux qu'il en a le souffle coupé. Jamais, à Paris, la secrétaire de Foucault, ou celle de Dampierre, n'oserait le millième de ce qu'il vient d'entendre. Doit-il exploser, garder son calme, expliquer du ton le plus froid possible qu'il va réclamer une sanction exemplaire pour un tel manque de respect, sanction conservée au dossier de l'agent, ou leur dire à toutes les trois qu'elles sont virées ? En tant que chef pour la première fois de son existence, chargé de plus de réduire de moitié le service – ce qu'elles ignorent encore –, il a droit de vie et de mort sur leur emploi. Ce pouvoir l'effraie. Resté debout, il est de plus en plus lointain, plongé dans ses pensées, face à des collaboratrices qui commencent à s'inquiéter et font venir la jeune attachée linguistique dotée d'un brevet de secourisme. Mais Julien ne souhaite pas être secouru.

- Ce n'est rien, déclare-t-il avec un geste de la main. Anita, pouvez-vous donner rendez-vous à chacune dans la journée de demain, pour que je vous voie en particulier et que nous fassions mieux connaissance ? En attendant, je dois retourner chez monsieur Carayon.

Il traverse la pièce. Les bureaux du service de coopération et d'action culturelle sont disposés autour d'un vaste patio de boiseries peintes, marbre en damier au sol et lumière naturelle du jour par la terrasse formant partie de son toit. Ces dames ont ajouté des plantes vertes grimpantes et aux murs pendent des photos grand format de paysages d'Arthus-Bertrand et de tableaux du Louvre.

La chancellerie abrite les bureaux de l'ambassadeur, du premier conseiller, de leur secrétaire et du chiffreur. Pour y entrer, il faut un badge dont Julien ne dispose pas encore. Anita l'accompagne.

- Merci, Anita, dit-il d'une voix qu'il veut aussi froide et professionnelle que possible. A demain.

La secrétaire se retire et le laisse seul avec le premier conseiller.

- Tu as fait connaissance de tes troupes ? sourit celui-ci. Un régiment de femmes du troisième âge dont tu vas découvrir qu'il est joliment efficace. Quelle désolation de devoir couper des têtes ! Tu vas avoir un dur travail car aucune d'entre elle n'a démérité.

Cela semble le réjouir, ce gros plein de soupe ! Julien lui en veut tellement pour le coup des chaussures qu'il se promet de le démolir aux yeux de l'ambassadeur avec toute la méthode, l'obstination et l'efficacité dont il se sait capable. Sa vengeance sera terrible.

- Il manquait l'attachée culturelle, murmure-t-il.

- Souvent malade, mais une sommité dans son domaine. Elle tutoie les ministres et materne les artistes.

- Je vais y aller.

- L'ambassadeur a confirmé ton rendez-vous demain à 10h00. Tu as intérêt à te reposer, Julien. Et mets de la crème sur le nez, sinon il va croire que tu as passé ta première journée à la plage.

Julien ne répond pas. Il trouve un taxi à qui il ne parle pas. Arrivé à l'appart-hôtel de Pocitos qui accueille les débuts de la famille Ennac, ses enfants lui font la fête, excités de ce qu'ils ont découvert de la ville. Sophie est plus calme et le badigeonne de crème hydratante.

Chapitre 3

Il ne dort pas. Il se revoit deux mois plus tôt à Paris, dans le bâtiment de la rue de la Convention où le ministère a installé sa direction des ressources humaines et va réunir une grande partie de ses services.

Il a choisi la cabine du fond. Le lieu est confortable, presque spacieux, avec le seul défaut d'un système d'économie d'énergie qui veut que sans mouvement détecté pendant quelques secondes, la lumière s'éteigne, plongeant l'occupant dans le noir le plus profond. Au début, il bouge toutes les trente secondes, puis se résout à l'obscurité. Cela aide à la méditation.

Foucault lui a dit qu'il s'était occupé de lui. Son ami Michel Dablanc lui a dit qu'il allait être surpris.

Il réfléchit. Que veut dire surpris ? Cela fait dix ans qu'il est au ministère et il n'a pas eu beaucoup de bonnes surprises. Entré par un concours qui lui avait paru sacrément ardu, il est agent de catégorie B, coincé entre les C, secrétaires, comptables, chiffreurs, et les A, agents d'encadrement et de conception, chefs de bureau, sous-directeurs, directeurs, premiers conseillers, ambassadeurs. Conscient de ses limites devant la feuille de papier et face à un jury, il vise la promotion au choix en catégorie A, promotion que Dablanc a obtenue voici déjà deux ans. Mais il n'a pas le talent de Michel, son entregent, ses réseaux. Il s'est appliqué dans des fonctions obscures avant de se dévouer à Foucault. Trois ans avec le tyran...

- Cela paiera, lui avait dit Dablanc.

Peut-être est-ce sur le point de payer. Ses pensées lui échappent. Promotion en A. Des postes plus importants. Un jour, premier conseiller avec un peu de ventre, une secrétaire et des frais de représentation. Et puis peut-être, en toute fin de carrière, ambassadeur.

Quelle progression pour un enfant sensible égaré entre une mère aimante et effacée, un père dominateur et absent, peu conscient d'avoir engendré un garçon suivi de deux filles blondes, et des institutrices qui en fin d'année n'avaient pas retenu son prénom ! Soucieux de s'élever au-dessus de sa condition, il s'est mis à travailler beaucoup à partir du CE2, ce qui lui valut d'emblée le qualificatif de « *fayot* » et les quolibets de ses camarades. Il parcourut péniblement le long processus scolaire, tête de turc rêvant à la fois d'être encore plus discret pour être oublié de ses voisins de classe, et de les écraser par ses mérites et son labeur. Les premières années de fac de langues à Créteil lui apportèrent un bref répit et lui permirent de rencontrer une certaine Sophie Yffenec, plus grande que lui sous bien des aspects et appelée à jouer un rôle important dans sa vie. La préparation aux concours administratifs le replongea dans l'ambiance imbécile qu'il exécrait : Michel Dablanc l'avait inclus dans son groupe des Six doigts de la main, les cinq autres doigts n'ayant meilleur passe-temps que de lui réserver leurs blagues pas drôles et de se moquer de ses capacités limitées et de son ardeur illimitée à la tâche. L'entrée au ministère des affaires étrangères le réjouit profondément car c'était la première fois que ses maigres mérites étaient reconnus. Il espérait se fondre dans la collectivité prestigieuse du Quai d'Orsay tout en accomplissant une progression professionnelle admirable.

Et voilà que l'ascension s'enclenchait enfin.

Il se lève. La position assise est inconfortable à la longue. Sa jambe gauche est parcourue de picotements. La lumière s'est rallumée, le calmant un instant. Avant d'être ambassadeur, il n'est pour l'heure qu'un simple secrétaire de chancellerie qui va être reçu par la DRH. Que va-t-il dire ? Que vont-ils lui dire ? Il faut préparer l'entretien.

Il ne reste que seize minutes. Il n'a pas dormi cette nuit, serré contre Sophie à qui il n'a rien annoncé pour qu'elle ne soit pas déçue si rien n'arrivait. C'est si soudain. En fin d'après-midi, il a reçu un appel du secrétariat de Foucault lui indiquant que la DRH souhaitait le voir en urgence. Pourquoi une urgence pour une promotion ? Il a tout de suite téléphoné à Dablanc qui, bien sûr, était au courant mais s'est contenté de prédire qu'il allait être surpris. Puis Foucault l'a convoqué pour lui demander d'obtenir de collaborateurs bornés, paresseux et incapables, pour le lendemain au plus tard, toute une batterie de notes inutiles. C'est à la fin de l'entretien qu'il lui a dit qu'il s'était occupé de lui.

- Pas trop tard ! s'exclame Julien face à la porte du cagibi, avant de se taire affolé et de tendre l'oreille.

Pris par ses pensées, il a relâché sa vigilance et ne sait si d'autres passagers ont pris place dans les cabines voisines. Pas un bruit, il respire. Compliqué de faire carrière au Quai d'Orsay. Le Département est très hiérarchisé et quand vous n'entrez pas par la grande porte, la progression ressemble à la montée d'un Everest sans piolet ni oxygène. A la force de vos seuls petits bras, et ceux de Julien sont particulièrement courts et peu musclés, vous n'irez pas bien haut. Il vous faut un chef de cordée qui puisse vous tirer, vous pousser, vous hisser. Le pari en allant travailler avec Foucault, directeur des coopérations et empereur des fous, était qu'il serve de chef de cordée. Il en avait le pouvoir. Peut-être a-t-il rempli son rôle.

Julien bombe le torse. Il est resté debout, mais n'a plus bougé depuis cinq minutes et le noir est revenu. Son torse est si modeste de proportions que le fait de le bomber ne suffit pas à rétablir le mécanisme de la lumière. Il bombe le torse dans le noir, face à la porte, son attaché-case sous le bras, sa tenue soignée, son parfum fleurant le propre, la fougère, le cèdre et la fleur d'oranger, sa coiffure impeccable, ses espoirs d'avenir. Trois ans d'enfer, mais la récompense d'une promotion en A qui va changer sa vie.

Il est l'heure. Il s'ébroue. La lumière se rétablit. Il sort du réduit dans lequel la chaleur devenait insupportable. Il se regarde dans la glace au-dessus des lavabos. Dernière inspection. Au matin, il avait sollicité Sophie pour la sélection de la tenue vestimentaire, sans lui donner de détail sur le rendez-vous qui l'attendait. Il lui avait simplement dit qu'il souhaitait passer le plus inaperçu possible.

- Etre insignifiant, avait-il expliqué, est un atout dans une carrière administrative. Tu ne fais peur à personne, personne ne te voit venir et un beau jour, tout le monde est stupéfait de te découvrir ambassadeur.

- Tu n'en es pas encore là, mon ami, avait-elle répondu en souriant.

- Je suis en route, mon amour. Je suis en route.

Il n'en est plus très sûr maintenant. Il a quitté les toilettes sous le regard suspicieux d'un agent de sécurité et avance dans l'étonnant couloir coudé du bâtiment métallique. Aile Gutenberg. Aile Ménard. De hautes structures d'acier vieilles d'un siècle, des bureaux ouverts des deux côtés, des agents occupés ou désœuvrés qui essaient de ne pas suivre des yeux la marche des visiteurs au milieu d'eux : on a l'impression de traverser à pied la mer Rouge avec les flots qui s'écartent devant vous.

« *Décomposé. Je suis décomposé* », se dit-il soudain. Il sent des auréoles se former sous sa veste et son front suinter d'une humidité qui fera mauvais effet. Il a eu trop chaud dans cette maudite cabine de chiottes et maintenant que le stress l'assaille comme une sève de printemps, son corps lui échappe et la sueur perle – « *perle* », belle expression ridicule, comme si la sueur sortait d'une huître et allait séduire ces dames. D'ailleurs, la secrétaire de Dampierre lui demande :

- Vous n'allez pas bien, M. Ennac ?

Non, il ne va pas bien. Le nœud de cravate est trop serré. Ce faux-cul de Foucault l'a viré, renvoyé aux écritures, condamné au placard éternel et chargé la DRH de l'en informer. Il a déjà trente-quatre ans et à son âge une régression, vu son statut, équivaudrait à une condamnation à la peine perpétuelle de ne jamais faire carrière.

« *Il n'y aura pas de seconde chance* » a-t-il envie d'expliquer à la secrétaire. « *Je ne mérite pas cela. J'ai tout sacrifié depuis trois ans, mon équilibre, ma vie de famille, ma santé. Et pendant les sept années qui ont précédé, j'ai été un employé modèle de cette magnifique Institution qu'est le Quai d'Orsay. Si notre diplomatie est aussi glorieuse, madame, c'est un peu grâce à moi. Si le ministre peut parcourir le monde avec des frais de mission, des programmes de rendez-vous et des notes d'entretien, c'est un peu grâce à moi. Si le président de la République, à l'Elysée, peut s'enorgueillir de la place de la France dans le monde, c'est un peu grâce à moi, voyez-vous. Aujourd'hui, pour tout remerciement, on va me renvoyer dans les soutes ? On va priver le Département de mon potentiel, certes méconnu mais que je sens immense au fond de moi. On va priver notre diplomatie de mes talents, certes moins éclatants que d'autres, mais complémentaires, utiles, indispensables. On a toujours besoin de plus petit que soi. Je peux rendre bien des services, moi. Comme je ne suis pas très malin, je ne suis pas aveuglé par ma propre intelligence et vois peut-être mieux le monde. Je n'ai pas d'ego. S'il le fallait, je pourrais récurer sans rougir les toilettes où je viens de passer une heure. Si c'était utile à notre Diplomatie. Madame, pouvez-vous l'expliquer à M. Dampierre et à ses chefs ? Vous devez bien les connaître. Surtout Dampierre que vous servez comme je sers Foucault. On me dit qu'il est odieux, lui aussi, comme Foucault en plus jeune. J'ai regardé l'annuaire, seulement vingt-neuf ans et déjà cadre A. Enfin, petit cadre A, entré ni par ENA, ni par Orient, mais par le concours de secrétaire des affaires étrangères cadre général. Il a tout à prouver, M. Dampierre, il doit être dur, rendre des services. Alors il est dur, nous le savons tous, il a sa réputation bien établie mais cela ne me fait pas peur. Je suis du même bois ».*

La secrétaire est inquiète. Elle le regarde, pas très grand mais un beau visage français, fin, bien dessiné si on prend le temps de le détailler, avec une belle peau un peu mate, de grands yeux sombres, des traits réguliers, des cheveux bruns toujours parfaits. Au cinéma, filmé en gros plan avec des partenaires de taille raisonnable, il pourrait jouer des rôles de jeune premier. Elle lui prend la main, comme pour mesurer son pouls. Julien Ennac a toujours provoqué un sentiment maternel chez les femmes.

- Vous n'allez pas bien, M. Ennac, dit-elle. Asseyez-vous là, je vous prie. Je vais appeler l'infirmerie, nous allons reporter l'entretien.

Panique.

- Non, non, je vais très bien, proteste-t-il.

Il est surpris par le son de sa voix. Il devine que ses joues sont écarlates. Son corps, enfermé dans le strict costume de laine anthracite, réagit comme s'il était dans un sauna.

- De toute façon, M. Dampierre est très occupé ce matin.

- Moi aussi, madame, je suis très occupé. Mon directeur, M. Foucault, tient à ce que ce rendez-vous ait lieu.

- Vous travaillez avec M. Foucault ?

- Je suis chargé de mission auprès de lui.

La secrétaire hoche la tête avec l'air de dire : « *Alors je comprends. Mon pauvre petit...* ». Elle est proche de la retraite et a vu tant d'agents défiler dans les bureaux des ressources humaines. Elle donne à Julien un rapport annuel de l'Agence française de Développement pour l'aider à patienter car M. Dampierre a du retard dans ses rendez-vous.

*

Arnaud Dampierre ne l'a pas reçu. Trop d'urgences à la DRH, rendez-vous reporté de deux jours.

En l'apprenant, Foucault a piqué une de ces colères qui assurent sa notoriété. Il a appelé sur le champ le Secrétaire général pour lui dire que s'il devait assumer lui-même les fonctions de chef de bureau du personnel, de secrétaire administrative et, pourquoi pas, de balayeur, il n'aurait plus le temps de s'occuper de l'influence de la France sur la planète, tâche pour laquelle il avait été nommé et pour laquelle il était payé – certes mal, mais payé quand même. Pas calmé, il avait convoqué Julien pour lui expliquer qu'en ne réussissant même pas à obtenir un rendez-vous avec un sous sous-fifre de la DRH, il ne pouvait espérer aller bien loin dans la vie – et pour lui annoncer lui-même le sort qu'on lui proposait puisque ce zozo de l'aile Ménard n'était pas capable de faire son travail.

Julien Ennac avait fini sa journée sonné. A 21h00, comme tous les soirs, il avait enfilé son lourd caban, noué son épaisse écharpe de laine échancrée autour de son cou d'autruche naine et affronté les rigueurs de l'hiver. Réfugié machinalement dans le métro, il ne se sentait plus la force de penser. Arrivé à l'appartement de la Porte de Bagnolet, le salon lui était apparu plus petit encore que d'habitude. Les enfants étaient couchés. Sophie a fermé son ordinateur. Elle l'a embrassé et il s'est collé dans ses bras. Puis il a expliqué.

Chapitre 4

A 8h00, il est le premier arrivé. Installé dans son bureau, il attend quarante-cinq minutes sa secrétaire et une demi-heure supplémentaire Barbara qui lui signale, réprobatrice, que son prédécesseur n'arrivait jamais avant 10h30. Les attachées scientifique et culturelle ne sont pas encore là et l'attachée linguistique a un rendez-vous à l'Alliance française. Il décide de convoquer sa première réunion de service pour le lendemain vendredi 8h00.

A 9h30, Carayon vient lui proposer de prendre un café ou de voir la consule. Julien choisit la consule avec laquelle le premier contact est bref et glacial : une femme aussi maigre que lui, beaucoup plus grande, au visage osseux, aux yeux sans couleur et au nez définitif. Elle a des mains immenses qu'elle ne cesse de bouger et de tordre, sans une bague ni un anneau. Ses cheveux sont gris, sa jupe est longue et de flanelle malgré la saison. Pas une jeune première ni l'incarnation de la gaieté, mais une austérité qui peut rassurer de la part d'un agent investi des sensibles pouvoirs de consul, et de la caisse du poste.

- Brouh..., rigole Carayon en remontant vers le patio des culturels, réfrigérante. Je ne l'ai jamais vu sourire.

- Elle vit seule ?

- Elle a un fils en France, étudiant en lettres. Pas d'autres relations connues, mais certainement une vie secrète inavouable. Elle s'entendait bien avec Mortaise, ce qui est quand même bizarre.

- Et avec l'ambassadeur ?

- Avec elle, c'est carré. Il a confiance en elle. Tu es prêt pour ton rendez-vous ?

Julien ne répond pas. Il y a pensé une partie de la nuit, sans oser en parler à Sophie qui ne semblait pas beaucoup dormir à ses côtés. Il sait que la première impression peut être décisive. Il sait aussi qu'il fait rarement bonne première impression.

*

- Monsieur l'ambassadeur ?

Il a cogné à la porte, pas très fort.

- Entrez, entrez, monsieur Ennac.

Un mélange d'émotions. En très peu de temps, on regarde le visage réel d'un homme dont on a étudié la photo pendant plusieurs semaines, on cherche à deviner si c'est un tortionnaire du style Foucault ou un débonnaire du style qui n'existe pas, on se demande si on a fait bonne première impression, on vérifie qu'il n'a pas jeté un coup d'œil vers les pompes disproportionnées, on rectifie la cravate couleur goudron en espérant qu'il ne la trouve pas grotesque ou de mauvais goût et on est impressionné par les lieux.

L'ambassadeur sourit.

- Asseyez-vous, monsieur Ennac... Un grand bureau, n'est-ce pas ? J'ai calculé, 60 m^2, 240 m^3. On logerait une famille parisienne.

Julien ne sait s'il doit répondre. A Paris, leur appartement de la Porte de Bagnolet fait 48 m^2 et 130 m^3.

- Mais on s'habitue, voyez-vous. Je n'ai rien changé à la décoration de mon prédécesseur, à l'exception de deux masques mortuaires de Charrúas qui trônaient sur la cheminée et terrorisaient les visiteurs. Savez-vous qui étaient les Charrúas ?

- Les Indiens d'Uruguay, monsieur l'ambassadeur, répond difficilement le conseiller, comme si les sons ne voulaient pas sortir de ses cordes vocales.

- Probablement peu nombreux, et exterminés par le général Rivera dans les années 1830. Quatre des derniers survivants ont été emmenés en France par un certain François de Curel pour être examinés par les savants de l'Institut et exposés dans les foires. Ils sont morts en moins d'un an, la seule femme des quatre ayant eu le temps, semble-t-il, de donner naissance à un fils à Lyon, ma ville natale. Peut-être ai-je du sang charrúa, monsieur Ennac ?

Il le fixe, presque aussi effrayant que les masques mortuaires aux cavités orbitales terrifiantes et aux dents acérées que Julien découvrira quelques jours plus tard dans une remise. La pièce bouge, le mal de mer, le corps de l'imperator au costume bleu nuit se déforme en face de lui. Oser fermer les yeux, reprendre ses esprits. Julien transpire. Il ne sait s'il doit parler. Il n'a pas l'expérience des ambassadeurs en ambassade, ni des fonctions de conseiller culturel avec les droits et les devoirs afférents.

- C'est là un des liens entre la France et l'Uruguay, mais pas de ceux dont on se vante, reprend Foussier d'un ton aimable qui cache peut-être le pire. Etes-vous parent avec Pierre Ennac ?

- C'était mon père.

- Un juriste remarquable, et bien plus que cela : un humaniste et un philosophe. Ses écrits font référence. Ce fut mon professeur à Sciences-Po et je dois avouer qu'il n'a pas dû garder un grand souvenir de moi.

Mon père ne gardait de souvenir de personne, monsieur l'ambassadeur, pas même de son fils. Seule sa grosse personne comptait. Il a ignoré et écrasé ma mère dans un même mouvement, ce qui n'est pas si facile, il ne s'est jamais soucié de m'enseigner quoi que ce soit et s'est même arrangé pour léguer la majeure partie de son patrimoine et de ses droits d'auteur à une fondation portant son nom. Un être peu recommandable, monsieur l'ambassadeur, dont j'ai du mal à chérir la mémoire.

Nouveau silence. L'Excellence observe son collaborateur. Physique agréable, certes, mais trop fluet et regard inquiet. Pour sa part, face à celui qui va le diriger ces trois prochaines années et jouer un rôle décisif pour sa promotion ou sa non-promotion en catégorie A, le jeune conseiller échangerait tous ses souvenirs d'enfance contre un peu plus de prestance.

- Bon, reprend le chef de poste un peu hésitant. Bienvenue sur notre bateau, monsieur Ennac. L'Uruguay est un beau pays, mais l'ambassade traverse une période difficile avec les réductions d'emplois que Paris nous impose.

Julien montre par un signe discret qu'il comprend.

- Le service culturel ne sera pas le seul concerné, Julien. Le consulat verra ses effectifs réduits et des économies toucheront le service commercial, l'attaché de presse, le chiffre et la gestion matérielle de l'ambassade confiée, comme les tâches consulaires, à la consule. **Mais nous**

ne fermons pas ! Au contraire, je peux vous le dire, nous allons être plus actifs encore que par le passé et le faire savoir. Votre action sera déterminante car c'est en matière de coopération culturelle, scientifique et universitaire que notre présence est la plus visible. Il faut faire du bruit, montrer que nous sommes là, que nous existons, que nous travaillons dur à maintenir et améliorer la qualité exceptionnelle des relations entre nos deux pays. Je compte sur vous, Julien ! Vous avez compris votre mission ?

- Oui, monsieur l'ambassadeur, répond le COCAC avec une assurance qu'il est loin de ressentir car, jusqu'à présent, on louait plutôt son invisibilité que sa capacité à faire du bruit.

François Foussier semble satisfait. Julien a remarqué depuis longtemps que les chefs aiment ce type de réponse.

- Je vous aiderai. Vous êtes jeune et si vous avez été choisi pour un poste aussi compliqué, c'est que vous en avez l'étoffe. Appuyez-vous sur le premier conseiller qui a l'expérience des vieilles troupes. Ayez de bonnes relations avec notre consule, parfois un peu raide mais précieuse et d'une grande fiabilité. Nous avons la chance de pouvoir compter sur des agents uruguayens de qualité souvent exceptionnelle, au moins comparable à celle des agents expatriés : travaillez avec eux dans un climat de confiance, vous apprendrez d'eux énormément, ils sont la mémoire de l'ambassade.

Il est grand, mince, soigné, costume bien coupé, cravate Hermès finement nouée. Il paraît calme, organisé, sévère, sûr de lui, un adulte construit, raisonné et ambitieux, parfaitement dans le présent. Cet homme proche de la cinquantaine l'intimide. Il reprend :

- Julien, on a dû vous dire que l'élection de José Mujica avait inquiété les chancelleries. On craint des troubles ou une déstabilisation de la région, même si personnellement je n'y crois pas. Dans vos fonctions, vous allez être amené à rencontrer nos partenaires culturels et scientifiques, ainsi que d'anciens exilés de la dictature dont certains sont proches du nouveau président. Tenez-moi informé de tout ce que vous apprendrez, cela peut être important.

Julien opine, concentré. L'ambassadeur n'est pas au courant de la mission que Michel Dablanc lui a confiée au nom du boulevard Mortier* : se taire, observer et rendre compte. Personne à l'ambassade n'a été mis dans la confidence et lui-même doit garder le secret le plus absolu, y compris avec Sophie. Il est conscient de la difficulté d'une tâche qui a fait naitre dans son esprit des visions de cols de manteau relevés, chapeaux mous et espionnes russes incendiaires. Mais il est conscient également de la chance qu'on ait pensé à lui en haut lieu.

François Foussier lui demande maintenant quelles sont ses attentes dans ce nouveau poste.

- Remplir correctement mes fonctions, monsieur l'ambassadeur, répond-il en sortant de ses songes. Vous servir et mettre en œuvre vos priorités.

Il est sur le point d'ajouter « *travailler pour la grandeur de mon pays* », mais sent que c'est peut-être trop.

---

* Le boulevard Mortier est le siège de la DGSE, direction générale de la sécurité extérieure appelée également la « *Piscine* » ou la « *Boite* ». La DGSE est en charge du renseignement hors de nos frontières.

- Vous pourrez également faire preuve d'initiative, sourit l'Excellence. Sur le plan personnel, vous êtes venu avec votre femme et vos deux enfants ?

- Oui, monsieur l'ambassadeur.

- Vous allez les inscrire au Lycée français, je suppose ?

- Oui, les enfants.

Julien avait voulu être précis, mais se rend compte que l'ambassadeur peut penser qu'il se moque de lui. Il devient écarlate.

- Quel âge ont-ils ?

Profond soulagement, son chef n'a pas pris la mouche.

- Cinq et sept ans, monsieur l'ambassadeur.

- Que va faire votre femme ?

- S'occuper d'eux et continuer de travailler à temps très partiel pour la société de traduction qu'elle a créée à Paris. Elle est heureuse de venir en Uruguay.

Pourquoi a-t-il ajouté cela ? Ce n'était vraiment pas nécessaire, ni forcément exact.

- Pas facile pour les épouses, commente Foussier, pensif. Je vous conseille de l'associer à vos activités et de mener avec elle une vie sociale épanouie. Il n'y a rien de pire que l'isolement à l'étranger, et c'est malheureusement ce qui arrive trop souvent à nos conjoints…

« *Oui, monsieur l'ambassadeur* », approuve Julien docilement. Il a envie d'ajouter que Sophie ne sera pas isolée puisqu'ils vont s'installer dans le quartier de Carrasco et qu'elle pourra sympathiser avec sa future voisine, madame Foussier. Mais il se tait.

L'entretien s'achève. Foussier raccompagne son collaborateur à la porte et s'assied face à ses dossiers, le regard dans le vague. Il ne sait que penser de son nouveau COCAC.

Julien rejoint son bureau et s'assied sur son fauteuil de cuir noir, le regard dans le vague. Il ne sait que penser de son ambassadeur.

Chapitre 5

Dimanche 28 février 2010, Julien a déjeuné à la résidence, puis regagné l'appart-hôtel de Pocitos. Il n'a rien dit de l'après-midi. Il n'a rien dit en début de soirée, jusqu'au coucher des enfants. Là, il n'en peut plus.

- Tu n'imagines pas, mon chou. Tu n'imagines pas !

Sophie Ennac n'imagine pas très bien. Cela fait quatre jours qu'ils vivent dans un appartement plus petit que celui de la Porte de Bagnolet, avec une climatisation qui fonctionne quand elle veut, une douche sans eau chaude et la compagnie de petites bêtes dont elle a vite retenu le nom : « *cucarachas* », cafards. Pendant que son mari fait des ronds de jambes à son chef et règne sur son harem de vieilles dames, confortablement installé dans son vaste bureau climatisé, elle doit canaliser l'énergie des enfants et se mettre en quête d'une maison à louer auprès d'agents immobiliers qui ne parlent pas un mot de français.

- Je prends la caméra, tu vas filmer, s'enthousiasme Julien. Je viens de vivre un des grands moments de notre vie, peut-être le plus grand moment de notre vie.

Bernadette Soubirous à sa première rencontre avec la Vierge de Lourdes ne devait pas avoir l'air plus ébloui. Julien Ennac avait eu une révélation. Peut-être avait-il vu Dieu ou rencontré le bonheur ?

- Bon, soupire Sophie résignée qui dirige l'objectif vers le visage excité de son mari et enclenche l'enregistrement. Alors ?

Service minimum. Ce n'est pas la grève des personnels de Cognac Jay, mais le service minimum du service public de la maison Ennac. La grande professionnelle est fatiguée. Elle se demande si elle bien fait de suivre son petit homme de l'autre côté des océans, pour être encore plus négligée qu'à Paris. Ses parents lui manquent, sa sœur, le confort de la Porte de Bagnolet, l'exercice intellectuel de ses traductions. Elle est devenue une secrétaire surnuméraire du COCAC, chargée des enfants et de la logistique de sa vie privée. Elle est plus jeune que les autres secrétaires, mais n'en retire aucun avantage. Elle n'est même pas rémunérée pour son travail de quinze heures par jour, week-end compris.

- Alors, répond Julien, alors vaisselle en porcelaine de Sèvres, verres de cristal d'Arques, couverts d'argenterie aux armes de la République française, maître d'hôtel en smoking, serveuses en grande tenue qui préviennent vos moindres désirs, coupelles d'argent pour le pain, mousseline de mousseline en entrée avec sa salade de Saint Jacques au vinaigre de romarin, la plus tendre et savoureuse viande du monde en plat principal accompagnée de terrines de légumes froids et gratin dauphinois, un gâteau extraordinaire et léger en dessert dont j'ai oublié le nom – mais j'ai gardé le menu imprimé avec ses enluminures et ses symboles officiels – et dont je n'oublierai jamais l'explosion de fraîcheur quand on le déguste, et le Tannat, le Tannat, ce vin uruguayen lourd et spirituel au tannin chargé et capiteux. Le Tannat, vous ne pouvez pas imaginer, le meilleur du monde.

- Tu as bu du vin ? ne peut manquer de s'étonner madame Ennac.

- Cela aurait été très impoli de refuser, mademoiselle. J'étais en bout de table, mais les sénateurs me regardaient. L'ambassadeur m'a même demandé si j'aimais son vin. Vous vous rendez compte de son attention ? Il avait deux sénateurs à sa table, le premier conseiller et la consule, et il me demande à moi, le jeune et nouveau COCAC, si j'aime son vin. C'est incroyable.

Sophie ne trouve pas cela si incroyable. En revanche, elle est un peu inquiète de savoir que son mari a de nouveau goûté aux plaisirs des vins locaux, après les excès du récent dîner parisien avec les Six doigts de la main. Pourvu que les émotions de la vie diplomatique ne le conduisent pas à un alcoolisme mondain auquel son corps fragile aurait du mal à résister.

- Un grand homme, Foussier, vous savez. Il a été brillant. Il nous a fait un exposé incroyable sur l'Uruguay. Les sénateurs buvaient ses paroles. En quelques phrases, on savait tout, on avait tout compris. Tout ce que j'avais lu avant de venir s'éclairait. C'était fascinant.

« *Fascinant* » est bien le terme. La journaliste d'un soir connaît la remarquable capacité de son homme à se laisser fasciner par ses chefs : une malédiction pour la famille, mais un réel atout professionnel

- En plus, continue Julien intarissable, il parsemait son exposé d'anecdotes amusantes. Il a un humour incroyable. Nous avons beaucoup de chance d'être tombés sur lui, Sophie.

Julien est tellement excité qu'il a appelé son intervieweuse Sophie, dérogeant aux règles habituelles de l'exercice. Mais il ne s'en rend pas compte et revient à la beauté de la résidence, la qualité de l'apéritif, les serviettes de table brodées des armes de la République, le délice du café accompagné de petits fours au chocolat, pralines et dulce de leche. Sophie coupe le son et l'image.

- Cela suffit, Julien, fait-elle en reposant la caméra d'un geste brusque. C'est peut-être une nouvelle fois le plus beau jour de ta vie, mais pas de « *notre* » vie. Je n'y étais pas, moi, à ton déjeuner. Je m'occupais des enfants. Ils ont chaud, ils tournent en rond, ils te réclament, ils passent leur temps à vouloir aller à la plage où il n'y a pas un centimètre d'ombre et à vouloir se baigner dans les eaux douteuses du Rio pour attraper des pustules et des infections que je devrai ensuite soigner. Il faut trouver notre maison rapidement, Julien.

Le conseiller est passablement énervé de devoir passer du raffinement du déjeuner aux contingences de leur installation matérielle... Il a l'impression que seules les questions triviales intéressent son épouse.

- Nous venons d'arriver, Sophie ! Il faut du temps. Les sénateurs repartent mercredi, je serai plus libre ensuite.

- Toujours demain...

- Tu sais, je crois que nous allons bien nous entendre avec les Foussier. Sa femme co-présidait le déjeuner. Très belle, vois-tu, très distinguée. Le seul problème est qu'elle est plus petite que toi : il ne faudra pas que tu lui donnes l'impression de la dominer.

Insupportable. Elle avait épousé un mari insupportable.

- Tu vas la voir mardi, continue-t-il. L'ambassadeur nous invite au cocktail de départ des sénateurs. Il y aura plus de cent personnes, tous les Français qui comptent et les autorités uruguayennes. Il faudra que tu sois élégante, mais pas trop pour ne pas faire d'ombre à madame Foussier. Tu es bien sûr un peu plus jeune qu'elle, comme j'ai été nommé très jeune sur ce poste, mais il ne faut pas que cela la gêne. Je crois que vous allez bien vous entendre.

- Je n'irai pas.

*

Semaine particulière. Les sénateurs sont arrivés samedi. Dimanche, déjeuner donné en leur honneur. Lundi 1er mars 2010 est jour férié en raison de la cérémonie du « *paso de mando* », transmission de la charge de président de la République entre Tabaré Vázquez qui l'exerçait depuis cinq ans et José Mujica élu fin novembre. L'événement aura lieu place de l'Indépendance devant une foule considérable d'officiels et d'anonymes. Sur l'esplanade, les services de la présidence ont monté une estrade aux pieds de l'immense Artigas – là même où Julien s'était promis de conquérir Montevideo. En face, ils ont disposé trois parterres de chaises alignées, l'un pour les ex-présidents de la République, les chefs de partis politiques uruguayens et les principaux sénateurs et députés, le second pour les grands et un peu moins grands de ce monde, le haut prince Felipe de Bourbon, M. et Mme Kirchner, la présidente chilienne, le président vénézuélien, la secrétaire d'Etat américaine Hillary Clinton, les sénateurs français, et le troisième pour les ambassadeurs et membres du corps diplomatique. Derrière, autour, le peuple se massera dans la ferveur et le bruit. Et parmi le peuple, Julien Ennac. On a beau être conseiller culturel et avoir rang de numéro 3 ex aequo de l'ambassade de France, on ne fait pas encore partie de l'élite mondiale. Julien n'a pu se procurer d'invitation pour les chaises, il devra se mêler à la foule pour tenter d'apercevoir l'événement.

Il est arrivé bien avant l'heure, accompagné de Sophie et des enfants. « *C'est un peu notre prise de fonction* », leur avait-il répété depuis le matin, sans ajouter que le Quai d'Orsay devrait prévoir un acte symbolique de passage de joug et de fouet entre Foucault et Foussier. « *Les enfants vont être marqués par la solennité de l'instant, ils s'en souviendront toute leur vie* ».

La foule est compacte. Il avait pensé accéder à la place par l'avenue 18 de Julio, mais celle-ci est bloquée. La famille Ennac progresse par la rue Colonia praticable jusqu'à l'intersection de Convención, difficile de se frayer un passage plus avant. Julien a appris par cœur le plan du quartier et descend un échelon supplémentaire pour remonter par Andes ou Florida, sans plus de succès. L'assistance est de plus en plus dense et bruyante, on les embrasse, on leur tape dans le dos, on leur dit que c'est le plus beau jour du pays.

Seul, quasi transparent et aussi mince qu'une anguille, le conseiller parviendrait à se glisser jusqu'à la place. Avec les enfants et Sophie, c'est plus difficile. Il pense un instant les abandonner, mais renonce car son devoir de mari et de père est d'associer sa famille aux grands moments de sa vie. Et, indubitablement, il est en train de vivre un grand moment, l'avènement du chef de l'Etat dans lequel il a pour mission de servir. Dans cinquante ans, songe-t-il en recevant dans l'œil le coude pointu d'une dame imposante, je me souviendrai de ce jour et mes enfants s'en souviendront aussi.

- Papa, tu nous achètes un drapeau ? crie Cédric.

- Et une glace ? ajoute Gaël.

Il se penche pour essayer de les entendre. Un thermos lui heurte le nez. Sophie en a assez. On va essayer de contourner par l'avenida Uruguay et remonter à l'assaut de l'autre côté. Il faut se hâter maintenant, car l'acte va commencer. Sophie enduit le visage des enfants d'une nouvelle couche de crème protectrice et leur fait boire l'eau qu'elle vient d'acheter à un vendeur ambulant. Arrivés rues Ciudadela et Juncal, l'encombrement est encore pire. Un homme agité au large bassin et épaules étroites leur hurle à l'oreille :

- Vous êtes étrangers ?

- Nous sommes français, répond Julien.

- Le pays de la Révolution, du 14 juillet et des droits de l'Homme ! s'exclame l'Uruguayen en l'étreignant. C'est grâce à vous que notre président a été élu, le président de la liberté et de l'égalité ! Regardez les drapeaux officiels de la République orientale de l'Uruguay : le principal, neuf bandes horizontales bleu clair et blanches avec dans un coin un large soleil souriant ; celui d'Artigas, bleu, blanc et rouge dessiné par un peintre français d'après vos trois couleurs ; et celui des « *Treinta y Tres* », les artisans de l'indépendance, bleu, blanc et rouge également, avec notre devise « *Libertad o Muerte* ». Deux de nos trois drapeaux sont copiés du vôtre !

« *La Liberté ou la Mort* » ! Cela n'intéresse pas Julien qui prend de la distance et cherche un moyen de fendre la marée humaine. Une trompette résonne. Un groupe de tambours candombe se fraie un passage. Il essaie de les suivre mais est retenu par l'homme qui n'a pas fini son exposé.

- Enfin la justice à la tête de notre pays ! « *Libertad, igualdad, fraternidad* ». J'étais adolescent dans les années 60, cher monsieur. J'ai aidé les Tupamaros. J'ai été blessé par balle. J'ai fait de la prison pendant la dictature. C'est aujourd'hui le plus beau jour de mon existence : un Tupamaro à la tête de mon pays ! Mujica, tout le monde le connaît ici, il va changer notre vie et le monde entier va regarder ce qui se passe en Uruguay. Vous n'allez pas être déçu, jeune homme...

Julien n'en doute pas. Les tambours ont disparu. Il se hisse sur ses grands pieds pour tenter d'apercevoir l'événement : impossible, c'est trop loin, trop de monde entre lui et la cérémonie.

- Comment peut-on accéder à la place ? demande-t-il.

Il a pris son passeport diplomatique mais n'est pour l'instant pas parvenu à atteindre un contrôle de police. Il ne sait si le brandir à la foule hystérique sous la chaleur est une bonne idée.

- Le Dieu des bourgeois est partout, répond l'individu, mais on le ne voit jamais. Notre Mujica à nous est partout, pas besoin de le voir non plus pour sentir sa présence. Il est en même temps ici et sur la place.

- Vous devriez essayer par le Solís, intervient un autre personnage à la chemise ouverte sur un torse poilu, le thermos d'eau brûlante sous le bras, la calebasse de maté à la main et le visage écarlate sous une casquette jaune et noire de club de foot. L'entrée sur l'esplanade est plus large.

Malin ! Julien se dégage et traîne les siens jusqu'à la rue Juan Carlos Gómez pour traverser la piétonnale Sarandí. De la place Independencia s'élève une clameur. Ils aperçoivent le palacio Salvo mais pas la tribune et encore moins la silhouette ramassée du nouveau président. L'accès par le Solís est aussi saturé que les autres. Impossible d'avancer. Une femme vient leur dire que c'est un jour sans cravate car Julien a trouvé le moyen, malgré la foule et la canicule, de s'habiller d'un costume sombre et d'une cravate grise.

- Pepe n'a jamais porté de cravate de sa vie, ajoute-t-elle fièrement. On n'a pas besoin de cravate pour être respectable.

Julien n'a pas compris et lui demande de répéter. Elle explique que Pepe, José Mujica, n'a jamais mis de cravate de sa vie et a acheté pour la première fois une veste pendant la campagne électorale, parce que son grand ami Lula du Brésil lui avait dit que pour des gens comme eux, venus du peuple et se battant pour le peuple, c'était la seule façon d'être pris au sérieux.

- Je sais, madame, répond-il poliment.

- C'est un homme comme nous qui a été élu à la présidence. Un homme simple et bon.

- Oui, madame. Pouvez-vous prendre mes enfants sur vos épaules, s'il vous plaît ? Comme vous êtes plus grande que moi, ils verront peut-être quelque chose.

Par solidarité internationale, la femme s'exécute. Cédric est hissé en premier et cherche des yeux la couronne et le carrosse du prince d'Espagne. Mais ils sont décidément trop loin, on n'aperçoit rien de la place et des invités d'honneur. Gaël grimpe lui aussi. Il agite ses petits bras sans parvenir à attirer l'attention des grands et moins grands de ce monde. Un spectateur maigre apparaît. Il dévisage Julien sans beaucoup de sympathie.

- Vous travaillez à l'ambassade ? demande-t-il.

- Oui. Non..., répond Julien qui ne sait trop s'il doit se dévoiler.

- Vous direz à l'ambassadeur de France que votre pays doit choisir. Le président Mujica est le meilleur ami de Fidel Castro et du comandante Chávez. Avec l'aide de Cuba et du Venezuela, nous ferons la révolution nécessaire en Uruguay et sur tout le continent, que cela vous plaise ou non. Dites à monsieur Foussier que nous sommes prêts à engager les négociations.

- Quelles négociations ?

Mais le messager a disparu, abandonnant un Julien décontenancé qui se laisse bousculer sans réagir. Sophie est à bout de patience, tâchant de se dépêtrer du mari de la grande femme qui ne cesse de lui dire que l'élection d'un Tupamaro signifie la fin de l'exploitation du pauvre par le riche. Les enfants n'ont plus vu le ciel depuis leur court séjour sur les épaules de la dame. Ils essaient de respirer entre l'estomac des nabots et les fesses des géants. Un homme âgé, tiré à quatre épingles, s'approche de la famille Ennac.

- Il faut excuser mon peuple, explique-t-il dans un français presque sans accent. Nous vivons un jour de revanche. Beaucoup croient qu'un des leurs accède au pouvoir alors que José Mujica n'est qu'un politicien avide de reconnaissance et de désordre. Dans les années 60 et 70, il a été un des chefs des guérilleros tupamaros. Il a attaqué des banques, participé à des attentats, a tiré, tué peut-être, a reçu des balles, a été prisonnier de droit commun avant d'être prisonnier politique. Il n'a pas réussi à renverser notre République avec ses bombes, mais il a réussi à provoquer une dictature militaire de douze années pour rétablir l'ordre. Il va à nouveau installer le désordre et la violence. Vous savez, un homme né violent reste violent toute sa vie.

Julien n'a pas envie de parler politique, et encore moins d'entendre porter de telles accusations sur un président de la République désormais en exercice. Heureusement que l'homme s'exprimait en français, sinon il aurait été lynché par la femme, son compagnon et tous les compañeros qui les entourent. Et avec lui, n'auraient pas pesé bien lourd ces étrangers portant la cravate bourgeoise et contre-révolutionnaire.

- Le sang chauffe avec l'alcool et l'absence de couche d'ozone, souffle-t-il à l'oreille de son épouse, il faut mettre les enfants à l'abri. Peux-tu refaire le tour et m'attendre avec eux devant l'ambassade où vous serez en sécurité ? Pendant ce temps, je vais essayer de rejoindre la place pour voir quelque chose et prendre au moins une ou deux photos.

Sophie acquiesce en précisant que s'il tarde trop, ils retourneront à l'hôtel.

Julien embrasse ses enfants comme s'il n'allait jamais les revoir et sort son calepin d'une poche intérieure de sa veste. Il griffonne en tentant de se protéger des remous de la foule : « *Nous sommes face à un mouvement profond. L'élection du président Mujica a divisé le pays comme il ne l'a plus été depuis les années 1970. L'Uruguay va-t-il se scinder ? La faction la plus révolutionnaire va-t-elle reprendre la lutte et l'étendre à la région ? Dois-je transmettre à l'ambassadeur le message de la personne qui m'a abordé ? Tout ceci est fort excitant.* » Puis il se jette en direction d'Artigas. En une demi-heure, il a franchi plusieurs couches de population lorsqu'une brèche se présente. Il peut accélérer et accéder au Graal, juste à temps pour voir les derniers héros de la garde républicaine quitter les lieux dans un ordre malmené par les badauds et la liesse générale. Pas de trace de Mujica ni du prince de Bourbon, sans parler de Mme Clinton que les services de sécurité américains ont exfiltrée depuis longtemps. Les sénateurs ont disparu, probablement récupérés par un Foussier au visage rougi par l'effort. Julien regarde Artigas. Il pense au Fabrice de Stendhal qui avait passé sa journée à Waterloo sans trouver les combats. Lui n'a pu atteindre la place, apercevoir les sommités, regarder Mujica recevoir l'écharpe des mains de son prédécesseur, écouter le discours promettant plus de justice et d'amour entre les Hommes. Il contemple son appareil photo : rien n'est gravé de cette journée qui lui a échappé, il ne pourra envoyer en France le portrait d'Hillary Clinton ou celui, mieux encore, du jeune COCAC posant, minuscule, avec l'interminable prince de Bourbon. Il ne pourra déposer sur son bureau à l'ambassade le cliché du conseiller culturel entouré des deux sénateurs et de l'ambassadeur, avec en arrière-plan José Mujica faisant la bise à Cristina

Kirchner et recevant l'accolade d'Hugo Chávez. Il ne pourra montrer à ses enfants, dans vingt ou cinquante ans, la photo de leur père paradant en plein centre de cet événement historique. C'est très agaçant de n'être qu'un élément négligeable de l'Histoire de l'humanité.

Chapitre 6

Sophie a fini par céder. Sa présence paraissait si importante aux yeux de son mari qu'elle a accepté de confier les enfants à la garde d'une nièce d'Anita Méndez et de revêtir sa tenue numéro deux d'épouse de COCAC. Pas de maquillage, mais beaucoup de nervosité dans le taxi. Il fait encore jour. Bien malgré elle, elle est impressionnée, d'autant que Julien lui a dit qu'on allait s'approcher des secrets du monde ! La résidence de France est une belle villa au milieu d'un parc de cinéma. Face à la terrasse, la pelouse semble avoir été tondue aux ciseaux. Plus loin, la piscine s'insère dans le décor d'un second édifice aux contours florentins. Les massifs de fleurs rythment le paysage. Les arbres les plus divers, pins, cèdres, avocatiers, palmiers, palos borrachos, eucalyptus, élèvent le regard jusqu'aux cieux.

A l'entrée du salon, M. et Mme Foussier les ont accueillis. Lui, très grand, brun, le visage ouvert et souriant, l'air affable et un peu froid. Elle, petite, blonde, mince, très élégante, aux yeux bleus inquisiteurs qui l'avaient détaillée de la tête aux pieds. « *Mon épouse, Aurélie. Oh, pardon, Sophie* », avait bégayé Julien. « *Elle ne parle pas encore espagnol* », avait-il ajouté sans raison. Mme Foussier n'avait rien dit. M. Foussier avait souri et leur avait souhaité la bienvenue avant de passer aux invités suivants, des Français gras et importants.

Belle réception. Dans sa longue jupe noire et son chemisier vert pâle sous une veste noire aux épaulettes remontées, Sophie est tendue, hésitante. Avec ses talons demi-hauts, elle domine son mari d'une bonne demi-tête, ce qui arrange plutôt le conseiller culturel qui pense que, physiquement, elle donne une meilleure image de leur couple. Ils circulent dans la pièce, ne connaissant personne hors les sénateurs en mission et les diplomates de l'ambassade.

Julien n'est pas encore dans l'ambiance. Il pense au costume de l'ambassadeur. Un costume noir. Parfaitement noir, il faut oser. Lui s'habille en gris, gris sombre ou gris anthracite pour varier, parfois bleu marine. Mais noir. Noir avec une cravate rouge. Cela fait sérieux, il est grand, il peut se le permettre. Un COCAC peut-il être en noir avec une cravate rouge ? Il posera la question à Sophie lorsqu'ils regagneront leur appart-hôtel en fin de soirée. Autour d'eux, les hommes sont plus grands que lui avec un mélange de costumes sombres et de costumes clairs car c'est encore la saison. Il n'a jamais osé le lin, ni le beige, tout juste un trois-pièces de tissu léger gris clair qu'il aime à porter avec une cravate gris sombre à nœud étroit. L'idée est de cacher son corps, pas d'être beau. La beauté est intérieure, et de toute façon n'est pas un concept pertinent d'auto-analyse. Si Sophie ou Aurélie avaient dû l'aimer pour sa beauté, cela se saurait. Quant aux femmes, elles ne sont pas toujours belles. Le salon de l'ambassadeur n'est pas le podium d'un défilé de mode et certains des mannequins qui l'occupent ont des années et des kilos en excès qui rendent leurs recherches vestimentaires parfois déconcertantes. Mais quand même, cet amas de gens considérables est pesant et les Ennac se sentent de plus en plus isolés. Comme à une bouée de sauvetage, Julien se raccroche à la raide consule qui passe à portée d'arraisonnage, aussi isolée qu'eux mais indifférente et supérieure. Elle les conduit au proviseur du Lycée français qui leur confirme que Cédric et Gaël ont été acceptés et feront leur rentrée le lendemain.

- Seront-ils dans les mêmes classes que les enfants de l'ambassadeur ? demande Julien.

C'est le souhait qu'il avait exprimé lors de leur contact téléphonique et la requête que Sophie avait pour mission de présenter au directeur du primaire. Rompu aux méandres des complexités diplomatiques, le proviseur a toutefois estimé que la mixité sociale était un risque qu'il ne devait pas courir : on ne mélange pas les enfants de son Excellence avec ceux des collaborateurs. Il explique que les rejetons seront dans la même année mais dans des classes différentes, « *afin de répartir plus équitablement les rares élèves français* ». Furieux, Julien ne dit rien mais se promet de saquer la prochaine notation du bonhomme dont il est, quelque part, le supérieur hiérarchique. Sans y mettre beaucoup de formes, il entraîne son épouse à l'écart.

- Tu te rends compte ? lâche-t-il à voix basse. Il ne m'obéit même pas ! Je ne vais pas le rater à la première occasion, celui-là !

- Ce n'est pas si grave, Julien...

- Il faut que nos enfants soient les amis des enfants de Foussier. C'est capital.

*

La réception enfle, le remous des visages inconnus. Carayon apparaît.

- Alors, la première impression ? demande-t-il après les salutations d'usage. Pas jeunes, les Français d' Uruguay ?

Il est accompagné d'une créature voluptueuse et sans âge, aux lèvres boursoufflées et à la poitrine anormalement développée dans une robe un peu trop ouverte. Il l'a présentée comme Raquel, sa compagne, ex-miss Venezuela ne parlant pas français. Raquel regarde de haut le nouveau conseiller culturel, comme pour soupeser son influence future, et détourne la tête avec ce qui pourrait ressembler à de l'indifférence ou du mépris si la peau tendue de son visage pouvait exprimer quelque chose.

- Venez, je vais vous présenter au directeur de l'Alliance française, continue le premier conseiller.

Joseph Brun est un homme musclé de taille moyenne, à moustache et poils noirs. Il est accompagné d'un ami Roumain rencontré lors d'un poste précédent à Bucarest.

- Content de vous connaître, dit-il à Julien en lui broyant la main. Au son de votre voix, je vous imaginais plus grand.

- Bonjour monsieur, balbutie Julien retenant un sursaut de douleur.

Celui-là aussi est placé sous mon autorité, réfléchit le conseiller culturel. Ne pas me laisser impressionner. Il a l'air d'un butor, il faudra le mater.

- J'avais de très bonnes relations avec votre prédécesseur, Mortaise, reprend le butor. Il avait compris que l'action culturelle, c'est l'Alliance. Vous allez être très pris par la coopération scientifique, Julien, faites-nous confiance sur le reste.

Julien n'est pas prêt à faire confiance. Des serveurs passent avec leurs plateaux de petits-fours et boissons. Le COCAC s'en tient au coca-light. Sophie en est à sa troisième flûte de Champagne pour se donner du courage. Joseph Brun carbure au whisky et explique qu'il a des relations avec tout le monde.

- Vous voyez, là-bas, ajoute-t-il, c'est Elbio Delgado, le ministre de l'éducation et de la culture. Je vais vous présenter.

Un ministre ! La troupe se déplace en direction du haut responsable, un homme courtois et âgé. Brun présente le nouveau conseiller de coopération et d'action culturelle et son épouse. S'engage une conversation en espagnol que Julien a du mal à suivre. Il sent que le directeur de l'Alliance en rajoute pour montrer sa supériorité. Il enrage, mais assiste impuissant à la scène car il n'a pas encore le niveau linguistique, ni l'assurance, pour placer un mot. Il est surpris lorsqu'un individu armé d'un appareil photo leur demande de s'aligner.

En grand professionnel, Joseph Brun se met à la droite du ministre et positionne Carayon et sa Vénézuélienne de l'autre côté. Pour l'équilibre, Julien doit se placer après la Vénézuélienne et Sophie après le Roumain. La photo prise, Brun donne au photographe les noms des deux personnalités qu'il ne connaissait pas : M. et Mme Ennac.

Le groupe se disloque, au soulagement du conseiller culturel qui respire plus librement en voyant le ministre et le directeur de l'Alliance s'éloigner ensemble. A leur place, apparaît une femme aux yeux du même vert que ceux d'Aurélie, la sœur de Sophie.

- Tu es le nouveau conseiller culturel, fait-elle dans un français à l'accent slave, original dans ces contrées.

- Oui, répond le COCAC étonné. Sophie, mon épouse, ajoute-t-il.

La femme lance ses deux bras en l'air et se jette au cou de l'épouse pour l'embrasser.

- Ah, elle est charmante ! s'exclame-t-elle. Tu as de la chance d'être aussi bien accompagné. Ton prédécesseur, je ne te raconte pas...

Sous-entendu complice. Cette femme est belle, la quarantaine un peu avancée, la peau pâle, les traits réguliers, les cheveux auburn et surtout ces pupilles dilatées de lagune nostalgique. Elle est immédiatement antipathique aux yeux de Sophie, tandis que Julien, peu habitué aux mondanités, ne sait guère comment s'y prendre.

- Pardon, qui êtes-vous ? risque-t-il en rougissant.

Elle éclate de rire.

- Une princesse autrichienne en exil en Uruguay depuis très longtemps. Olga Strehunlinden zu Chahapazoff, directrice de « *Musique et Amitié* ». « *Música y Amistad* » est une association à but non lucratif qui promeut l'amitié entre les peuples par la musique et présente des spectacles de niveau international à Montevideo. Nous travaillons étroitement avec les ambassades, en premier lieu avec la tienne, mon cher Julien.

- Vous parlez un français remarquable, madame.

- Tu peux m'appeler Olga et me tutoyer, Julien. Ici, déformation castillane, tout le monde se tutoie.

- Et se fait la bise, intervient une autre femme un peu trop blonde. Tu me présentes, Olga ?

Olga présente Mercedes Píriz de Olivera à M. et Mme Ennac. Mercedes Píriz de Olivera est la cousine de deux anciens présidents de la République et la tante d'un sénateur. Elle porte une lourde robe rouge sombre et des bijoux éblouissants.

- Vous paraissez si jeunes tous les deux, déclare-t-elle après les avoir embrassés. Un peu d'air frais à l'ambassade, cela va nous faire du bien...

Sophie est perdue. Olga et Mercedes les ont présentés à d'autres invités. Elle a envie de s'investir dans certaines des conversations dont ils sont le centre, mais est sans arrêt coupée par de nouvelles sollicitations ou par des exclamations sur sa jeunesse. Carayon l'avait prévenue, elle a effectivement entre dix et soixante ans de moins que les autres convives à l'exception de son mari et de deux des serveuses.

De son côté, Julien a compris que le centre du pouvoir est ailleurs. Il suit des yeux l'ambassadeur et les sénateurs, cherchant le moment propice pour les rejoindre. Ce sera pour plus tard, car l'ambassadeur s'approche du micro. On fait silence. Quelques mots en espagnol pour saluer les invités de marque uruguayens et quelques mots en français pour les sénateurs et les ressortissants heureux de dévorer les plateaux de mignardises. A peine a-t-il fini, au milieu d'applaudissements nourris, que Julien tire son épouse par la main et se précipite sur lui.

- Quelle belle réception, monsieur l'ambassadeur, et bravo pour votre discours !

- Merci, Julien. Vous avez fait la connaissance du ministre Delgado, c'est bien. On me dit que votre niveau d'espagnol est déjà supérieur au mien.

- Ce n'est pas exact, monsieur l'ambassadeur. J'ai encore beaucoup de progrès à faire.

- Qui est cette femme ? interrompt un des deux sénateurs en roulant les yeux et désignant du menton le groupe de Mercedes Píriz de Olivera.

- Olga Vanhanlinden, répond vivement Julien, la présidente d'une association musicale.

- Elle est très belle, apprécie le sénateur. Vous me la présentez ?

Fier de son entregent, Julien accompagne l'élu de la République jusqu'au groupe, fait les présentations et s'éloigne.

*

Superbe ! pense-t-il. Il a présenté un sénateur à une princesse ! Alors qu'il n'a aucune expérience de la vie diplomatique malgré ses dix années de Quai d'Orsay, et que ses seules spécialités étaient jusque là la guerre de 14-18 et le tchèque et le bulgare appris pour le concours, Julien Ennac devine avec bonheur qu'il va savoir se glisser dans le monde des ambassades et s'acquitter des missions dont l'ambassadeur et Dablanc l'ont chargé chacun pour leur part.

*

Il revient à proximité de l'ambassadeur et du second sénateur entourés de Français qu'on ne lui présente pas. Le sénateur est en train de demander à l'ambassadeur à quoi il avait pensé quand on lui avait proposé le poste en Uruguay.

- Au foot ! répond Foussier dont le visage s'anime. Aux quatre titres mondiaux de la « *Celeste* » : Jeux Olympiques de 1924 et 1928, première Coupe du monde en 1930 à Montevideo et Mondial de 1950 au Brésil avec la fameuse finale au stade Maracana rempli de 200 000 Brésiliens fous de douleur à la défaite de leur équipe nationale. L'Uruguay a été la meilleure équipe du monde pendant trente ans et quelque chose me dit qu'elle va faire un nouveau tabac au Mondial d'Afrique du Sud dans quelques mois. Forlán, Suárez, Cavani, Lugano, Muslera..., tous des très bons. Le foot est la vraie religion de cet Etat laïque.

Que des noms qui ne disent rien à Julien, à l'exception de Forlán, celui d'une des secrétaires du service. Il regarde Sophie et madame Foussier : la conversation entre les deux femmes n'a guère duré, pourvu que Sophie n'ait pas été déplaisante ou maladroite...

- Et vous, monsieur le conseiller culturel ? fait le sénateur.

- Moi ? s'effraie le COCAC.

- A quoi avez-vous pensé lorsqu'on vous a nommé en Uruguay ?

Julien reprend contenance et son regard s'illumine.

- Au bras de de Gaulle, monsieur le sénateur !

Il raconte une histoire que l'ambassadeur ne connaissait pas, le bras de de Gaulle sauvé sur le champ de bataille par un jeune médecin uruguayen contre l'avis de ses aînés français qui voulaient l'amputer. Il sent qu'il intéresse, il en rajoute, gonflant son petit torse.

- Ce n'était pas de Gaulle mais Juin, ami de de Gaulle et futur maréchal de France, finit par le couper un très vieil homme qui fut médecin de l'ambassade dans les années 1960. De Gaulle n'a jamais eu de blessure au bras.

S'en suit une discussion sur les blessures de de Gaulle, les éclats de balle dans le péroné à Dinant, la main à Mesnil-Les-Hurlus, la cuisse à Douaumont..., discussion relancée à plusieurs reprises par le sénateur élu de la Meuse et expert lui aussi de la guerre de 14-18. Silencieux, l'ambassadeur s'éloigne pour rejoindre le dernier ministre encore présent, celui du tourisme et du sport, avec lequel il parle à voix basse.

*

Comme un moment de grâce qui ne veut pas finir, la réception s'étire dans la douceur du soir. La nuit tombe sur le parc éclairé par des projecteurs dessinant des ombres en forme d'arbres et de maison et des chandeliers posés sur de petites tables basses à nappes blanches. Les invités s'égaient sur la pelouse, la coupe de Champagne à la main, silhouettes dansantes et incertaines. Infatigables, les serveurs continuent à promener leurs plateaux de petits-fours, sucrés maintenant, et à offrir des rafraichissements.

Sophie en a assez, mais son mari ne veut pas partir. Elle écoute la vice-présidente des Amis de l'Alliance française lui expliquer qu'avant, c'était autre chose. Julien s'éclipse. Du jardin, le salon brille et semble tanguer. Même s'il n'y a pas de musique, c'est beau, et même si la fête a été organisée pour les sénateurs de passage, l'ambiance est romantique. Prince de Condé régnant sur Chantilly ou Fouquet au sommet de sa gloire à Vaux-le-Vicomte, le jeune COCAC prend conscience qu'il est l'ordonnateur par procuration des festivités qui se déroulent sous ses yeux, puisqu'il est l'un des plus proches collaborateurs du maître de maison. Un bien-être général l'envahit. Il pense au bal de Lady de Laze et à la soirée mystérieuse du Grand Meaulnes qui ont nourri ses rares rêveries adolescentes. La différence est qu'il n'est pas le jardinier, ni l'invité sans carton, mais un membre à part entière de la réception, estampillé et approuvé par les plus hautes autorités. Il a le droit d'être là, au même titre, sinon plus, qu'un ministre ou que cette aristocratie montévidéenne qui déambule autour de lui. Avec assurance, il dérobe du plateau d'argent d'une serveuse empressée un verre en cristal d'eau gazeuse et regarde la vie à travers. « *Dans le fond* », se dit-il, « *je n'ai pas trop mal réussi jusqu'à présent. Il y a dix ans, nous étions six à égalité sur la ligne de départ. Aujourd'hui, je suis le seul à m'être vu confier un poste prestigieux à l'étranger, et le seul à avoir bâti un couple solide avec une femme active et deux enfants prometteurs. Mais ce n'est qu'une étape. J'irai plus haut, plus haut qu'eux tous devant moi, plus haut que Dablanc, aussi haut que Foucault* ». Il boit l'eau fraîche, délice des bulles. Il est en accord avec lui-même et son environnement, comme s'il avait bu trois flûtes de Champagne ou reçu un baiser d'Aurélie. A-t-il jamais été aussi heureux ? Il reprend sa marche au hasard, retrouvant Olga qu'il réussit à séparer de son groupe. Dans la demi-obscurité brillent les yeux verts.

- Belle soirée, tu ne trouves pas ? dit-elle.

Il a du mal à la tutoyer.

- C'est toujours comme cela ? s'enquiert-il.

- Les réceptions à la résidence de France sont les plus belles. On verra si ton nouvel ambassadeur maintiendra la tradition.

- Pourquoi dites-vous, dis-tu cela ?

- Il est trop efficace pour un diplomate. Il va couper les budgets.

- Tu en penses quoi ?

Elle fait un geste vague, charmant. Elle est habillée d'une longue robe légère de tissu imprimé vert foncé qui affine encore sa silhouette. De la même taille que Sophie, son corps est plus doux et harmonieux. Il semble danser à la lueur des chandeliers.

- De lui ? Je ne sais pas encore. Il est un peu étrange, parfois. Tu as vu tout à l'heure, il s'est isolé longuement avec Delgado, le ministre de l'éducation et de la culture.

- C'est son métier, non ? Il a fait pareil avec le ministre du tourisme et des sports.

- Il aurait pu t'associer. Delgado s'occupe de tes domaines de compétence, Julien. Mortaise supportait mal d'être tenu à l'écart et soupçonnait Foussier d'avoir des stratégies personnelles. Je ne suis pas surprise que Foussier ait demandé sa tête : il voulait avoir la paix !

Julien est tout ouïe, fort excité. Cette femme sait beaucoup de choses. Foussier qui profite de l'accident de Mortaise pour le remplacer par un COCAC inexpérimenté et malléable. Mais pourquoi vouloir avoir la paix ?

- Delgado est un ancien guérillero tupamaro de la première heure, proche de Mujica, lui glisse à l'oreille l'Autrichienne au nom russe.

Elle chuchote tout près de lui et tient délicatement sa flûte de Champagne du bout des doigts, gravure de mode à l'ancienne aux douces couleurs un peu passées. Il sent son parfum léger, enivrant. Il comprend qu'elle aborde des sujets sensibles et de grande importance.

- Ils ont été prisonniers ensemble, poursuit-elle sur le même ton de confidence d'un secret que tout le monde connaît. Ils ont fait partie des neuf otages de la dictature, détenus au secret dans des conditions inhumaines pendant près de dix ans et menacés à tout instant d'être fusillés en cas de nouvel attentat de la guérilla. Les liens entre eux sont des liens de sang, que rien ne peut rompre, Julien. Delgado a toute la confiance de Mujica. C'est le seul ministre de Vázquez qui ait conservé son poste dans le nouveau gouvernement. Si Mujica a des projets, cela passera par Delgado.

- Quels projets ? chuchote à son tour le COCAC en regardant autour de lui. Une révolution ? Auront-ils besoin d'armes ? Faut-il négocier ?

Il est pâle, la gorge serrée.

- Nous verrons, Julien, ou nous ne verrons pas. Cette administration n'a que vingt-quatre heures. Mais les choses vont changer, je le sens, l'Uruguay ne sera plus jamais le même. Tiens-toi sur tes gardes, je t'ai prévenu.

Grand silence. L'heure est impressionnante pour le conseiller qui participe à son premier cocktail du bout du monde. Olga Strehunlinden le fixe avec ses grands yeux verts. On s'y noierait. Cette femme de quarante-cinq ans l'attire comme il a rarement été attiré dans sa vie. Ils se sont inconsciemment mis à l'écart, sous un arbre qui les dissimule à la vue de beaucoup. Sophie fait malheureusement son apparition.

- Je te cherchais, dit-elle à Julien d'un ton peu agréable, sans même regarder la directrice de l'association musicale. J'aimerais rentrer, s'il te plaît.

- Oui, oui, mon amour. Olga me livrait les secrets de la communauté franco-uruguayenne. Visiblement l'Uruguay va changer, l'élection de Mujica va marquer un tournant.

- Tu étais à la passation de pouvoirs ? demande aimablement Olga à Sophie.

- Nous n'avons rien vu, il y avait trop de monde, répond Julien à la place de son épouse.

- Grand moment républicain ou triste comédie, l'avenir nous le dira...

- On y va ?

- Oui, mon chou. Une dernière question à Olga. Qui est cette dame toute petite que les journalistes n'arrêtaient pas de prendre en photo ?

- La princesse d'Astalberg. Une vraie princesse, pas comme moi, la Française la plus connue et la plus aimée d'Uruguay, femme d'affaires, sommité mondaine et reine des œuvres caritatives. Il faudra que tu la rencontres.

*

Silence dans le taxi. Julien sent la colère de Sophie à ses côtés, mais se l'explique mal. Que peut-elle lui reprocher :

il l'a présentée à tous et n'a cessé d'essayer de la mettre en valeur, ce qui n'était pas toujours facile. Elle ne peut quand même pas être jalouse d'une femme comme Olga qui a au moins dix ans de plus qu'elle ?

Les enfants dorment depuis longtemps, la baby-sitter est relevée. Il passe aux toilettes et note sur son calepin : « *Je ne sais pas ce que Dablanc savait, mais sa demande d'être attentif à tout, y compris au sein de l'ambassade, et de rendre compte, n'était pas gratuite. L'arrivée de Mujica modifie les lignes. Les cartes sont rebattues. Que fricote notre ambassadeur avec le ministre Delgado ? Comment le découvrir ?* ». Il referme le calepin, le replace dans la poche intérieure de sa veste, puis l'ouvre à nouveau et inscrit : « *Un personnage fantastique, ce José Mujica. Une progression de carrière exceptionnelle : pas d'études, entrée dans la vie professionnelle comme apprenti-fleuriste, puis guérillero, prisonnier politique, député, sénateur, ministre et maintenant président de la République... D'un homme tel que lui, on peut tout attendre !* ». Il referme son calepin, puis l'ouvre encore et note une dernière fois : « *Olga Strébanlinden du Babazoff ou équivalent : regarder ses yeux !* ». Il sort des toilettes, se lave méticuleusement les mains, se parfume et s'allonge auprès de son épouse.

- Tu te souviens de ce que je te disais dimanche soir, commence-t-il en chuchotant pour ne pas réveiller les deux anges. Nous avons changé d'univers, mon amour. Nous avons participé à un cocktail hollywoodien sans être des passagers clandestins. Nous étions invités, nous avions un rôle social et professionnel à jouer, nous avons parlé à des ministres, avons côtoyé des sénateurs et des princesses. L'ambassadeur a même eu l'air content de nous puisqu'il m'a félicité pour mon espagnol qui est déjà meilleur que le sien.

- Ce n'est pas bon signe.

Alarmé, il se redresse sur l'oreiller.

- Qu'est-ce qui n'est pas bon signe, mon amour ?

- Rien, Julien.

Le COCAC s'arrête, pour essayer de comprendre, puis reprend avec le même enthousiasme :

- Tu as entendu ma conversation avec le sénateur ? Il a été impressionné par ma connaissance de la guerre de 14. Comme c'est un passionné comme moi, il m'a donné sa carte et m'a fait promettre d'aller déjeuner au Sénat avec lui lors de mon prochain passage à Paris. Tu te rends compte, c'est un homme puissant, il peut faire beaucoup pour ma carrière. Dommage que ce ne soit pas lui l'ambassadeur à Montevideo, cela simplifierait les choses...

Il sourit dans le noir de sa plaisanterie, mais Sophie ne partage pas son enthousiasme.

- Tu devrais faire attention, tu sais.

- A quoi ? s'alarme-t-il à nouveau.

- Le sénateur t'a posé la même question qu'à l'ambassadeur : à quoi avez-vous pensé en étant nommé en Uruguay ? L'ambassadeur a répondu foot, et toi événement historique. Tu ne peux prendre le risque de paraître plus cultivé que ton ambassadeur et t'intéresser à des choses plus importantes que lui...

- Tu crois ?

Mauvaise nuit sur le sommier grinçant, avec le cocktail qui défile sans cesse dans ses pensées.

Chapitre 7

Passées les fêtes du sacre et oubliés les sénateurs repartis, l'ambassade retrouve le calme et Julien son bureau. Il convoque une réunion pour reprendre la direction de ses troupes, mais n'a pas grand-chose à leur révéler sinon qu'il a fait la connaissance du ministre de l'éducation et de la culture.

- Delgado ! s'exclame Barbara Forlán. La taupe des Tupamaros !

- Que voulez-vous dire, Barbara ?

La haute femme prend un air important. Elle sait beaucoup de choses.

- Il a été torturé par les militaires, explique-t-elle, mais n'a jamais parlé. Il en garde de graves séquelles physiques, un trou sur le sommet du crâne, une incontinence gênante et une vue gravement déficiente. On dit qu'il ne voit rien et reconnaît ses interlocuteurs à l'odeur.

Perfide, elle ajoute que c'est pour cela qu'il s'entend aussi bien avec Brun, le directeur de l'Alliance française et chantre de la culture française en Uruguay. Avec sa manie de tout ramener à lui, Brun est l'ennemi du service culturel de l'ambassade. Mortaise et Poyet avaient abandonné la lutte et Foussier préfère parler de politique avec Delgado.

- Il ne s'intéresse pas à la culture ? s'étonne le COCAC.

Cette fois, c'est l'attachée scientifique qui répond :

- Si, il adore et vous tiendra les rênes courtes, Julien, mais les relations politiques sont plus importantes. Il doit comprendre les intentions du nouveau président. Il n'y a pas mieux placé que Delgado pour être dans les secrets du dieu.

Julien exulte en silence. Il est déjà au cœur des mystères de son pays de résidence et ce qu'il apprend ce matin confirme ce que lui a confié Olga. Les temps ont changé. Les ministres et parlementaires du Frente amplio présents lors de la réception ne ressemblaient pas à de dangereux terroristes, le couteau entre les dents et les mains couvertes de sang, mais cela ne veut rien dire. Ces hommes sont des spécialistes de la lutte clandestine, on ne leur confierait pas dix centavos. Comment savoir ce qu'ils préparent ? Lui, Julien Ennac, va laisser traîner ses oreilles... Il se racle la gorge et reprend, l'air indifférent.

- J'ai aussi rencontré une femme qui m'a dit qu'elle travaillait avec nous. Mme Wittgentsein von Astanoff, je crois.

- Olga Strehunlinden zu Chahapazoff, rectifie Barbara.

- Olga est une fidèle partenaire de notre coopération, approuve l'attachée culturelle. Lorsque nous accueillons des musiciens français de renom, nous faisons appel à son association pour monter les spectacles. Olga entretient des liens privilégiés avec les plus grandes salles de Montevideo, le magnifique théâtre Solís et la grande salle du Sodre qui vient de ré-ouvrir. De plus, l'association qu'elle dirige compte de nombreux membres et abonnés qui nous assurent un public fourni.

- Et tremblotant, rigole Barbara. La moyenne d'âge est d'environ cent ans. Julien, si je puis me permettre, ce n'est pas avec cela que la culture française va se renouveler dans le pays...

Les autres mamies regardent la secrétaire d'un air réprobateur. Cela fait trente ans qu'on n'a pas réussi à contenir son exubérance. Le COCAC, pour sa part, a abandonné le combat du prénom, celui de la bise le matin et le soir, et celui des horaires d'arrivée. Il s'est juste accroché au vouvoiement qu'il sent menacé chaque jour.

- Vous avez un nom de footballeur, me semble-t-il, dit-il en fixant l'imposante sexagénaire.

- Pardon ?

Les quatre mamies se sont tournées vers lui d'un même mouvement. Julien balbutie, inquiet à l'idée d'avoir commis un impair ou d'avoir heurté une susceptibilité, voire de s'être exposé à un procès de type harcèlement moral. « *Barbara* », reprend-il, « *l'ambassadeur a parlé hier soir d'un footballeur qui s'appelait Forlán comme vous* ». Les yeux des quatre mamies s'arrondissent, jusqu'à ce que l'attachée scientifique éclate de rire.

- Vous n'allez pas me dire, Julien, que vous ne savez pas qui est Diego Forlán ? C'est peut-être l'Uruguayen le plus connu aujourd'hui. Vous ne vous êtes pas renseigné avant de prendre votre poste ?

Elle paraît aussi étonnée que si on lui avait appris que le nouveau COCAC fumait du chanvre mexicain assis sur le cheval d'Artigas.

- Si, Valérie, répond celui-ci en tâchant de conserver sa dignité au milieu de ces femmes plus grandes et solides que lui, j'ai regardé nos échanges scientifiques avec l'Institut Pasteur, j'ai étudié nos liens culturels, mais j'avoue que je ne me suis pas penché sur le football. Cela ne me paraît pas essentiel, si vous voulez tout savoir.

- Si je puis me permettre, Julien, vous avez tort. Le football est l'âme de ce pays. Regardez autour de vous, vous ne trouverez pas un Uruguayen qui ne soit supporteur d'un des grands clubs, Peñarol, Nacional..., et de l'équipe nationale, la « *Celeste* » dont Forlán est le héros aujourd'hui ! Le tango vient bien après, sans même parler des autres formes d'art dans lesquelles mes compatriotes excellent pourtant : peinture, littérature, poésie...

Figari, Torres García, Storm, Blanes, Barradas, Gurvich, Zorrilla de San Martín, il avait tout appris des peintres. Benedetti, Onetti, Quijoga, Levrero, Galeano, Liscano, il avait tout appris des écrivains. Fabini, Gardel, Matos Rodríguez, Luciano Supervielle, Viglietti, Zitarrosa, il avait tout appris des musiciens. Mais il ne savait rien du football.

- Diego est un cousin lointain, sourit Barbara. Nous sommes tous cousins, dans ce pays. Mais je n'ai pas son talent avec les pieds, sinon je ne serai pas là...

Avec des pieds aussi grands, le COCAC aurait pu être un excellent footballeur. Le reste de son petit corps manque toutefois de coordination à un point rarement atteint chez un individu normalement bâti.

La réunion s'achève, les mamies s'éclipsent, c'est l'heure de se mettre au travail.

*

Le lendemain jeudi, à 8h00 dans l'ambassade vide, après une discussion avec le garde de sécurité qui lui sert de cours d'espagnol, le conseiller culturel étale plusieurs feuilles de papier blanc devant lui et les remplit de mémoire des noms, faits et exploits collectés la veille sur internet et mémorisés, la glorieuse histoire du fútbol uruguayen. Le résultat est satisfaisant, mais moins satisfaisant est le silence prolongé de Foussier. Foucault, pourtant aux commandes d'une direction de plus d'une centaine d'agents, ne le laissait pas respirer une seconde. Foussier, qui ne compte que trois collaborateurs proches, ne donne pas signe de vie pendant plus de vingt-quatre heures. Peut-être Sophie a-t-elle raison, il est vexé des succès de son COCAC lors du cocktail de mardi.

Inquiet, Julien finit par passer la tête dans le bureau de Carayon. Si sa religion est faite sur le premier conseiller depuis l'affaire des pieds, la raison le pousse à ne pas enclencher le processus de vengeance trop vite : il a besoin de l'homme tant qu'il n'aura pas établi ses marques à l'ambassade et gagné la confiance de l'ambassadeur.

- Ah, Julien ! s'exclame le pré-retraité dont le visage s'éclaire. Quelle entrée en matière, mon vieux ! Déjà les honneurs de Galeria !

Julien ouvre des yeux aussi ronds que ceux de son équipe la veille devant son manque de culture sportive. Les honneurs de quoi ?

- Tu es en photo dans Galeria, camarade. La gloire en même pas une semaine ! Chapeau bas, monseigneur...

Avec le geste de se découvrir et de s'incliner devant l'exploit de son visiteur, Carayon lui tend un magazine ouvert sur une page élégante. On y voit une photo de l'ambassadeur avec les sénateurs, tous les trois le visage rougi du soleil de la veille, une photo de la princesse d'Astalberg avec deux femmes ripolinées, une photo d'Olga Strehunlinden zu Chahapazoff et Mercedes Píriz, une photo de deux hommes que Julien ne connaît pas et la photo du ministre Delgado entouré de Brun et son ami d'un côté et de Carayon et sa Vénézuélienne de l'autre. A côté de l'ami de Brun, Sophie ne sourit pas. A côté de la Vénézuélienne, Julien est à peine visible et ressemble à un adolescent un peu perdu qui s'est glissé là pour être sur la photo.

Le conseiller culturel ne sait que dire. Jamais son doux visage romantique et anodin n'était apparu dans un journal. Il n'avait vu son nom publié qu'à deux reprises, la première avec la liste des admis au bac de son académie et la seconde pour sa réussite au concours de secrétaire de chancellerie. Même si le cliché ne le gâte pas et même si Sophie et lui paraissent incongrus aux deux bouts du cadre, il ne peut s'empêcher de ressentir une immense fierté.

- Qui a donné ton nom au journaliste ? demande Carayon après avoir regardé avec amusement son collègue essayer de masquer son émotion.

- Que veux-tu dire ?

- Les photographes ne te connaissent pas encore. Pour écrire la légende, ils ont dû se renseigner pour savoir qui tu es. Qui le leur a dit ?

Julien revoit la scène.

- Brun, répond-il, le directeur de l'Alliance.

- Il n'a pas donné tes fonctions, le renard. Tu es le seul dont le titre n'apparaît pas...

Julien se penche à nouveau sur la précieuse page et lit : M. Elbio Delgado, ministre de l'éducation et de la culture, M. Joseph Brun, directeur de l'Alliance française de Montevideo, M. Constantin Brătulescu, kinésithérapeute, M. et Mme Robert Carayon, premier conseiller de l'ambassade de France, M. et Mme Ennac.

- Pourquoi a-t-il fait cela ?

- Il ne voulait pas te donner de publicité. Tu es son supérieur hiérarchique, mais c'est lui qui est auprès du ministre et lui dont les fonctions apparaissent. L'ambassadeur ne doit pas être content.

- Pourquoi ? s'effraie Julien.

Carayon redevient sérieux.

- Pour deux raisons, mon cher. En premier lieu, il ne peut supporter que Brun se mette autant en avant. Tu te rends compte, l'individu est en plein centre du reportage, avec le seul ministre qui apparaît sur la page, alors que lui doit faire bonne figure dans un coin flanqué de deux sénateurs français inconnus ici. En plus, son conseiller culturel est quasiment invisible sur le cliché et anonyme dans le commentaire. Pas brillant, Julien. Si tu veux faire le beau dans les journaux, mets-toi le plus au centre possible et arrange-toi au moins pour qu'on sache qui tu es.

Julien enregistre. Il n'a pas l'habitude des médias. Mais son collègue ne sait pas tout dans d'autres domaines.

- Aussi, camarade, poursuit Carayon, essaie de grossir un peu. Prends de l'épaisseur. On ne peut pas en imposer dans la presse en étant aussi transparent : on a l'impression qu'un souffle t'emporterait ou qu'une tape sur l'épaule te briserait en deux.

Etre visible et invisible...

- Et ta femme, Sophie. Regarde la tête qu'elle fait. Pas possible ! Il faut qu'elle soit souriante, qu'elle ait l'air de s'amuser, qu'elle paraisse heureuse d'être prise en photo. Les gens achètent les revues pour voir du bonheur, pas des têtes d'enterrement. Vous assistiez à l'un des cocktails les plus chics de la semaine, voire de l'année, c'est inimaginable pour le grand public de tomber sur une tronche comme cela. Je pense que s'il l'avait pu, le photographe vous aurait coupé au montage. Vous allez faire baisser les ventes !

En cela, Julien sent que Carayon a raison. Sophie n'avait pas le droit de se promener avec cette tête. Combien de femmes, combien de leurs amies, enviaient son sort ? Elle est dorénavant l'épouse d'un COCAC de la République française, elle doit en assumer avec cran les contraintes, limitées, et la notoriété.

- Et la seconde raison ? demande-t-il.

- La seconde raison de quoi ? s'étonne Carayon.

- Du mécontentement de Foussier...

Silence. Carayon regarde à nouveau le magazine. Puis il explique en baissant la voix comme si, du bureau voisin, l'extraordinaire et plénipotentiaire pouvait entendre :

- Fais attention, Julien. Notre chef est un médiaspathe obsessionnel. Je ne suis pas sûr qu'il apprécie que ses collaborateurs lui fassent de l'ombre...

- Je ne fais d'ombre à personne, proteste Julien en se ratatinant sur sa chaise.

- Moi, je suis vieux, laid et premier conseiller. Toi, tu es plus jeune que lui, nouveau, doté d'une femme plus jeune que la sienne et occupant un poste qui compte à Montevideo. Paraître dès la première semaine dans Galeria ne va pas beaucoup plaire à notre ambassadeur. Je te conseille d'être plus prudent à l'avenir, Julien, et de ne pas lui donner le sentiment que tu cours après les flashes ou les micros. La vedette en Uruguay, c'est lui, pas toi.

*

De retour au patio des culturels, Julien explique à Anita qu'il doit faire une course et n'en a pas pour longtemps. Rasant les murs, il sort de l'ambassade sous le regard suspicieux du garde de sécurité. Au kiosque de la rue des Andes, il regarde derrière lui pour voir s'il n'a pas été suivi et achète le stock. Cela ne suffit pas, il doit aller jusqu'à l'avenue du 18 juillet pour trouver les exemplaires manquants. Il les enfouit dans son attaché-case.

Lorsqu'il reprend place derrière sa table de travail, Anita lui annonce que Foucault a appelé de France. Il semblait furieux de ne pas le joindre et lui demande de le rappeler le plus vite possible, c'est d'une grande urgence.

Foucault ! Julien tremble et commence à transpirer. Que lui veut le monstre !

- Ennac ! éructe le directeur au bout du fil. On fait ses courses en plein milieu de journée, maintenant. C'est insensé ! Je me demande comment est gérée notre ambassade à Montevideo. J'ai bien envie d'en parler au secrétaire général pour qu'il vous envoie une inspection.

Julien se tait.

- Où avez-vous mis la note sur la stratégie asiatique de la sous-direction du spectacle vivant, Ennac ? Le service m'assure vous l'avoir donnée et personne n'en retrouve trace. J'en ai besoin immédiatement.

- Je vous l'ai transmise sous parapheur en janvier, monsieur le directeur.

- Vous plaisantez, Ennac ? M'avez-vous déjà vu perdre un parapheur ou ne pas me souvenir d'une note que j'aurais lue ?

- Votre secrétariat l'a peut-être égarée.

- C'est le comble ça ! On perd un papier et on en accuse les autres qui ne peuvent se défendre parce qu'ils ont un rang hiérarchique inférieur. Pas brillant, monsieur le conseiller.

C'est pourtant bien ce que fait le fou au bout de la ligne, enrage Julien, m'accuser de la perte d'un document que je lui ai remis il y a plusieurs semaines. Et pourquoi le service qui l'a rédigé n'en garde pas trace dans ses chronos ou ses ordinateurs ?

- Ils l'ont paumé eux aussi, répond Foucault au sommet de la suffocation. Je suis entouré d'une bande d'imbéciles et d'incapables, pas étonnant que ma direction soit supprimée. Je ne vous salue pas, Ennac.

Il a raccroché, quel soulagement ! Quel bonheur de ne plus le voir tous les jours, même si le silence de Foussier est presque aussi angoissant que le bruit et la fureur de Foucault ! Et ce sixième sens magnifique qui lui fait deviner, à onze mille kilomètres de distance, que son ancien collaborateur s'est éclipsé deux minutes de son bureau...

- Anita, explique le COCAC à sa secrétaire, si je m'absente, il faut dire que je suis en rendez-vous à l'extérieur, pas en train de faire des courses.

Anita le regarde avec ses grands yeux compréhensifs.

Julien referme la porte et ouvre un exemplaire de la revue, le temps de se calmer. Il feuillette. Belle présentation, beau papier glacé, photos de qualité. Il apparaît, dès sa première semaine, dans le numéro historique consacré à la prise de fonction du nouveau président. Il a sa photo à quelques pages de celles de Mujica, du prince d'Espagne, d'Hillary Clinton, des Kirchner, de Michelle Bachelet, de Chávez... Il n'a pas pu les voir place de l'Indépendance, mais se retrouve dans le même journal qu'eux, comme s'ils faisaient partie de la même famille. Aurélie sera impressionnée en recevant le courrier de sa sœur. Verra-t-elle que les yeux d'Olga ressemblent aux siens ? Amusant d'imaginer les deux femmes s'observant par photos interposées et ne se rendant probablement pas compte qu'elles ont le même regard. Julien se perd dans la contemplation de l'image d'Olga. Dès sa première semaine à Montevideo, sa trombine est imprimée sur la même page que le beau visage d'Olga, faut-il y voir un présage ? Il prend son calepin et note : « *Parfois, la récompense précède l'effort, le simple fait d'occuper une fonction vous vaut d'attirer la lumière. Cela ne doit pas me monter à la tête. J'ai été tellement sevré de reconnaissance depuis toujours que je ne dois pas m'enivrer au premier vin. Gardons l'esprit clair, la gloire n'est rien, Olga n'est qu'une source d'information, mes objectifs demeurent les mêmes.* » Puis il prend une feuille de papier à en-tête de l'ambassade et rédige le premier des courriers qui partiront par la valise diplomatique de lundi.

« *Ma chère maman,*

En page 83 du magazine ci-joint, tu reconnaîtras quelqu'un que tu connais bien. Galeria est la principale revue uruguayenne, un mélange de Paris-Match et de Points de Vue Images du Monde. Tu imagines l'honneur qui m'est fait d'y paraître dès mon arrivée, même si la photo ne me met guère en valeur ? Ne t'étonne pas de l'air renfrogné de Sophie : nous ne sommes pas encore habitués aux flashes des journalistes et à leurs sollicitations. Ils ont des appareils d'une puissance telle qu'elle nous fait cligner des yeux. Sur la page, tu verras l'ambassadeur. Un homme très brillant. Il est entouré de son épouse, charmante et avec laquelle Sophie a pu commencer à parler, et de deux sénateurs que le président Sarkozy a envoyés à Montevideo pour le représenter à la prise de fonction du nouveau président uruguayen. Pour ma part, je suis avec le ministre uruguayen de l'éducation et de la culture. Au-dessus et à côté, deux vraies princesses, une autrichienne avec un nom russe et une française avec un nom allemand. Comme tu vois, nous avons un peu changé de monde...

Sinon, tout se passe bien, les enfants sont allés à la plage, nous n'avons pas encore trouvé de maison et Sophie se plaît beaucoup.

Ma petite maman chérie, ton fils préféré, car unique du genre, t'embrasse très fort.

Julien »

Une lettre pour Jérémie, un mot pour les sœurs. Julien regrette de ne pouvoir écrire lui-même à Aurélie, mais ça ferait louche. Il regarde à nouveau les yeux d'Olga et va sur internet, mais n'y trouve pas trace de famille Strehunlinden zu Chahapazoff. Olga n'a pas de fiche Wikipédia, ni de biographie bien précise, sinon des articles dans la presse uruguayenne ne contenant que de vagues informations sur ses origines et aucune mention d'enfant ou de conjoint. Il va falloir l'interroger. Comme Antonella lui a dit qu'il n'y avait rien de déplacé à l'inviter à déjeuner car elle est un des contacts importants du service, Anita a pour mission de convenir avec elle d'un jour et d'un lieu la semaine prochaine. Ainsi le COCAC commencera-t-il à puiser dans l'étroite enveloppe de ses frais de représentation, étrange sensation de puissance dont il s'enivre brièvement en regardant son téléphone ne pas sonner.

Vendredi matin, toujours pas de nouvelles de l'ambassadeur. Se rappelle-t-il seulement qu'il a un conseiller culturel ? Est-il trop occupé à magouiller avec Delgado, ou rédige-t-il un recueil de télégrammes sur Mujica, son discours d'intronisation, ses ministres, sa future politique internationale ? Il ne peut quand même lui en vouloir à ce point pour la photo de Galeria.

L'attente est pénible. A bout de patience, Julien s'inspire de Danton à qui il ne ressemble guère et s'aventure à solliciter une entrevue au prétexte de présenter un dossier un peu urgent. Le rendez-vous est accordé pour l'après-midi à 16h00.

*

- Il est 16h03, relève l'ambassadeur d'un air sévère lorsque son COCAC fait son entrée dans le grand bureau. On avait dit 16h00, il me semble ?

- Oui, monsieur l'ambassadeur, répond le conseiller cueilli à froid. Je suis désolé, monsieur l'ambassadeur. J'étais au téléphone avec l'université de Montpellier.

- Un vendredi à 19h00, heure française ? Il ne devait pas y avoir grand monde...

Le COCAC se décompose.

- J'ai laissé un message, monsieur l'ambassadeur.

- Voyez-vous, Julien, je ne pense pas avoir beaucoup de manies, mais je tiens à la ponctualité. C'est une question de politesse et d'efficacité. Celui qui arrive en retard fait perdre son temps à celui qui l'attend. Je vous saurais gré d'arriver à l'heure à nos rendez-vous et aux réunions de services. Vous verrez, c'est une discipline que vos collègues ont vite intégrée.

- Bien, monsieur l'ambassadeur.

- Asseyez-vous, je vous prie. Qu'avez-vous fait, depuis le départ des sénateurs ?

Julien ne s'attendait pas à cette question. Mercredi, il s'était documenté sur le foot. Jeudi, le reportage de Galeria l'avait pas mal occupé et aujourd'hui, il a passé la majeure partie de la journée à trouver un motif de rencontre avec l'homme du grand bureau.

- J'ai tenu une réunion de service, monsieur l'ambassadeur, et nous préparons le lancement de notre saison culturelle, le 16 mars prochain.

Foussier hoche la tête.

- Il faudra que vous m'en parliez en détail avec Antonella, Julien, et m'expliquiez ce que j'aurai à dire. Comme pour vous, ce sera ma première.

Julien acquiesce. L'ambassadeur est froid. Le retard de son collaborateur l'a agacé, à moins que ce ne soit la page de Galeria. Il ne parle pas du magazine, c'est angoissant. Qu'a-t-il pensé en y découvrant le faciès grimaçant de son COCAC ? Julien n'y tient plus et se jette à l'eau.

- Vous avez eu une belle couverture de presse pour votre cocktail de mardi, monsieur l'ambassadeur.

- Vous trouvez ?

- Les photos sont excellentes et c'est bien que Galeria vous ait fait de la place dans son édition remplie par la prise de fonctions du président Mujica.

L'ambassadeur n'a pas l'air satisfait.

- C'est la plus mauvaise page depuis mon arrivée, Julien. Ils auraient pu photographier les sénateurs en compagnie des ministres uruguayens. Nous en avons eu quatre à la réception, quatre sur les treize que compte le gouvernement ! C'est exceptionnel, surtout le lendemain de la formation de ce gouvernement, mais on n'en voit qu'un sur les photos et les trois autres ne sont même pas mentionnés dans le texte. Pour comble, le seul en photo semble être sous la tutelle de l'insupportable M. Brun. Une vraie plaie, celui-là.

- Pourquoi, monsieur l'ambassadeur ?

- Il se prend pour le vice-roi. Il chouchoute ou achète les journalistes, je le soupçonne de soudoyer Delgado pour s'attirer ses bonnes grâces, il donne l'impression à l'opinion publique et aux autorités que la culture française en

Uruguay c'est l'Alliance alors que notre ambassade est autrement plus active. Il faut que vous le remettiez au pas, Julien, avant que je ne m'en débarrasse.

Se débarrasser de Brun, quelle bonne idée... Quant à le remettre au pas, Julien ne voit pas très bien comment.

- Déjà exiger qu'il participe à vos réunions hebdomadaires de coordination, explique l'ambassadeur. Mortaise avait laissé tomber. Et puis donner plus de visibilité à nos propres actions, travailler davantage avec les médias, me monter un plan comm' avec Bernardo, notre attaché de presse. Comme je vous le disais lors de notre premier entretien, c'est par l'action culturelle que notre poste est visible et apprécié. Je compte sur vous, Julien.

Pas un mot sur la photo du COCAC en bout de rang. Excellent.

- Vous pouvez, monsieur l'ambassadeur. Mais la situation politique paraît compliquée.

Foussier sursaute, étonné.

- Que voulez-vous dire ?

- On ne sait pas ce que veut le nouveau gouvernement. On parle de déstabilisation des régimes voisins.

- On parle beaucoup...

- Pendant la cérémonie de transmission de mandat, un homme m'a abordé pour me dire que la France devait choisir son camp et commencer les négociations. Il ne m'a pas précisé de quelles négociations il s'agissait. Il m'a demandé de vous en parler, il connaissait votre nom.

L'ambassadeur s'est figé.

- Un homme comment ? demande-t-il.

- Un mètre soixante-douze environ, dans les soixante-trois kilos, entre quarante-deux et quarante-quatre ans, brun, le front bombé, le nez droit, une moustache tombante, les yeux marron avec une pointe de vert au centre, le regard fuyant, un visage légèrement prognathe, des oreilles un peu grandes, l'épaule droite plus haute que la gauche, une veste de coton beige de qualité médiocre, une chemise bleu uni avec le motif d'une bombilla stylisée sur la poitrine, une ceinture de cuir à boucle argentée, un pantalon de toile sombre de marque Pampero, des chaussures usées. Il avait un petit défaut de prononciation, chuintant les « *s* ».

- Vous êtes observateur, vous... Pensez-vous qu'il était sérieux ?

- Il paraissait calme et déterminé. Il m'a parlé parce que je portais une cravate.

L'ambassadeur réfléchit.

- Intéressant, ce que vous me dites. Très intéressant...

Pas plus de commentaire. Cet homme au cerveau surdéveloppé doit faire des liens avec d'autres informations, d'autres contacts, d'autres commandes passées par le ministre Delgado ou ses sbires. Il ne sait pas qu'il a en face de lui un envoyé de Dablanc tous sens en éveil.

- Bon, finit par reprendre le cerveau en regardant sa montre, que vouliez-vous me dire d'autre ?

Julien bafouille et passe au sujet de la réunion qu'il avait sollicitée. Il s'agit d'une obscure affaire de bourses scientifiques mais comme le COCAC maîtrise encore mal les procédures et que les deux protagonistes s'appellent López et Gómez, il s'embrouille, mélange les noms, confond les points d'accueil en France, se trompe dans les dates et se noie dans ses notes. Impression désastreuse. L'ambassadeur met un terme à la présentation en lui demandant de coucher tout cela sur papier et d'essayer de ne plus le déranger à l'avenir pour des affaires secondaires. Pour couronner le tout, Julien se trompe dans les poignées de la porte qui donne sur le secrétariat et ouvre en grand les deux battants qu'il ne parvient pas à refermer derrière lui. Sortie piteuse.

- Il va falloir former notre petit jeune, se dit l'ambassadeur en le regardant lutter contre les éléments.

Chapitre 8

Anita a choisi le Rara Avis. Niché dans une aile du théâtre Solís, c'est un des meilleurs restaurants de Montevideo et l'un des plus proches de l'ambassade. Cadre spacieux, fauteuils confortables, vue sur la place de l'Indépendance, Julien est impressionné. Il est arrivé en avance et a été accueilli par un maître d'hôtel français plus sirupeux qu'une crème de dulce de leche. Visiblement, le titre de conseiller culturel de l'ambassade de France fait son effet. Julien regrette qu'Olga n'ait pas assisté à cela, mais la voilà qui arrive. Longue, souple, fine, la silhouette presque adolescente, le visage de statue et le regard impénétrable, elle ressemble aux grandes tragédiennes du dix-neuvième siècle qui se succédaient dans la salle voisine du théâtre, vaste espace courbé à l'italienne aux quatre étages dorés de loges et balcons de tentures rouges et au plafond décoré à l'ancienne.

D'abord, il ne sait que dire, mais elle parle. Puis il s'enhardit. La conversation s'équilibre. Trois concerts seront organisés cette année conjointement par l'ambassade et « *Música y Amistad* ». Ils seront annoncés par l'ambassadeur lors du lancement de la saison culturelle française. Elle explique à Julien comment se déroule l'événement, à l'ambassade en présence des autorités, des professionnels et de la presse. Il le sait déjà, puisqu'il a interrogé Antonella, mais l'écoute. Puis il lui dit en rougissant qu'elle a des yeux qui lui rappellent les yeux d'une de ses amies.

- Moi qui croyais être unique, répond-elle en souriant.

Sans savoir pourquoi, Julien parle d'Aurélie. Olga écoute, pose des questions. Julien ne dit pas qu'il s'agit de la sœur de Sophie mais évoque le demi-baiser devant l'épicerie d'Ahmed et l'émoi qu'il avait provoqué en lui, se sentir beau sous le regard d'une femme et renoncer à un amour par fidélité à son épouse.

Silence rêveur un instant. Il repense au dîner de Noël donné Porte de Bagnolet pour les Six Doigts de la main. Ils s'étaient mal conduits, Dablanc et sa bande, sous couvert de camaraderie. Ils n'avaient cessé de se moquer de lui pendant qu'il faisait honneur au Tannat. Peut-être éméché, lui qui ne buvait jamais, il avait enlevé sa belle-sœur au dessert et l'avait entraînée dehors. Ils avaient couru main dans la main dans le froid jusqu'à l'épicerie d'Ahmed où elle lui avait donné un demi-baiser. Le lendemain, il l'avait rappelée et elle lui avait fait comprendre que le baiser n'était rien, un geste fraternel, tant il semblait égaré sur le trottoir dans la nuit glaciale. Mais rien n'est jamais rien...

Il est maintenant face à Olga qui a les mêmes yeux qu'Aurélie. Il raconte sa jeunesse entre Paris et Nantes. A sa grande surprise, il décrit son père. Il en dit plus qu'il n'en a jamais dit à Sophie, mais ce n'est pas grave, ils se connaissent à peine, elle écoute si bien. Les plats sont servis avec une lenteur exaspérante mais le déjeuner avance si vite que Julien les retarderait encore s'il le pouvait.

- Non, mon père n'a pas joué un grand rôle dans ma vie, déclare-t-il. Il n'a joué aucun rôle dans ma vie, sinon celui de m'engendrer et de me donner la volonté de ne pas être comme lui.

Il commande un dessert pour prolonger l'instant, et n'y goûte pas.

- Et toi ? demande-t-il.

Elle regarde par la fenêtre, ses yeux se noient en direction d'Artigas. Elle n'a pas de passé. Du moins, elle explique à Julien qu'elle n'a pas de passé. Elle est apatride. Son père était un escroc scintillant, descendant plus ou moins légitime de princes bulgares Chahapazoff ayant fui Sofia à l'arrivée des communistes pour se réfugier à Vienne. Dans l'ancienne ville impériale, il avait pris nom de Strehunlinden zu Chahapazoff. Olga ne savait pas où il était allé chercher le « *Strehunlinden* », mais connaissait la genèse du « *zu* », particule de noblesse plus chic à ses yeux que le simple « *von* » et marquant non le territoire d'origine mais la souveraineté sur ce territoire. Choix judicieux qui lui avait permis de séduire la fille d'un comte autrichien richissime et de l'épouser. Olga n'avait pas connu sa mère, morte peu après l'accouchement. Elle avait peu connu Vienne car, dans des circonstances obscures, son père avait déménagé pour l'Amérique du Sud : Asunción, Santiago puis Montevideo. Il avait servi les dictatures et disparu d'Uruguay au retour de la démocratie en 1985. Où était-il, était-il mort ? Olga n'en savait rien.

- Il m'avait inscrite dans les meilleurs collèges. J'ai eu la meilleure éducation, me suis passionnée pour la musique, ai eu la chance de compter plus d'amis qu'il est possible d'imaginer.

Il n'ose lui demander si elle a été mariée. Elle ne semble exercer aucune activité professionnelle autre que la présidence bénévole de son association : vit-elle de pensions alimentaires, des subsides d'un amant ou d'une fortune laissée par son père ? Elle parle maintenant de l'ambassade. Elle veut connaître ses premières impressions, son jugement sur son service, sur Brun, sur le premier conseiller, sur l'ambassadeur. Soudain prudent, Julien élude.

- Tu as raison, approuve-t-elle, les gens ne sont jamais vraiment ce qu'on croit. Tu as vu au cocktail de la semaine dernière ? La danse effrénée de l'ambassadeur et de Brun autour du ministre Delgado. Les deux s'observent comme deux amants jaloux d'une même courtisane. Qu'est-ce que Delgado peut leur offrir, à ton avis ?

- Des informations ?

- Oui, des informations et peut-être quelque chose de plus. Le spectacle devient risible, et surtout beaucoup trop visible. C'est dangereux. Il va falloir qu'ils fassent attention.

Olga semble penser qu'il y a des intérêts qui dépassent les frontières et les fonctions. Julien ne suit plus très bien, mais ne le montre pas. Il sent qu'elle veut lui faire comprendre quelque chose et maudit sa regrettable lenteur d'esprit. Elle va trop vite, elle est trop subtile pour lui. Si Dablanc était là, il aurait déjà tout absorbé et en aurait tiré des conclusions pratiques redoutables. Lui, Julien Ennac, n'a pas l'étoffe. Il apprend, fait des efforts.

Elle sourit, quel beau sourire ! Au moment de se séparer, elle l'embrasse. Cela ressemble au demi-baiser d'Aurélie parce qu'en Uruguay on n'embrasse qu'une fois pour dire bonjour et au revoir. Cela ressemble au demi-baiser d'Aurélie parce qu'elle le regarde comme l'avait regardé Aurélie le soir de l'épicerie. Mais ce n'est pas tout-à-fait le demi-baiser d'Aurélie car Olga ne fait qu'approcher les lèvres de Julien. Il promet de la rappeler.

*

La famille Ennac prépare son emménagement. Sophie et Julien ont trouvé une maison à Carrasco, avec quatre chambres et un jardin autour d'une piscine. C'est cher, mais Julien ne compte pas. Les enfants ont bondi de joie en découvrant le bassin et oublié pour quelques jours de réclamer des kaplas. Barbara Forlán a recommandé une de ses cousines comme femme de ménage. Ils ont acheté une voiture, française bien sûr, et Julien a annoncé le grand projet mûri dès avant son arrivée à Montevideo, à la lecture du C.V. de l'ambassadeur : **se lancer dans le tennis !**

Premier arrivé et dernier parti de l'ambassade, il espère que Foussier le remarque. L'ouverture de la saison culturelle, parfaitement organisée par Antonella et Barbara, a été une réussite. Le ministre Delgado est venu, s'est installé au premier rang et s'est prêté aux sollicitations des médias pour remercier la France de la qualité de sa coopération avant de s'enfermer dans le bureau de Foussier pour un long conciliabule. L'ambassadeur a réussi à tenir Brun à distance et, pendant son discours, a davantage cité son COCAC, qu'il a présenté officiellement à l'assistance, que le directeur de l'Alliance. Rouge de bonheur, Julien s'est appliqué avec succès à éviter les photographes de presse, comme le lui avait conseillé Carayon. Deux pages entières dans Galeria le jeudi suivant, sans lui, mais avec l'ambassadeur aux côtés de Delgado – et Brun seulement en bas de colonne serré contre un vieillard inconnu. Et une photo magnifique d'Olga, presque en premier plan, entre Antonella et Barbara. L'ambassadeur le convoque. Il paraît passablement mécontent et agite sous son nez le reportage.

- Cela ne va pas, Julien, pas du tout ! aboie-t-il. Vous êtes transparent ou quoi ? Cet événement était l'occasion parfaite pour vous faire connaître et on ne vous voit même pas ! Vous n'êtes nulle part, regardez, nulle part, et vous vous faites encore avoir par Brun. N'avez-vous donc rien compris ?

- Si, si, monsieur l'ambassadeur, balbutie le jeune collaborateur éberlué.

- Il faut **vous montrer, exister, être visible, faire du bruit, que diable !** En quelle langue faut-il vous le dire : russe, bulgare ou serbo-croate ?

Julien est atterré.

- Le lancement de la saison culturelle était votre événement ! Je n'ai pas insisté pour que vous preniez la parole parce votre niveau d'espagnol est encore un peu juste, mais vous deviez faire comprendre que c'est vous qui avez monté notre programme de l'année. Au lieu de quoi, on n'a vu qu'Antonella, Barbara et Brun. C'est pareil dans l'ambassade : on ne vous entend pas, on ne vous voit pas, on dirait que vous n'êtes pas là. Il faut que le garde de sécurité m'assure de votre présence pour que j'aie l'impression d'avoir un COCAC. Ce n'est pas sérieux.

- Je travaille avec mon service, monsieur l'ambassadeur, et je noue des contacts à l'extérieur. J'ai même déjeuné avec Olga Strehunlinden zu Chahapazoff.

- Cette intrigante ! Si vous ne trouvez pas mieux pour vous faire des relations, vous n'irez pas loin, Julien. Je crois que vous n'avez pas compris : vous devez vous montrer, sacrebleu ! Les autorités uruguayennes doivent vous connaître, le public uruguayen doit savoir qui vous êtes, Paris doit être au courant de ce que vous faites. C'est pourtant simple, au lieu de rester là à attendre dans votre coin que la DRH supprime nos derniers emplois... L'Uruguay a beau être un petit pays, ses liens culturels et scientifiques avec la France sont exceptionnels et doivent être maintenus : ils ne peuvent l'être qu'avec une ambassade active et dotée de moyens suffisants. Mortaise ne faisait rien mais parvenait à donner le change. Je ne laisserai pas notre bateau couler à cause de votre effacement. Il faut vous secouer, Julien, et vite.

- Oui, monsieur l'ambassadeur.

Mais cette fois, il sent que le « *oui, monsieur l'ambassadeur* » ne suffit pas. Mémorable savon, moins violent que ceux de Foucault, mais plus mérité. Pas à dire, il a dû mal à se positionner. Toujours cette incapacité à deviner, à anticiper, à comprendre rapidement. Il est un lent, un laborieux, un cadre B affecté trop vite sur un poste de A.

- Allez, Julien, forcez un peu votre nature. Je suis sûr que vous allez y arriver.

Julien a fait des progrès puisqu'il sort du bureau sans se tromper de poignée. L'ambassadeur a été un peu plus chaleureux à la fin, mais cela ne veut pas dire grand-chose. Quant à Carayon et ses conseils de discrétion... Le COCAC regagne son bureau et ferme la porte sans un mot pour Anita. Il a envie de pleurer comme un enfant, de se réfugier dans les bras de Sophie. Il préfère appeler Olga qui lui avait dit qu'elle serait dans le quartier en fin de matinée. Ils se retrouvent pour un verre au bar du Bacacay.

Chapitre 9

« Mes chers petits,

Je vais vous raconter l'histoire d'un royaume très lointain, situé au bord d'un océan immense, très au Sud, très loin de la France. Ce royaume, qui fêtera bientôt ses deux cents ans d'existence, s'appelle royaume de la Pampa. Il est gouverné par un roi, entouré de sa cour. Le roi est changé tous les cinq ans par ses sujets pour éviter la lassitude.

Le nouveau roi vient d'être couronné, un vieux lion qui s'est illustré jadis dans de sombres batailles et qu'on soupçonne d'être resté un artisan clandestin de la subversion internationale. Il a placé au premier rang de sa cour un gorille de ses amis pour assurer sa sécurité et celle du peuple, un éléphant, ex-compagnon d'armes, pour défendre le royaume, un perroquet haut en couleur et bavard pour mener les négociations avec les royaumes voisins, un écureuil malin pour tenir les cordons de la bourse et une taupe d'âge aussi avancé que le sien pour organiser l'éducation publique, gratuite et laïque, et les spectacles. Mais, me direz-vous, le choix de la taupe n'est-il pas surprenant car elle est presque aveugle : comment pourra-t-elle s'assurer de la qualité des spectacles et préparer l'avenir du pays dans les écoles et les centres de recherche ?

La taupe courtisane est courtisée elle-même par deux chevaliers servant qui se font la guerre pour profiter de ses faveurs : une chouette qui ne dort jamais et pense avoir du pouvoir et un babouin musclé à l'odeur musquée de bouc safrané. La cigale s'interroge : comment une taupe aussi vieille et aussi laide peut-elle susciter de telles passions ? La cigale a appris que, déjà, la chouette s'était débarrassée d'un bon coup de bec d'un rival gênant qui avait dégringolé de l'arbre et s'était cassé une patte. Le babouin paraît plus solide, mais la chouette est pleine de ressources. Elle a organisé une réception dans le bâtiment officiel dont elle a la charge, réception si brillante qu'elle fera l'objet de comptes-rendus illustrés dans les gazettes du royaume. A cette occasion, elle a réussi, fait inouï dans cette société de solides traditions, à entraîner la taupe dans une pièce à l'écart. Le tête-à-tête entre la taupe et le fonctionnaire a été long, interminable pour le babouin angoissé qui en était exclu. Qu'ont bien pu tramer les deux comploteurs, loin des regards des invités ?

- Qu'il puisse être question d'amour, expliqua la libellule au profond regard vert, paraît exclu tant est laide madame la taupe. En revanche, malgré sa courte vue, elle est la courtisane préférée du roi, informée de tous ses projets et de tous ses secrets. Sont-ce les projets que la chouette voudrait connaître, ou les secrets qu'elle voudrait percer ? Ou bien même, tant l'animal est ambitieux, souhaite-t-elle donner des gages et aider par les armes le monarque dans sa besogne souterraine au cœur du royaume et par-delà les frontières ?

Telles sont, mes chers petits, les questions auxquelles les prochains épisodes de ce récit imaginaire répondront peut-être. La patience et le sens de l'observation sont mères de tous les bonheurs.

Je vous embrasse.

Julien »

*

L'envoi du texte marque une césure dans le séjour uruguayen de Julien. Il n'est plus le même après. Courtes, précises et claires pour qui connaît le code, ces quelques lignes font sa fierté. La rédaction a été laborieuse. N'ayant osé s'y attaquer sur sa table de travail de peur de caméras espionnes, il s'était réfugié dans un café et avait écrit courbé sur la feuille en la retournant chaque fois qu'un serveur approchait. De retour chez lui, il avait failli réveiller Cédric et Gaël pour leur lire le conte pendant que Sophie dormait. Il voulait vérifier que l'histoire pouvait intéresser des enfants, que des formules comme « *artisan clandestin de la subversion internationale* » n'étaient pas trop obscures pour eux, et qu'ils étaient sensibles à la touche de poésie qu'il avait réussi à introduire : « *la libellule au profond regard vert* »... Il avait passé la nuit et le week-end à ajuster quelques tournures et n'avait pas tremblé au moment d'inscrire sur l'enveloppe le nom et l'adresse des neveux de Michel Dablanc à Paris, de sceller le pli et de le confier à la valise diplomatique.

- Quand je pense, s'était-il dit, que Michel n'attend son premier rapport que dans deux ou trois mois...

Lui plaisait particulièrement la référence aux gazettes du royaume. Si Dablanc était aussi malin qu'il paraissait, il allait consulter les sites uruguayens et tomber sur la double page de Galeria consacrée au lancement de la saison culturelle française. Il pourrait alors transmettre à la Piscine la photo des protagonistes (Delgado – la taupe, Foussier – la chouette, Brun – le babouin et Olga – la libellule) sans mettre en danger Ennac – la cigale qui avait eu la bonne idée de ne pas apparaître dans le reportage – de plus, le conte soulignait les qualités professionnelles de cette bonne cigale puisqu'il mentionnait l'organisation d'une réception « *brillante* » : pas mal, non ?

Mais à qui parler de la satisfaction du premier devoir accompli ? Avec qui partager ce bonheur ? Impossible au bureau, bien sûr. Impossible avec Sophie qui ne doit rien savoir. Peut-être possible avec Olga qui adore le demi-mot, le sous-entendu, le non-dit.

Leurs rencontres sont de plus en plus agréables pour Julien. Lorsqu'ils abordent des sujets sensibles, ils ont trouvé un mode de communication dans lequel ils parlent de manière tellement évasive et riche de sens qu'ils ne se comprennent pas et ont l'impression de se comprendre. Ils partagent des informations dont l'autre ne saisit pas la teneur exacte mais devine qu'elles sont de première importance. Ils se persuadent mutuellement qu'ils jouent un rôle essentiel dans l'observation des agissements de Foussier et de Brun, dans la surveillance des complots de Delgado et du président. La défense de la démocratie repose sur eux, ce qui ne les empêche pas, pour l'une de faire un étalage divertissant des dessous d'une société uruguayenne qu'elle connaît par cœur, et pour l'autre de s'épancher sur son enfance et sur des idées sur la vie qui, jusqu'alors, n'avaient pas intéressé grand monde.

Le soir, il rentre à la maison épuisé et satisfait. Olga occupe, en gros, un tiers de ses pensées, et malheureusement beaucoup moins de son temps car ils doivent rester discrets et espacer leurs rencontres. Le second tiers est consacré à l'ambassade où le conseiller prend confiance. Grâce à l'aide de son équipe, il a préparé plusieurs événements qui se sont déroulés à la satisfaction de l'ambassadeur. Il a reçu sans faiblir un philosophe français connu et redouté qu'il a même invité à déjeuner au Rara Avis. La conversation a porté sur les ennuis du philosophe avec le fisc et il a su se montrer à la hauteur. Il a organisé une conférence de mathématiques dont Galeria a rendu compte avec sa photo à côté d'un autre minuscule que la légende présentait comme l'un des scientifiques les plus importants de la planète. L'ambassadeur, qu'il surveille avec attention et pour l'instant sans résultats, lui a dit que c'était très bien.

Le tennis monopolise le dernier tiers de ses pensées, et presque autant de son temps. Il s'est mis au sport, cela transforme son corps. Il claudique après l'entraînement, souffre dans les escaliers et endure des douleurs de dos, coude et genou. Craignant une maladie grave, Anita lui a recommandé une phytothérapie et des instruments de torture orthopédique qu'il a rejetés en bloc, convaincu que les forces de l'esprit sont supérieures à la douleur et au manque de coordination des mouvements.

- Laisse tomber, souffle toutes les nuits une Sophie toujours aussi encourageante. Tu n'y arriveras jamais.

Elle commence à s'habituer à sa vie. Sa maison lui plaît, plus spacieuse et claire que l'appartement de Paris, avec ce jardin dans lequel Cédric et Gaël n'arrêtent pas de courir et cette piscine rien que pour eux. Elle s'est achetée elle aussi une voiture et ne rechigne pas à préparer les glaçons pour les articulations de son homme et à lui masser le dos de crème chauffante. Par le lycée, elle a rencontré des parents d'élèves avec lesquels elle a sympathisé. Ses journées se remplissent petit à petit autour des heures qu'elle préserve pour ses traductions.

Cédric et Gaël sont l'image du bonheur. Malgré la fraîcheur qui commence à prendre possession de la ville, ils ont appris à nager et se poussent à l'eau avec un enthousiasme jamais démenti. Les ombres s'allongent avec l'automne, mais ils sont si à l'aise dans leur nouvel environnement qu'ils ne s'en rendent pas compte. Les amis se succèdent, les goûters d'anniversaire, les sorties à poney, les glaces à Arocena. Ils découvrent un monde bien différent de celui de Paris, avec des surprises presque tous les jours et une liberté bien plus grande. La seule chose qui n'a pas changé est le temps insuffisant que leur consacre leur père.

*

Un soir, celui-ci arrive avec une bouteille de Champagne uruguayen à la main.

- Vous savez quoi, les petits ? annonce-t-il gaiement. J'ai prononcé mon premier discours en espagnol. Sans une note. L'ambassadeur était là. Il m'a félicité. Quand vous pensez qu'il y a peu, je ne parlais pas un mot de cette langue...

- C'est très bien, papa, observe Cédric.

- Que cela vous serve de leçon, mes enfants : par le travail, on peut arriver à tout.

- Sauf au tennis, rigole Gaël.

Il les avait emmenés le week-end précédent au Náutico où il s'était inscrit car la cotisation du prestigieux Lawn-Tennis Club de Carrasco proche de chez eux était vraiment au-dessus de ses moyens. Mais le spectacle n'avait pas tourné à son avantage. Pourtant grassement rémunéré, le professeur n'avait cessé de le secouer et de proférer une série de commentaires, menaces et insultes incompréhensibles pour lui mais qui firent exploser de rire sa descendance. Il faut dire que ses progrès sont limités. Après tant d'années de parfaite tranquillité, son petit corps n'arrive pas comprendre ce qu'on lui demande et exprime comme il le peut son rejet total de toute forme d'effort excessif. C'est une lutte terrible entre l'esprit et les muscles avec, comme arbitre de parti pris, des articulations menaçant à tout instant de céder.

- J'y arriverai, explique-t-il à Sophie. Coûte que coûte, j'y arriverai. C'est essentiel.

Sophie débouche la bouteille en silence. Pendant ce temps, son mari explique aux enfants qu'il a un cadeau pour eux, caché dans le jardin. Les deux sortent en courant.

- Bonne chance ! leur crie-t-il. Vous ne revenez pas tant que vous n'aurez pas trouvé !

Puis, se tournant vers son épouse :

- Nous sommes tranquilles pour un moment, mon amour...

- Qu'est-ce que c'est ?

- Une grande boite de kaplas. Je voulais te parler.

Il se glisse vers elle, l'embrasse avec tendresse et l'assied sur le canapé. Il se coule contre elle et pose sa tête sur sa poitrine, tout près du cœur.

- **Je suis conscient que je suis parfois pénible, ma chérie,** avoue-t-il d'une voix douce, presque timide. C'est le stress. J'ai tellement à apprendre ici... On m'a donné une chance unique, je ne dois pas la laisser passer parce que je n'en aurai pas d'autre. Si je ne suis pas promu A pendant notre affectation en Uruguay, je végèterai jusqu'à la fin de ma carrière sur des postes administratifs sans perspective de progression professionnelle. Si je suis promu A, tu seras un jour femme de sous-directeur, de premier conseiller, voire d'ambassadeur.

Elle est touchée par cet abandon inhabituel. Elle a l'impression de retrouver le Julien des premières années, celui que l'ambition et la frustration n'avaient encore pas enfermé dans une prison mentale.

- Nous n'en sommes pas là, mon ami, sourit la future femme d'ambassadeur en lui caressant les cheveux, et ce n'est pas forcément ce qui m'intéresse.

- Nous aurons plus de prestige. Nous aurons plus d'argent pour mener une vie plus confortable et donner plus de chances à nos enfants.

- Mon cher conseiller, je t'aime pour ce que tu es aujourd'hui, pas pour ce que tu seras peut-être demain... J'ai du mérite, non ?

Oui, elle a du mérite. Il se redresse, palpe le calepin dans la poche de sa veste. Il va réussir ! D'une autre poche, il sort un écrin qu'il ouvre. Sophie Ennac découvre une bague gaucha sertie à Tacuarembó et vendue dans les magasins de souvenir de la place de l'Indépendance. La pierre est une améthyste du nord du pays.

- C'est pour moi ?

Elle plaisante, elle est émue.

- C'est pour la femme de ma vie.

En revenant dans le salon, Cédric et Gaël découvrent leurs parents s'embrassant sur le canapé. Gaël bondit et renverse au-dessus d'eux l'intégralité des kaplas. Tendre bataille à quatre, puis Sophie demande le silence. Elle aussi a une nouvelle à annoncer.

- Nous allons recevoir une visite, déclare-t-elle en souriant.

- Qui ? Tes parents ?

- Non, plus surprenant. Ton ami Guillaume, qui va venir accompagné.

*

Aurélie en Uruguay... Aurélie à Montevideo ! Aurélie dans leur maison, dans la chambre d'ami qu'il faudra aménager. Aurélie visitant l'ambassade, Aurélie découvrant le bureau du COCAC, Aurélie qu'il invitera dans une loge du Solís. Aurélie qui rencontrera Olga.

Est-ce une bonne idée ? Elles se reconnaîtront aux yeux. Il a beaucoup parlé d'Aurélie à Olga. Il n'a jamais dit qui elle était, mais Olga est si fine qu'elle va deviner. Elle ne dira rien à Sophie. Partager un nouveau secret va-t-il les rapprocher, ou la jalousie les éloigner ? Quant à Aurélie, elle ne pourra qu'être admirative de l'amitié tissée entre son beau-frère et une femme telle qu'Olga.

Julien et ses femmes... Il paresse avec elles, rêvant au-dessus de ses dossiers jusqu'à ce qu'Anita le réveille : il faut qu'il se dépêche, il va être en retard et l'ambassadeur n'aime pas ça. Il y a de la tension dans l'air. Ce n'est pas la première réunion de services à laquelle il participe, mais celle-ci est importante car l'ambassadeur veut arrêter le programme des mois à venir. Frôlant les murs comme à son habitude, ne regardant personne plus par timidité que par mauvaise camaraderie, il entre et s'assied en rangeant ses pieds sous sa chaise pour éviter de blesser quelqu'un. Il est placé entre la consule et l'officier de sécurité qui est venu sans son arme. En face d'eux, le premier conseiller, l'attachée économique et l'attaché de presse. Aux deux extrémités de la table, Foussier et sa secrétaire président l'assemblée.

Le jeu de rôle est bien établi. Le premier conseiller adopte un air vaguement goguenard devant les initiatives du maître des lieux, esquive les travaux demandés et prend sa retraite en septembre. La consule est d'une précision chirurgicale sur ses dossiers et refuse de s'exprimer sur les autres. Le conseiller culturel est d'accord sur tout et dit oui à tout. Les autres participants sortent rarement d'un silence prudent.

Les commandes pleuvent, presque toutes pour Julien : visites officielles, avant-premières, lancements de films, exposition des photos d'Arthus-Bertrand à l'aéroport, « *Nuit de l'improvisation* » de Jean-François Zygel au Solís, émission d'un timbre « *français* » par le Correo uruguayo, renforcement des échanges entre l'ENA française et son homologue uruguayenne, lobbying pour les Jeux olympiques d'hiver 2018, aires protégées, négociation de la convention de sécurité sociale. L'ambassadeur a une énergie et une créativité exténuantes. Le sourire de Carayon s'élargit au fur et à mesure que se remplit la besace du COCAC. Les autres baissent plus encore la tête qu'au début, à l'exception de la consule qui la tient bien relevée, le regard fixe, comme indifférente à tout ce qui ne concerne pas la communauté française ou les finances du poste. Peut-être se réjouit-elle des malheurs de son jeune collègue, mais elle n'en montre rien. Elle a récupéré des commandes simples et peu nombreuses, de même que l'attachée économique dans son domaine et l'attaché de presse appelé à donner un maximum de retentissement aux événements organisés par l'ambassade.

Foussier a gardé pour la fin les sujets qu'il sait les plus sensibles. Un moment de silence. L'officier de sécurité se gratte le nez qu'il a particulièrement épais, la secrétaire réprime un bâillement, l'attachée économique rectifie sa position, l'attaché de presse se noie dans la contemplation de la grande photo sous cadre du fort de San Miguel, Carayon dessine une autre Miss Monde sur son bloc-notes, la consule consulte un dossier et Julien se demande comment l'homme du bout de la table peut s'investir autant dans ses fonctions et garder suffisamment d'énergie pour monter une contrebande d'engins de guerre avec des autorités gouvernementales. On se lèverait bien pour se dégourdir les jambes, mais ce n'est pas le style de l'extraordinaire. Les pauses, il ne connaît pas, il ne sait rien du plaisir simple du café partagé et de la douce musique des mots inutiles. C'est un chasseur inédit de temps perdu, un abatteur hors norme de besogne, une dangereuse machine à projets qui présente sa dernière trouvaille : fusionner en une seule réception, organisée le 14 juillet au Musée national d'Arts visuels, le vernissage de l'exposition française initialement prévu fin juin et la fête nationale célébrée traditionnellement dans les locaux de l'ambassade. Il fait un tour de table comme souvent, pour se rassurer à peu de frais sur l'excellence de ses idées et l'adhésion de son peuple à sa gestion participative. Julien est le seul à répondre de lui-même.

- Cela me paraît une très bonne idée, monsieur l'ambassadeur. Nous faisons des économies et nous attirons en même temps plus de public pour notre exposition. Toute la presse sera là pour voir les œuvres de nos cinq artistes : Alberola, Bustamante, Hyber, Moulène et Veilhan.

Il a mis du temps à apprendre la liste par cœur, conscient qu'il est indispensable pour un COCAC de sembler connaître l'art contemporain.

- Exact, Julien, se félicite l'ambassadeur satisfait de ce soutien. D'autres avis ?

Les autres avis sont plus réservés, voire franchement hostiles. Le 14 juillet dans les locaux de l'ambassade est une institution en Uruguay. Les Français ne seront pas contents du changement, les autorités viendront moins, les médias ne comprendront pas... Arguments forts pour l'ambassadeur, mais Julien a deviné que Foussier est ravi de changer les habitudes et d'imprimer sa marque. C'est le moment de renouveler son soutien, au risque d'apparaître plus que jamais comme le fayot de service :

- Je suis d'accord avec vous, monsieur l'ambassadeur, confirme-t-il de sa voix mal posée. Vous allez donner l'image d'une France moderne, ouverte, hors de ses murs, offrant à l'Uruguay le bouquet de sa création contemporaine.

Il fréquente des artistes depuis un mois et note dans un grand cahier leurs tics de vocabulaire pour les utiliser à son tour et donner une teinte plus culturelle à son expression. L'ambassadeur a l'air content, presque impressionné par le langage de son collaborateur qu'il avait trouvé moins assuré les premiers jours.

- OK, dit-il, je vais continuer à réfléchir – ce qui signifiait que sa décision était prise. J'ai besoin de votre avis sur un second sujet. Comme vous le savez, la France va affronter l'Uruguay le vendredi 11 juin à 15h30, lors de la première journée du Mondial de foot d'Afrique du Sud. Cela va être le premier match des deux équipes et l'événement aura un retentissement considérable. Nous devons faire quelque chose : que proposez-vous ?

Silence. Tout le monde est épuisé par l'interminable réunion et les idées sans fin de François Foussier qui s'additionnent sans aucun égard pour les faibles moyens humains et financiers de son ambassade. Que va-t-il encore inventer ? Mettre les mamies du service culturel en short bleu-blanc-rouge et les faire défiler sur la rambla ?

- J'ai pensé, reprend-il devant le manque d'enthousiasme de ses troupes, que ce match devait être pour nous le symbole de l'amitié entre la France et l'Uruguay. Qu'est-ce qui, à Montevideo, illustre le plus cette amitié ? Sans hésitation, le mélange des élèves français et uruguayens sur les bancs du Lycée français. Nous pourrions faire dresser des écrans géants au Lycée, inviter élèves et parents, de même que les autorités et la presse, et regarder le match dans un climat de concorde et de paix.

Nouveau silence, plus profond encore que le précédent. La lassitude, voire le découragement, est palpable. C'est l'officier de sécurité qui se lance le premier :

- Nous risquons d'avoir des problèmes pour canaliser les jeunes, monsieur l'ambassadeur. Les matches entre la France et l'Uruguay sont souvent rugueux.

- Robert ?

- Je suis d'accord avec Etienne. Nous prenons un risque trop important. Quelle serait l'image de la France et de notre ambassade en cas de dérapage ?

- Georgette ?

Georgette explique que le vrai sujet pour la communauté française n'est pas un match de foot mais la préparation du transfert à Buenos Aires des compétences d'état-civil dans le cadre de la création du pôle consulaire régional qui va lui compliquer la vie. Bernardo pense pour sa part qu'il y aura tellement de sollicitations le 11 juin que les médias auront autre chose à faire que de couvrir un événement au Lycée français. Isabelle doute que les entreprises françaises et les sponsors soient intéressés. Marguerite estime qu'il sera compliqué de dresser les listes d'invitation, d'autant que l'ambassade n'a jamais eu d'action dans ce domaine.

- Julien ?

Julien n'est pas dupe. Il sait qu'il est interrogé en dernier car l'ambassadeur est certain qu'il va dire que c'est une excellente idée. Mais il n'en peut plus. Il est paniqué par l'ampleur des tâches qui lui ont été attribuées depuis le début de la réunion. Il ne se voit pas essayer de convaincre le président du Lycée, probablement réticent, trouver des écrans géants, préparer des éléments de langage, rencontrer des footballeurs, regarder un match de foot... Il sent aussi que cela fait deux heures qu'il exaspère ses collègues par une servilité trop appuyée.

- J'ai des doutes, monsieur l'ambassadeur, fait-il en tremblant. La coopération française est attendue en matière culturelle et scientifique, universitaire et linguistique, pas sur le foot. Il y a trop d'argent dans ce sport et cela touche insuffisamment les élites auxquelles nous souhaitons nous adresser. De plus, je partage les craintes d'Etienne et de Robert : que se passera-t-il si la France écrase l'Uruguay comme c'est probable ?

L'ambassadeur et ses collègues le regardent sans y croire. Il sait donc dire non à son chef, ce petit COCAC, et il a un pronostic sur le résultat du match ? Ils le voient se recroqueviller un peu plus sur son siège et, dans un mouvement mécanique malheureux, lancer ses pieds en avant et heurter les chevilles de l'attachée économique en face de lui, qui ne peut retenir une exclamation de douleur.

- Oh, pardon ! s'excuse-t-il rouge de confusion.

- Le sport provoque en vous des réactions épidermiques, Julien, sourit l'ambassadeur. Allons, ce n'est pas si grave. Je continuerai à réfléchir et traiterai ce dossier avec Bernardo car l'aspect communication est essentiel. Je contacterai moi-même les autorités du Lycée pour voir ce qu'elles en pensent. La séance est levée, je vous remercie de votre temps. Au travail !

Sous le regard agacé et compatissant de ses collègues, Julien quitte la pièce avec dans sa pochette une liste de commandes dont il ne sait comment il va se sortir. Heureusement qu'il a échappé à la mise en œuvre de cette idée baroque de transformer le Lycée Jules Supervielle en salle de kermesse pour visionner le spectacle le plus affligeant qui soit : un match de foot !

De retour dans son bureau, il note sur son calepin : « *De tout cela, je retire un double enseignement :*

- D'une part, avoir deux fers au feu augmente mathématiquement mes chances de promotion. Satisfaire l'ambassadeur et observer pour Dablanc. Observer pour Dablanc est plus amusant que satisfaire l'ambassadeur.

- D'autre part, la route est longue jusqu'aux plus hautes fonctions. Dominer les sujets les plus divers, mettre de l'ordre dans le chaos, suivre une quinzaine de dossiers à la fois, distribuer les tâches, se faire obéir en interne et dispenser des sourires à l'extérieur, parler à la presse, aux ministres, aux hommes d'affaires, aux artistes. Mais ce trop-plein d'intelligence et d'énergie conduit parfois nos chefs à ne pas respecter les règles. Foussier est comme les autres et il a commis une erreur : son allégeance à Delgado est trop visible. Comme me l'a fait remarquer une femme bien informée, se rapprocher autant du pouvoir n'est pas habituel pour un diplomate étranger. Je ne sais pas encore pourquoi il agit ainsi. Je tâtonne, mais je vais trouver... » Puis il range avec soin le carnet devenu explosif au fil des annotations.

*

- Tu te rends compte ? dit-il à Olga qu'il a rejointe au bar du Puro Verso. Il veut faire le 14 juillet au Musée des Arts visuels en même temps que l'exposition que mon service prépare ! Cela va être la révolution dans la communauté française...

Olga Strehunlinden porte un long châle de soie mauve sur les épaules et une robe légère qui laisse deviner le mouvement souple de son corps. Julien la regarde avec une attention renouvelée. Quelques jours plus tôt, l'ambassadeur avait demandé des propositions de futures décorations et il avait tout de suite pensé à elle pour les Arts et Lettres. Il avait rédigé le mémoire et s'était aperçu en fouillant les dossiers qu'elle était née en juin 56 : elle n'a pas quarante, mais cinquante-trois ans. Incroyable ! Il détaille le visage, le front, les pommettes, les joues, la gorge : pas une ride, pas une trace de chirurgie esthétique, presque la fraîcheur d'une jeune fille et un charme que Sophie n'a jamais eu. Comment peut-on être amoureux, même platonique, d'une femme de cinquante-trois ans quand on n'en a soi-même que trente-quatre ?

Olga sourit, comme si elle avait deviné ses pensées. Ses yeux scintillent, immenses. Elle lui prend la main par-dessus la table.

- Pourquoi me regardes-tu ainsi, Julien ? demande-t-elle.

C'est impressionnant. Derrière elle, des livres et les moulures des murs anciens. Le Puro Verso est une haute librairie installée dans un palais Arts-Déco de la piétonnale Sarandí, éclairée par les verrières qui illuminent la façade. Au premier étage, dans un calme de bibliothèque ensoleillée, quelques tables accueillent les passants égarés et les amoureux perdus. Julien aime y retrouver la princesse aux yeux de lagune.

- Parce que tu es très belle, répond-il en rougissant. Particulièrement belle aujourd'hui.

- C'est une déclaration ?

- Une constatation, Olga. Je suis bien avec toi. J'aime nos rencontres. J'aime te parler.

- Moi aussi, Julien.

Elle ne lui a pas encore rendu sa main. Il pense brièvement à la prochaine visite d'Aurélie. S'il pouvait partir en voyage avec les deux, dans l'Orient-Express par exemple, et passer des nuits allongé sur des divans profonds à fumer le narguilé et parler de philosophie, et que ces deux femmes le déshabillent à bout de sommeil, le bercent doucement et s'endorment à ses côtés, leurs peaux nues contre sa peau nue.

- Julien ?

Il revient à lui. Il est dans un lieu public de Montevideo, avec une femme connue de la ville, habillée, qui a lâché sa main et le regarde amusée. Il est diplomate, il doit faire attention à ses fréquentions.

- Tu ne dois pas parler de ce que je t'ai dit du 14 juillet, Olga, balbutie-t-il précipitamment. C'est confidentiel. L'ambassadeur n'a pas encore décidé, rien ne doit sortir des murs de l'ambassade.

Le sourire d'Olga s'élargit. Ses yeux sont aussi doux que la soie de son châle.

- Tu sais bien que je ne parle jamais de nos conversations, Julien. J'espère que tu en fais autant de ton côté, sinon je vais me taire...

Il s'est repris et s'en veut de se sentir aussi bien avec elle, au point d'en être peut-être imprudent. En même temps, jusqu'à présent, elle lui a beaucoup plus appris sur les dessous de la politique uruguayenne que lui a pu lui apprendre sur quoi que ce soit – d'autant qu'elle n'a jamais paru très intéressée par Ypres ou Verdun.

- Je ne sais pas pourquoi je t'ai parlé du 14 juillet, déclare-t-il.

- Parce que tu sors d'une réunion que tu appréhendais, répond-elle finement, et que le projet de ton ambassadeur t'a surpris. Je dois te dire que Foussier me surprend moi aussi et je commence à revenir du premier jugement que j'avais porté sur lui. Il est intelligent, bien sûr, mais surtout il fait un sacré travail pour votre image. Il est partout, il parle avec tout le monde, il passe son temps dans les médias. On a l'impression que votre ambassade a doublé de volume. Sa femme est aussi sociale, médiatique et appliquée que lui : lorsque ce n'est pas lui qu'on voit en photo lors d'une de vos activités, c'est elle pour tout ce qu'elle fait dans ses associations caritatives ou ses réunions mondaines. J'ai rarement vu un couple d'ambassadeur aussi lancé en quelques mois.

Julien la regarde, étonné.

- Tu ne penses plus qu'il prépare des coups en douce avec Delgado ? demande-t-il.

- L'un n'empêche pas l'autre, Julien....

Il va tester son analyse de la situation. Il se sent de plus en plus subtil, pas à dire, il progresse au contact de cette femme.

- Moi, affirme-t-il, je crois qu'il a choisi d'organiser notre 14 juillet au musée pour faire plaisir au ministre en charge de la culture, Delgado. Il veut le mettre en valeur et lui rendre service, peut-être lui donner des gages.

La princesse zu Chahapazoff approuve :

- D'aussi loin que je me souvienne, c'est la première fois que votre fête nationale n'aura pas lieu à l'ambassade. As-tu remarqué de nouveaux agissements suspects ?

Julien baisse la voix et le nez.

- Oui, mais ceci aussi est très confidentiel, Olga. Je crois qu'il a réglé son sort à Joseph Brun, le directeur de l'Alliance française. Son contrat ne sera pas renouvelé, il va partir en août.

- Mortaise, Brun..., commente la directrice de l'association musicale, songeuse. Deux en quelques mois... Il veut avoir les coudées franches.

- Dans quel but ?

Elle ouvre les mains, dans un signe d'impuissance. Ses doigts portent plusieurs bagues discrètes et une lourde chevalière. Delgado part au Venezuela la semaine prochaine, annonce-t-elle tout bas à son interlocuteur auquel la nouvelle avait échappé malgré sa lecture assidue de la presse locale. Au retour, il fera escale en Equateur et en Bolivie où il sera reçu par Correa et Evo Morales. Que cherche-t-il dans les pays bolivariens ? Un appui financier ? Des armes ? La déstabilisation de la Colombie et du Chili ?

- L'axe des révolutions..., confirme Julien les yeux brillants.

Qu'il est doux de parler de conspiration dans le confort d'une belle librairie ouverte sur le ciel ! Le plaisir des frissons à faible coût, la complicité du petit danger, l'exotisme à portée de la main... La conversation se prolonge au-delà du raisonnable et le baiser du départ est depuis longtemps devenu un frôlement des lèvres.

Chapitre 10

Un vendredi après-midi, Carayon entre en coup de vent dans le bureau du conseiller culturel.

- Ah, Julien ! Il faut que tu me rendes un service !

Un service ? Julien n'aime pas rendre des services, surtout à des individus qui se moquent de ses pieds.

- As-tu entendu dire qu'un homme politique français ayant des problèmes avec la Justice viendrait s'exiler en Uruguay - à Punta del Este comme l'avait fait l'ancien maire de Nice Jacques Médecin ?

Ennac connaissait l'histoire de Médecin, bien sûr, mais c'était dans les années 90... Les temps ont changé. Après avoir eu longtemps la réputation de havre de paix et de paradis fiscal, la « *Suisse de l'Amérique latine* », l'Uruguay s'est rangé aux normes de la transparence. Un accord d'échange d'informations fiscales a même été signé avec la France en janvier.

- L'ambassadeur est inquiet. Si un personnage connu vient à nouveau se réfugier, cela va tendre nos relations bilatérales et empoisonner son mandat.

- Et alors ?

- Il m'a demandé de vérifier l'information auprès du banquier qui l'a averti. Il l'a croisé lors d'un dîner officiel et ne souhaite pas le revoir pour l'instant. Je pense qu'il a peur d'être compromis.

- Il préfère que tu sois compromis à sa place ?

- C'est moins grave, Julien, nous sommes moins importants que notre chef. J'ai organisé un rendez-vous à l'hôtel Conrad de Punta del Este demain à 15h00. L'idée est d'obtenir plus de renseignements et le nom de l'élu qui va nous tomber sur les bras. Quelle calamité si nous devons gérer les médias qui ne manqueront pas de donner un fort retentissement à l'affaire !

Julien savait que la fuite de Médecin et son installation à Punta avaient compliqué à l'époque la vie de l'ambassade.

- Le problème, poursuit le premier conseiller, est que mon agenda a changé et que je suis coincé à Montevideo ce week-end. Je dois être disponible pour Raquel qui reçoit de la famille.

- Reporte le rendez-vous.

- L'ambassadeur est pressé. Vas-y, Julien, c'est une bonne occasion d'apprendre des choses sur le pays. Ce sera excellent pour ton initiation.

Quelle initiation ? Julien ne sent pas le coup.

- Demande à Georgette, biaise-t-il. Cela me paraît plus dans les cordes du consulat.

Carayon diffère d'opinion. Il l'estime trop rigide pour tirer les vers du nez d'un banquier international, « *alors que toi* », complète-t-il avec une lueur amusée dans le regard, « *comme tu n'as l'air de rien, on ne se méfie pas* ».

Ennac hoche la tête. Michel Dablanc avait utilisé le même argument quand il l'avait recruté pour le boulevard Mortier.

*

Julien prend la route tôt. En attente de rénovation, le massif palace hôtelier de la rambla de Carrasco le regarde passer d'une lucarne indifférente. Plus loin, le conseiller s'engage sur la ruta 1 en direction de l'est. Il a l'impression de se faire avoir. S'il réussit, le premier conseiller glanera les lauriers. S'il échoue, on ne sera pas long à remonter à lui. De plus, il y a peut-être danger à ce contact. Il connaît le pouvoir des mafias… Le grand banditisme sous le masque de financiers courtois et impitoyables… Il n'a pas d'arme sur lui, évidemment, mais regrette d'avoir conservé dans la poche intérieure de son veston le calepin sur lequel il a déjà noté trop d'idées : s'il était kidnappé ou dépouillé, on découvrirait qu'il soupçonne son ambassadeur d'entente avec l'étranger et le président Mujica de visées terroristes ! Quelle folie ! Pas bon pour le destin d'un secrétaire de chancellerie. Encore moins pour sa santé…

Après les stations services et les supermarchés du début, des plages de sable blanc se présentent, des lagunes, des bovins, des bois d'eucalyptus et l'escarpement de Punta Ballena avec la « *Casapueblo* » de Carlos Páez Villaró accrochée au-dessus du Rio. Puis apparaît Punta del Este, succession d'immeubles de luxe face à la mer. Le Conrad est un hôtel-casino de standing international fort d'une quinzaine d'étages et de près de trois cents chambres et suites. Julien se cache pour prendre possession des lieux avant la rencontre. A l'heure convenue, il se dirige vers l'homme déjà installé à une table. Celui-ci se lève, très grand, très souriant, très beau. Avec ses Ray Ban, sa chemise de lin beige hors de prix ouverte sur une chaîne dorée et des poils virils, sa chevalière en or, les boucles de ses cheveux châtain clair un peu longs, son air intelligent et sympathique, on voit bien qu'il n'est pas fonctionnaire.

Les deux échangent leurs cartes de visite. Le visage du banquier reste de marbre en découvrant qu'il a un conseiller culturel en face de lui. Julien lit sur le bristol : « *César R. Ruiz Costa* » et le nom de la banque.

- Champagne ? Caïpirinha ? Vodka ?

Ce sera un jus d'ananas. En musique d'ambiance, une sono susurre des chansons d'Edith Piaf.

- Votre pays est magnifique, déclare le COCAC alors qu'ils se sont assis.

- Ce n'est pas mon pays, cher ami, sourit l'homme qui doit avoir le même âge que lui mais pas la même surface dans la vie. Je suis argentin. Je viens souvent à Punta del Este pour des vacances ou pour le travail car nous nous trouvons ici au cœur de la villégiature d'été préférée des grandes fortunes d'Argentine et du Brésil. Je possède moi-même une maison près de l'océan, côté Playa Brava, ce qui est pratique pour mes affaires. Il faudra revenir pour le plaisir, Julien...

Julien opine vaguement.

- Je me rends aussi à Montevideo, car ma banque finance des projets gouvernementaux.

- Lesquels ?

- Je ne peux vous le dire, amigo. Secret des affaires...

- Vous êtes en contact avec un homme politique français ?

- Jouez-vous au casino, Julien ? La vie est une grande roulette où il faut savoir prendre des risques. Venez !

Abandonnant la flûte de Champagne et le jus d'ananas, il l'entraîne vers d'autres portes. L'entrée franchie, le conseiller se retrouve entre les rangs serrés des machines à sous. Le lieu est vaste, sombre et bruyant. Le banquier le conduit dans une salle plus calme à l'épaisse moquette. Des tables de black jack espacées et une roulette sont servies par des employés en smoking noir.

- Monsieur Ruiz Costa, s'enquiert un mozo, que désirez-vous boire ?

- Deux coupes de Champagne, s'il vous plaît. Cher ami, préférez-vous les cartes ou la bille capricieuse ?

- Je ne joue pas, balbutie le conseiller.

- Asseyons-nous à la roulette, il y a moins à réfléchir. Tenez, prenez la moitié.

Il a sorti de ses poches des plaques et des jetons de couleur. Affolé, Julien refuse.

- Vous avez peur que je vous achète ? rigole le banquier. Mais un conseiller culturel de l'ambassade de France me coûterait beaucoup plus cher. Allez, ne vous faites pas prier. Prenez des jetons et amusez-vous !

- Ce n'est pas possible, monsieur.

- Comme vous voudrez…

César Ruiz Costa commence à parier, sans faire plus attention à son voisin. La salle est presque vide à cette heure. Il a placé l'intégralité de sa première mise sur le 17 qui ne sort pas. Il joue le 12 au coup suivant.

Julien observe. Il ne sait comment revenir à sa question sur le politicien français. Il a l'impression que son refus de jouer avec l'argent de son interlocuteur l'a vexé. « *Que sont quelques dizaines ou centaines de dollars pour lui ?* », se demande-t-il, « *je devrais peut-être accepter...* ». Que lui conseillerait Dablanc en pareil cas ?

- Combien vaut ce jeton ? s'enquiert-il en désignant le plus petit de la couleur la plus terne.

- Vingt dollars, répond Ruiz Costa.

- Ok, j'en prends un pour vous accompagner.

Il saisit le bout de plastique comme s'il brûlait et le dépose sur les rouges. Le noir sort.

- Pas de chance, fait une voix féminine derrière lui.

Il tressaille et se retourne. Il est face à une femme deux fois plus grande que lui, mince, incurvée, éblouissante, une fusée encore plus réussie que le banquier, un top model comme il n'en a jamais vu qu'à la télévision.

- Madame ?

- Mademoiselle... Je suis l'amie de César, mais il ne se décide pas à m'épouser. Je m'appelle Malena.

Ça y est, cette fois-ci il est définitivement perdu, comme l'aiguille d'une boussole à proximité immédiate du nord magnétique. Cette femme fait exploser ses repères. Il ne pensait pas qu'on puisse être aussi belle et désirable, maquillée, boucles d'oreilles en or, jambes interminables, robe de plage bleu outremer cintrée à la taille et bien ouverte sur le devant. Il entend à peine Ruiz Costa déclarer qu'il n'est pas en réussite et demander à sa compagne d'emmener leur ami à la plage. Il la suit, effrayé à l'idée qu'un journaliste le reconnaisse et les prenne en photo pour un magazine à scandale. Comment réagirait Sophie ? Comment lui expliquer ? Olga serait-elle jalouse, les mamies du service culturel hilares et Foussier révolté ? La traversée de l'hôtel, puis les cent mètres menant au rivage, lui paraissent une éternité. Ils s'installent dans un bar coûteux, sous une véranda qui les protège de trop de soleil, face au plus large estuaire du monde qui ressemble à une mer calme.

- Je parle français, tu sais, lui dit Milena en français. J'ai une grand-mère originaire de Bayonne.

- Je parle espagnol, répond-il en espagnol. Et anglais, allemand, bulgare et tchèque.

Elle sourit.

- Parlons français, j'ai besoin de pratiquer... Que fais-tu en Uruguay ?

Il répond qu'il est diplomate, conseiller culturel, chargé de la promotion de la culture française. La musique est trop forte, brésilienne. Ils sont obligés de se pencher l'un vers l'autre pour s'entendre. Il trouve le moment absolument incroyable.

*

Le temps a suspendu son vol. L'alignement de bouteilles derrière le bar, les étais en bois de la paillotte, les affiches de plages cariocas, la bossa nova, la serveuse aux seins harmonieux, Malena. Julien Ennac est loin des vacances d'été chez les beaux-parents à Paimpol. La chaleur les enveloppe. Malena a commandé deux caïpirinhas et en explique la composition : cocktail de cachaça – un alcool blanc brésilien –, citrons verts pressés avec l'écorce, glace pilée et sucre roux. Il goûte. Un délice, rafraichissant, sucré, spirituel ! Bientôt une autre, mais il arrêtera là.

Ils parlent musique. Elle dit que pour l'Amérique du Sud, la France c'est Edith Piaf et Charles Aznavour. Il dit que pour la France, la musique sud-américaine est symbolisée par la samba et le tango. Le tango porte en lui le mystère du Rio de la Plata. Il connaît l'histoire tragique de Carlos Gardel, l'idole suave de la région dont l'Uruguay, l'Argentine et la France se disputent la nationalité. Le tango est un passeport, l'ouverture sur la sensualité et le rêve... Il est lyrique, il se surprend lui-même... Elle lui demande s'il le danse, beaucoup d'expatriés l'apprennent à Montevideo. Non, répond-il, il n'est pas doué pour les rythmes latinos. Et elle, le pratique-t-elle ? Bien sûr ! Elle est de Buenos Aires, la capitale mondiale. Elle se lève et parle au barman. Deux minutes plus tard les décibels brésiliens font place à « *La Cumparsita* », un des morceaux les plus célèbres, jadis interprété par Gardel.

« *Si supieras,*

Que aún dentro de mi alma,

Conservo aquel cariño

Que tuve para ti... »

- Tu entends cette voix, Julien ? Viens danser.

Il la regarde, paniqué.

- Je ne sais pas faire.

- On n'a qu'une vie, tu sais. Auras-tu d'autres occasions de t'entraîner au soleil et devant la mer ?

Il esquisse un geste négatif de la tête. Elle le prend par la main.

- Enlève ta veste. Il fait chaud.

Impossible ! Il la suit avec sa veste et sa cravate jusqu'à l'estrade qui sert de piste et où deux filles en maillot de bain se trémoussaient plus tôt. Les premiers pas ne sont pas maladroits, mais pires. Il lui broie le pied. Mais il sait désormais de façon sûre qu'elle ne porte pas de soutien-gorge.

- Serre-moi plus fort, intime-t-elle, ou je vais choir. Le tango est une danse de contact. Un, deux, trois, quatre. Enlace-moi.

Si un journaliste arrivait ? Ou César R. Ruiz Costa ? Il ferme les yeux, la caïpirinha se répand dans ses veines. Il ré-ouvre les yeux. **Non !!!** Il est trop près du bord de l'estrade ! Le piège ! Le cauchemar ! Mortaise qui tourne et tombe en se cassant le péroné. La vie est circulaire comme le tango, l'éternel recommencement appris de Nietzsche en prépa. Le bord approche encore...

- C'est bon, Julien, déclare l'Argentine un peu lasse, tu es trop tendu. Retournons nous asseoir...

Le soulagement provoque un relâchement des pores de sa peau. Il n'a jamais autant transpiré. Sur le selfie, on ne verra que les torrents de sueur.

- Pour garder un souvenir de ce moment exceptionnel pour moi, explique-t-il en tendant le bras.

Ils ont les pieds dans le sable. Le rivage est derrière eux, l'eau bleue avec des milliers de reflets de lumière. Elle hésite et finit par se prêter à l'exercice. Elle comprend combien la danse a été particulière pour le petit Français probablement peu habitué à disposer d'une telle cavalière. Elle rapproche son beau visage et sourit à l'objectif du téléphone portable. Malgré sa beauté excessive, elle a quelque chose de doux dans le regard.

Plus tard, alors qu'ils sont attablés et qu'il a effectivement décliné un troisième verre, César Ruiz Costa les rejoint.

- Julien, annonce-t-il après s'être assis et avoir commandé un gin fizz, j'ai passé des appels pour toi. Mon ami Michael Campi te fait une grande faveur. Tu as rendez-vous avec lui à 19h00 au pied du phare de José Ignacio.

- Pourquoi ?

- Il est au courant de tous les investissements dans la région et n'est pas tenu comme moi au secret professionnel.

*

C'est allé si vite ! Son premier contact avec la jet set financière internationale ! Il suit la rambla jusqu'à la ligne de partage entre le Rio de la Plata et l'océan Atlantique. Passée la pointe, la mer est plus forte. Playa Brava, avec quelque part la demeure d'été de monsieur César R. Ruiz Costa. De hauts doigts de béton sortant du sable l'accueillent, avec les flots en arrière-plan. Il s'arrête pour un nouveau selfie, puis poursuit et sort de Punta. Il parcourt la côte jusqu'à José Ignacio, se sentant presque en vacances avec la beauté des paysages et la douce torpeur de la cachaça dans le corps. L'image de Malena reste avec lui, son parfum, ses courbes, sa peau, tout un monde inaccessible qu'il convient d'oublier au plus vite... Il est très en avance pour son rendez-vous et continue jusqu'à la laguna Garzón et le bac qui mène à l'inconnu. Plus loin, il sait que les plages deviennent sauvages, avec quelques points touristiques comme La Paloma ou Punta del Diablo, la presqu'île inaccessible de Cabo Polonio autour de son phare et de ses lions de mers et les forts portugais de Santa Teresa et San Miguel. Puis Chuy, la ville-frontière avec le Brésil...

Il est revenu à José Ignacio et s'est installé à La Huella en bord d'océan pour attendre l'heure de l'entretien. Il prend une poignée de sable entre les mains et la regarde s'écouler. Que la vie est belle, il faudra amener Sophie et les enfants. Ici, on respire tellement mieux que Porte de Bagnolet !

Il desserre légèrement sa cravate. La serveuse est jolie, les flots resplendissent, la limonada a un goût délicieux.

Il ne s'en est pas trop mal sorti, finalement. D'abord, il n'a pas été arrêté sur la route - avec deux verres d'alcool fort, il aurait pu avoir des problèmes dans ce pays de tolérance zéro au volant, même si son statut diplomatique lui permettait de refuser l'alcootest. Ensuite, personne ne l'a vu accepter un jus d'ananas, une flûte de Champagne, un jeton de casino et deux caïpirinhas d'un banquier douteux. Enfin, il a volé une photo de la compagne dudit banquier, qu'il faudra cacher de Sophie et de l'ambassade, mais transmettre à Dablanc en cas de besoin. Ne manque que le nom du politicien français. S'il l'obtient, il sait ce qu'il doit faire : poursuivre vers l'est jusqu'à la frontière brésilienne à deux heures de route. De l'autre côté de la frontière, il téléphonera à Michel...

« *La révolution a besoin de ressources pécuniaires* », note-t-il sur son calepin. « *On n'attrape pas les mouches avec du vinaigre. On peut haïr les banquiers pour motifs idéologiques, et faire affaire avec eux... Ce Ruiz Costa ne me paraît pas très net.* »

C'est l'heure, il se rend au phare. Autant le centre de José Ignacio, petit village de pêcheurs en train de devenir station balnéaire à la mode, est séduisant, autant le phare à ses pieds est cafardeux avec un terre-plein non aménagé et les vagues se heurtant à des rochers gris. Il attend.

19h30, Michael Campi n'est toujours pas là. La lumière baisse. On sent la violence de l'océan, les embruns qui se renforcent. Il fait presque froid. Une bande de jeunes a établi son campement à quelques mètres, seule présence humaine visible. Ils le regardent de plus en plus souvent. Il porte un costume sombre, une cravate, des chaussures de cuir brun, cela commence à ne rien présager de bon. Peu avant 20 heures, il abandonne.

Retour songeur à Montevideo. Il se rend directement dans le quartier de Malvín où se situe la maison de ville habitée par les Carayon. Il sonne. Le premier conseiller ouvre, surpris :

- Désolé de te déranger en famille, Robert, mais je voulais éviter de te rendre compte par téléphone...

- Cela ne pouvait pas attendre lundi ?

- Non.

Carayon le fait entrer. Raquel le salue de haut et s'éclipse. Il n'y a visiblement pas de famille.

- Les cousins de Raquel ont eu des problèmes d'avion, s'excuse le maître des lieux gêné. Assieds-toi, Julien. Un whisky ?

Julien décline. Le salon est un musée d'objets censés impressionner les visiteurs : des photos des postes précédents au Venezuela, en Côte d'Ivoire, Mongolie, Equateur et ailleurs, des trophées, des fanions, des posters de Raquel miss Venezuela plus ou moins dénudée et l'agrandissement du président Chirac serrant la main du premier conseiller. L'ensemble est étouffant et un peu triste.

Il demande à Carayon pourquoi il n'a pas rencontré lui-même le banquier.

- Je ne veux pas d'ennuis, tu sais, répond celui-ci. Montevideo constitue ma dernière affectation, je voudrais terminer tranquille. Les questions financières sont souvent des nids d'embrouilles.

- César Ruiz Costa est-il un banquier sérieux ?

- Plus que sérieux, Julien.

- Il m'a donné l'impression d'un playboy margoulin. Il a beaucoup d'argent. Il a claqué plusieurs centaines de dollars en seulement deux mises au casino. Il boit. Il a une petite amie magnifique. Ça sent le blanchiment, Robert. Sais-tu ce qu'il magouille avec le gouvernement uruguayen ?

Le premier conseiller hausse les épaules. Son jeune collègue manque d'expérience. Les Argentins sont souvent hauts en couleur et exubérants, cela leur vient de leurs racines italiennes, mais ils sont aussi de vrais pros. Et les vrais pros du privé se doivent d'être plus sympas et plus flambeurs que ceux de l'administration, sinon comment réussiraient-ils ?

- Julien, confierais-tu tes économies à quelqu'un qui fait la gueule et semble traîner misère ?

Le COCAC secoue la tête. Il ne confierait de toute façon ses économies à personne. Il rappelle que le premier conseiller a déclaré lui-même que les questions financières étaient des nids à embrouilles. Celui-ci précise son analyse :

- Je n'affirme pas que l'Argentine soit exempte de corruption, bien sûr. On négocie, on s'arrange... Pour sa part, l'Uruguay a la réputation d'être un des pays les plus probes d'Amérique latine, mais on ne peut jamais être sûr non plus. Les partis politiques, les villes et l'Etat ont besoin de financements. Veux-tu un conseil ?

- Oui ?

- Ne t'en occupe pas, il n'y a que des coups à prendre.

Ne pas s'en occuper, mais écouter, être attentif, apprendre. Carayon ajoute que Ruiz Costa a proposé de devenir un des sponsors des activités culturelles de l'ambassade : malin pour gagner en respectabilité, mais peu probable que l'ambassadeur accepte...

- Robert, l'interrompt le COCAC en changeant de ton, lui as-tu parlé de la chute de Mortaise ?

Le premier conseiller reste avec son whisky en suspens entre la table et ses lèvres. Il demande quel est le rapport.

- Sa copine m'a fait danser le tango sur une estrade !

Silence. Le conseiller culturel examine attentivement son vis-à-vis. Il a cherché à le surprendre pour le mettre hors défense, mais le visage carré de Carayon ne reflète qu'un étonnement qui semble sincère. Puis un sourire s'esquisse.

- Décidément, Julien, constate-t-il, quel phénomène tu fais ! On t'envoie une après-midi à Punta et tu en profites pour jouer au casino et danser le tango avec une superbe Argentine ! Tu iras loin, mon jeune ami...

« Je n'irai nulle part. La pression révèle mes tendances paranos. Mais si Dablanc m'a confié une mission trop grande pour moi, c'est pour que je la réussisse ! ». Sans une pensée pour Malena, il revient au cœur du sujet :

- Robert, je n'ai pas obtenu le nom de l'homme politique français. J'ai fait chou blanc...

Echec dont le premier conseiller était informé. Ruiz Costa l'avait appelé en fin de journée pour lui expliquer qu'il n'avait rien dit à l'envoyé de l'ambassade mais qu'on pouvait rassurer l'ambassadeur. En apprenant qu'un accord fiscal avait été signé entre la France et l'Uruguay, le Français a changé ses plans. Il penserait au Panama maintenant.

- L'ambassadeur va-t-il en informer Paris ?

- Probablement. En tout cas, merci de t'être acquitté de cette mission, Julien.

Le COCAC sent une colère monter en lui, cette éternelle impression de ne pas être à la hauteur. Maîtrisant difficilement son irritation, il demande pourquoi Ruiz Costa ne lui a pas parlé, alors qu'il avait fait une heure et demie de route pour le rencontrer. Et pourquoi l'a-t-il renvoyé sur un indicateur qui n'est jamais apparu ?

Rorbert Carayon semble à nouveau embêté. Il répond, sur un ton plus fraternel qu'à l'accoutumée :

- Parce que tu attires les mauvaises blagues, Julien... Ruiz Costa n'a pas apprécié que tu le regardes comme s'il était le pire truand de la finance internationale.

A la surprise de son interlocuteur, Julien sourit, un sourire un peu désabusé, fatigué, trouvant peut-être amusant le tour qui lui avait été joué ou se revoyant attendre pour rien au pied du phare de José Ignacio...

- Tu vas en parler à l'ambassadeur ?

- Ne l'inquiète pas, camarade, c'est moi qui devais me rendre à Punta. Tu es tranquille. Mais déboutonne-toi un peu, vis...

Julien ouvre sa veste. Il flotte dans les vêtements les plus étroits. Il flotte dans la vie.

De retour chez lui, il sort son calepin et écrit : « *Rencontré CRR-C. Louche. A cherché à attirer l'attention de l'ambassadeur, finance des projets du gouvernement de Mujica, propose d'être mécène de nos activités culturelles, est en lien avec un homme politique français suspect. Cela ne mérite pas le risque d'un appel immédiat à Dablanc et je peux difficilement l'introduire dans mes contes à ses neveux. Je vais m'assurer que l'ambassadeur ou Carayon signalent l'homme à Paris. S'ils ne le font pas, j'en parlerai à Michel quand je le verrai en août, pour qu'il transmette son identité à Tracfin*.* »

---

* Tracfin est un service de renseignement dont l'objet est de déceler les circuits financiers clandestins, le blanchiment d'argent et le financement du terrorisme.

Chapitre 11

Parmi les fonctions que Julien Ennac s'est attribuées figure la surveillance minutieuse de l'agenda du chef. Il voit apparaître la mention inhabituelle « *temps réservé* » portée sur la tranche horaire 19h00-22h00 d'un mercredi soir. Une heure plus tard, l'inscription a disparu mais la soirée du mercredi reste libre et lorsqu'il transmet à l'ambassadeur une invitation à un concert pour le même jour, celle-ci lui revient déclinée. Il a vérifié, pas d'anniversaire dans la famille Foussier, pas d'événement particulier.

Foussier a libéré son chauffeur dans l'après-midi. A 18h40, il sort de l'ambassade et s'installe au volant de la C5 de fonction. Il part seul en direction de la rambla qu'il suit jusqu'au quartier de Punta Carretas. Il se gare dans une rue étroite et entre dans un immeuble en compagnie d'un homme qui l'attendait sur le seuil. Un peu plus tard, Julien voit entrer Delgado accompagné également d'un homme. Vers 20h30, l'ambassadeur ressort. Puis Delgado et son accompagnateur. Encore une demi-heure et sort un petit groupe au sein duquel le COCAC reconnaît l'inconnu du paso de mando.

*

La route de Melo s'enfonce dans une campagne de moins en moins boisée, d'abord plate, puis vaguement vallonnée. Les étendues s'allongent, aucune maison, quelques barrières, des vaches au loin et une absence d'arbres à l'exception de plantations éparses d'eucalyptus. On croise un gaucho sur son cheval, sa boina noire sur la tête et ses chiens autour. Les enfants poussent des exclamations car ils ont aperçu des nyandús détalant sur leurs grandes jambes d'autruches. Ils suivent des yeux les rapaces au-dessus de la voiture, signalent les oiseaux gris, bleus ou argentés qui passent ou s'arrêtent, découvrent l'Uruguay.

A l'avant, leur père se concentre. Cela fait des heures qu'ils roulent, une vie entière lui semble-t-il. Et s'ils s'étaient perdus ? Tout se ressemble et ne ressemble à rien, tellement peu de points de repère. Il n'aime pas conduire. Il a peur. Il prend la main de Sophie pour se donner du courage, mais elle lui dit d'une voix douce qu'elle préfère qu'il tienne le volant. Il se retourne et regarde les enfants, tellement mignons, tellement attentifs à la route et à ce monde nouveau qui s'ouvre devant eux. Ils lui sourient. Sophie lui dit d'une voix douce qu'elle préférerait qu'il regarde devant lui. Il la regarde, elle semble apaisée, détendue. Elle était au départ contrariée qu'il les fasse partir deux heures trop tôt par principe de précaution. Bercée par le paysage, elle se sent maintenant sereine, apaisée du bout du monde, heureuse d'avoir deux enfants, un mari, des parents en France, une sœur qu'elle va bientôt retrouver. Mais il freine, s'arrête, sort de la voiture, vérifie la carte routière, vérifie que le discours est bien dans l'attaché-case et que l'attaché-case est bien dans le coffre. C'est la première fois qu'il va représenter son pays dans une réunion aussi importante. Foussier fait confiance à une minuscule montagne de doutes jusque là connue pour sa maladresse et ses insuffisances. C'est admirable. A moins que ce ne soit un piège ? Veut-on le faire tomber comme Mortaise à Nueva Helvecia ? Ou mesurer ses incapacités ? Il repart mais s'arrête à nouveau, descend nauséeux d'anxiété. Il prend Cédric et Gaël par la main et s'éloigne sans pouvoir se cacher en l'absence de buissons, d'arbres et de forêts. L'Uruguay est un pays de vérité. Alignés en direction d'un troupeau d'Angus impavides et délicieux, les trois garçons soulagent leurs vessies dans le sens du vent. Les benjamins chantent « *Aux Champs-Elysées* » de Joe Dassin pendant que leur père entonne les premières notes de la Marseillaise et le thème central d'« *Orientales* », l'hymne uruguayen. L'Uruguay est un pays de liberté, personne ne leur reproche rien. On repart, Sophie signale la bifurcation de la route 17, Gaël aperçoit le chemin de terre et Cédric explique que la grille sur laquelle roule la voiture est faite pour empêcher les animaux de sortir quand la barrière est ouverte : ils ne peuvent la traverser car leurs sabots resteraient pris entre les barreaux, ni la sauter car elle est trop large. Le terrain de l'estancia est gigantesque, la piste tortille sur des kilomètres parsemés de ponts et gués avant de rejoindre la maison et ses dépendances. Le président les attend devant le porche.

- Pas trop compliqué ? demande-t-il. Vous avez fait bonne route ?

- Facile, répond le COCAC en essuyant sa transpiration.

Le temps est à la pluie. Le président conduit la famille Ennac dans une grange où une quarantaine de chaises ont été installées face à une table et un pupitre. Julien est le seul à porter costume et cravate, mais trouve cela normal vu ses fonctions. Il observe autour de lui ces Uruguayens qu'il ne connaît pas, une majorité de femmes rondes habillées campagnard et l'embrassant sans le faire rougir car il a maintenant compris que c'est la tradition du pays. Placée au premier rang, Sophie rougit pour deux en sortant le caméscope de son étui : elle trouve ridicule de filmer son homme et confie le reportage à ses enfants. Les deux petits bien coiffés, en pantalons bleus et pulls bleu marine, sont figés comme des images, assis droits sur leurs chaises, un peu tendus car leur père leur a expliqué depuis une semaine que c'était un moment solennel et qu'il fallait rester silencieux. Le lieu leur plaît avec un tracteur et des engins agricoles dans un coin, des mouches qui se posent sur les mains et les visages, des chevaux qu'on voit brouter dans le champ d'à côté, de vagues odeurs d'épandage et plusieurs voitures de collection qui dorment dans la grange voisine.

La nonchalance uruguayenne. Pendant que Julien bout à la tribune, les Béarnais mettent un temps fou à s'asseoir, le thermos de maté sous le bras, détaillant le visage creusé d'un conseiller qu'ils trouvent bien jeune pour son poste, mais avec cette sorte de fragilité qui émeut la partie féminine de l'assistance. Le président ouvre la séance. Il exprime la satisfaction de l'association de recevoir un représentant de l'ambassade. Dans les premières années de l'indépendance de l'Uruguay, plus nombreux que les Espagnols et les Italiens réunis, les Français immigrés venaient en majorité du Pays basque et du Béarn. Ils avaient créé un coin d'Hexagone en Amérique du Sud. L'association des descendants de Béarnais a vocation à retrouver ces racines et raffermir le lien avec la lointaine mère patrie.

C'est au tour du COCAC de parler. Il se lève, regarde ses voisins de tribune, ces gens importants qui vont le juger et faire savoir à l'ambassadeur ce qu'on peut penser de lui. Ses mains tremblent, il les colle sur le pupitre. Il baisse les yeux vers ses notes qui lui paraissent en désordre. Le président s'est exprimé en espagnol, seule langue comprise par tous. Julien a prévu d'ouvrir avec quelques mots dans la langue de Cervantes, puis de passer au français car un représentant de la République se doit de défendre la francophonie de par le monde – et parce qu'il se sent plus à l'aise dans sa langue maternelle pour ce qui constitue un sacré examen de passage. Ça y est, il a retrouvé le début : « *Señor Presidente, Señora Vice Presidenta...* ». Nouveau raclement de gorge. Il vérifie que Sophie a lancé l'enregistrement, mais découvre l'appareil entre les mains de Cédric qui est bien trop jeune pour une telle mission. L'idée de ne pas conserver de trace de son entrée dans le monde des géants l'atterre. Il fait des signes que ni Sophie, ni Cédric, ni le reste de l'assistance ne comprennent. Peut-il aller vers eux ou donner ses ordres à haute voix, alors que tous les regards sont fixés sur lui ? Il doit revenir à son texte qui se brouille à nouveau. Il essaie de se raccrocher à quelques substantifs familiers. Il lit très mal, il n'a pas l'habitude, mélangeant ce qu'il lui semble savoir par cœur et les lignes trop serrées qui se confondent avec leur abus de mots. Le texte est trop long, trop plein de mots, trop plein de références et d'idées, il sent qu'on ne l'écoute pas. Mais il tient bon, il n'a pas le choix. Couper en direct une partie du propos, il ne saurait le faire sans se noyer définitivement. De toute façon, se dit-il pour se rassurer, ils ne comprennent rien en français et je peux dire ce que je veux. Il reprend presque confiance et gratifie le caméscope d'un effet oratoire discret et riche de signification. A la fin, il reçoit une salve d'applaudissements nourris dont il n'est pas dupe : on salue davantage son courage que son éloquence, on manifeste davantage sa satisfaction de voir le discours achevé plutôt que son admiration pour les idées développées. On va surtout pouvoir passer à table.

- Alors, qu'en as-tu pensé ? demande-t-il à Sophie sur laquelle il s'est précipité dès qu'il a pu.

- Pas trop mal, répond-elle gentiment. Un peu abstrait.

- J'ai tout filmé ! s'exclame Cédric super fier. Papa, tu as fait une seule faute en espagnol, mais tu te tortillais un peu trop.

- J'ai rien écouté, dit Gaël.

Pas brillant, mais il est content malgré tout : ses enfants ont vu l'importance des fonctions de leur père, Sophie lui a dit que ce n'était pas si mal et il est arrivé au bout du texte sans s'écrouler. Il se jette sur le Merlot qu'on lui propose avec des petites saucisses et du pain. On lui fait goûter des cépages de la région, un Syrah, un Cabernet-Sauvignon et bien sûr un Tannat. Il se sent de mieux en mieux, d'autant que des femmes sont venues le féliciter et lui raconter les histoires compliquées de leurs familles. Sophie l'aide à situer Oloron-Sainte-Marie, Pau, Navarrenx et Sauveterre-de-Béarn, mais il mélange tout. Le président lui fait visiter la grille gigantesque qu'on appelle parrilla sur laquelle brûlent les rognons, les ris de veaux, le chorizo, l'agneau et de larges pièces de bœuf. Il a l'impression de ne plus marcher très droit et d'être gagné par une euphorie contagieuse puisqu'il embrasse les trois paysans chargés de cet asado. Sophie le fait asseoir à la table principale, entre le président et une forte ménagère dont l'ancêtre béarnais s'est illustré à la tête d'une section de la Légion française de Jean-Chrysostome Thiébaut. On lui raconte le siège de Montevideo de 1843 à 1851 par les Argentins, un des actes fondateurs de l'Uruguay, ces deux mille Français qui prennent les armes pour sauver la ville. Affolé, le consul de France demande des instructions à Paris et lorsqu'elles arrivent, six mois plus tard, c'est pour dire que le Code civil interdit à nos ressortissants de participer d'eux-mêmes à des conflits militaires à l'étranger. Les Français préfèrent déchirer leurs passeports et perdre leur nationalité plutôt que rendre leurs fusils. Ils deviennent Uruguayens ! Julien connaît l'histoire mais a du mal à suivre le récit. Il ne parvient pas à engager la conversation, comme si son long discours l'avait asséché pour la journée. Cela le fait rire in-petto, cette subite aphasie après la logorrhée de la tribune, comme quoi un être humain, fût-il conseiller culturel, est un roseau pensant qui varie suivant les heures et bien fol qui s'y fie. Il rit d'autant plus qu'il ne parvient pas non plus à répondre aux amabilités du président de l'autre côté. Heureusement, Sophie le supplée avec une aisance inattendue et il remarque avec surprise qu'elle a su gagner l'attention et la sympathie de la table. C'est elle, désormais, qui mène les débats.

Malgré les menaces d'averse, le déjeuner a été organisé à l'air libre, sous de vieux ombues feuillus. Gaël et Cédric ont disparu dans les champs. Au moment du dessert, des éclairs strient le ciel. L'orage éclate, inondant la cour en un instant. Les convives se réfugient en courant, riant et criant dans la maison, pagaille bruyante autour de la machine à café. Julien reste seul dehors. Il s'est levé. Debout, les paumes ouvertes vers le ciel et la tête penchée en arrière, il reçoit la bénédiction uruguayenne. Il ferme les yeux, en parfaite harmonie avec la nature, jusqu'à ce que Gaël, dépêché en urgence par sa mère, ne le ramène à l'intérieur. Il rentre tout sourire, sans remarquer le silence gêné qui l'accueille. Il va mieux et se met sous un auvent pour essayer de sécher. Son costume, déjà étriqué en temps normal, lui colle au corps. La vice-présidente de l'association, nièce de l'écrivain Supervielle, vient prendre de ses nouvelles et lui dire combien sa femme, Sophie, est charmante.

- Il faudra dîner chez nous à Montevideo, l'invite-t-elle, et l'été prochain, partager un asado dans notre campo de Paysandú. Votre épouse est adorable, monsieur le conseiller, d'une intelligence rare, et vos enfants si bien élevés !

Sophie d'une intelligence rare ? Julien est maintenant tout à fait éveillé et pas totalement satisfait : c'est lui qui s'épuise à rédiger un interminable discours et à le déclamer avec emphase, et ce sont les qualités de sa femme qu'on loue ! Il rend son sourire aimable à la vice-présidente et, s'estimant moins humide, pénètre dans la maison.

- Monsieur le conseiller, l'accueille le président en se tenant à distance et ne lui faisant pas remarquer la petite mare qui se forme au bas du pantalon, vous prendrez bien un café ?

Un café, puis la route. Ces gens sont très sympathiques, mais il a rempli sa mission et ne souhaite guère s'attarder. Il rejoint la femme dont on vient de louer la rare intelligence, entourée comme il se doit des autres lumières de l'assemblée, et lui annonce qu'il est temps de rentrer à Montevideo.

- Ce n'est pas possible, monsieur le conseiller, le retient l'épouse du président d'un air désolé. Avec ce déluge, la rivière qui traverse la propriété sort de son lit et les gués ne sont plus praticables. S'il arrête de pleuvoir, vous pourrez repartir d'ici une heure.

- Et si la pluie ne s'arrête pas ?

- Nous dormirons tous ici cette nuit.

Les enfants explosent de joie, mais pas Julien. Il commence à avoir froid et personne n'a osé lui proposer des habits de rechange. Il sent que ses fonctions et sa personnalité maintiennent une distance entre les Béarnais et lui. Il envie Sophie qui a su rompre la glace sans rien perdre de son aura.

- Il faut que je prévienne l'ambassadeur, déclare-t-il.

- Cela va s'arranger, le console madame Supervielle. Voulez-vous jouer au truco ?

Non, il ne veut jouer à rien, ni à ce vieux jeu de cartes, ni aux dames qu'un Béarnais chevrotant a décidé d'apprendre aux enfants, ni au jeu classique des compliments frauduleux qu'on s'échange quand on n'a rien d'autre à faire. Et puis, Sophie est trop à l'aise en cette compagnie, cela l'énerve. Qu'apprendra-t-il, Foussier, de ce dimanche au campo ? Que lui diront ses indicateurs ? Que son COCAC a prononcé un discours incompréhensible ou que l'épouse du COCAC a été charmante ? Dans les deux cas, cela ne contribuera en rien à la gloire et à l'avancement dudit COCAC.

En même temps, le café est bon, le feu qui vient d'être activé dans la cheminée dégage une odeur agréable, il fait de plus en plus doux, les tapis du salon sont moelleux, les meubles anciens et les conversations chaleureuses. Pourquoi toujours tout évaluer en termes d'efficacité et ne jamais se donner le droit à un peu de plaisir ? S'il n'a rien à gagner à s'éterniser dans cette estancia du bout du monde, au milieu de ces gens qui lui avaient paru considérables au départ mais qui ne sont que des provinciaux nostalgiques, embourbés, gentillets, limités et inoffensifs, Julien n'a rien à perdre à se détendre quelques instants puisque, de toute façon, il ne peut s'en aller. Il demande à la maitresse de maison une serviette de bain et une chaise en plastique qu'il place toutes les deux sous ses fesses et s'assied près de la table basse du salon, à l'aplomb d'un trophée de chasse qu'il a examiné avec circonspection. A demi somnolant, il suit mollement les échanges de Sophie et des Béarnais. Le feu lui sèche le dos et bientôt la culotte. Cédric et Gaël sont à ses pieds, jouant aux dames de façon originale, à grands coups de chiquenaudes sur les pièces blanches et noires. Il y a même un chien qui vient lui renifler les chaussures et un vieillard qui lui parle de la guerre de 14-18 à laquelle son père a participé : pourquoi, pour préparer le centenaire de 1914, ne pas organiser une exposition sur les Uruguayens qui ont rejoint l'armée française et se sont battus pour l'Alsace et la Lorraine ? Il prend maintenant plaisir à la conversation et à grignoter les alfajores qui circulent. C'est presque déçu qu'il apprend que la pluie a cessé voici une heure et qu'ils peuvent tenter une percée jusqu'à la route principale.

- Sans grand intérêt mais sympas, très sympas ces Béarnais, commente-t-il alors que Sophie manœuvre sur la piste devenue une traînée de boue profonde.

Il n'a pas souhaité conduire en raison du vin absorbé et des ornières qui les attendent. Sur les gués, il ferme les yeux car l'eau monte presque à hauteur des portières, avec un courant qui lui paraît menaçant.

- Qu'avez-vous pensé de mon discours ? demande-t-il pour la troisième fois à ses enfants.

Ils ne répondent pas, fascinés par l'eau, les trous, les dévers, les glissades de la voiture, la boue dans laquelle les roues patinent parfois. Ils ont le secret espoir d'un accident ou d'un embourbement qui serait très amusant.

- Sais-tu que j'ai eu une idée géniale ? continue-t-il à l'attention de son épouse. Organiser une exposition sur la participation de soldats uruguayens à la guerre de 14. L'ambassadeur va être content, cela fera parler de nous.

L'ambassadeur va être d'autant plus content que Sophie s'est fait des amis : un chanteur connu, ancien exilé en France pendant la dictature et prêt à participer à un concert pour la prochaine fête de la francophonie si l'ambassade le sollicite ; une biologiste de renom qui travaille à l'Institut Pasteur de Montevideo et qu'on pourrait présenter aux journalistes d'El País, d'El Observador ou de Teledoce ; la mère d'un des sénateurs colorados les plus influents du Parlement ; un banquier directeur au Banco de la República ; l'épouse d'un diplomate pilier du ministère des relations extérieures ; la vice-présidente dont un cousin va bientôt publier un livre sur l'histoire de la famille Supervielle et le président lui-même qui prépare un voyage pèlerinage des membres de l'association en France.

Julien est soufflé. Il n'avait repéré personne d'intérêt, à part le vieux spécialiste de la guerre de 14, dans ce qui lui avait paru être une réunion bon enfant d'Uruguayens gentils et insignifiants, majoritairement du troisième âge et sans envergure particulière. Sophie avait été plus fine que lui. Il se demande, à la réflexion, si le seul piège de l'ambassadeur en l'envoyant le représenter au plus profond du pays n'avait été pas les propres limites de son conseiller...

Puis, il a une intuition, peut-être un éclair de génie.

- Bon sang, mais c'est bien sûr ! murmure-t-il. Un banquier, m'as-tu dit ? **C'est le chainon manquant !** Pourras-tu me mettre en relation avec lui ?

- Le chainon manquant ?

- Comment s'appelle-t-il ?

- Jean Bordenave. J'ai sa carte de visite.

Il réfléchit. Alors qu'ils parviennent au bout de la piste gorgée d'eau, il félicite tendrement son épouse :

- Bravo ma chérie. La vice-présidente m'a dit des tas de choses gentilles sur toi et que tu étais d'une intelligence rare.

Les enfants restent silencieux à l'arrière, mais ils ont enregistré. Ils font maintenant pression sur leur mère, à l'instigation de leur père, pour qu'on s'autorise un détour par la petite ville voisine d'Aigua. Julien l'avait repérée sur la carte et voulait profiter du peu de kilomètres qui l'en séparaient pour visiter une première bourgade du pays profond, l'ambassadeur lui ayant dit quelques jours plus tôt qu'il devait commencer à mieux connaître l'Uruguay. Sophie préférerait rentrer à Montevideo, donner la douche aux enfants, les faire dîner et les mettre au lit, car il y a école demain, mais finit par céder à ses trois hommes.

Chapitre 12

En cette fin d'après-midi d'un dimanche pluvieux d'automne, Aigua est une cité endormie. La famille Ennac découvre de grandes rues rectilignes, ce plan en damier qu'ils retrouveront dans toutes les villes de l'intérieur, cet alignement d'espaces vides et de belles maisons basses, tantôt en parfait état et peintes de couleurs vives, tantôt à demi ou complètement en ruine. Les habitations de grande pauvreté sont aux extrémités du bourg. Pas un piéton, quelques chevaux attachés, pratiquement aucune circulation, de vieilles Saab rouillées, des Peugeot 203 grises ou 404 bleues, des Chevrolet accidentées et Fiat antiques garées comme dans un musée à ciel ouvert. Gaël, qui aime les voitures, exulte et les enfants obtiennent de leurs parents un arrêt sur une aire de jeux publics vieillots où ils escaladent une construction vacillante, jouent aux pompiers pour descendre le long d'une colonne branlante, sautent d'un tronc d'arbre coupé à l'autre et s'engouffrent dans un tunnel de béton poreux dont ils ressortent riants et mouillés.

- Ça suffit, finit par ordonner leur mère en les alignant face à elle et évaluant les dégâts. Vos pantalons sont trempés.

- Encore, maman, protestent-ils excités. Regarde-nous !

Mais c'est vraiment l'heure de rentrer. Tout le monde en voiture, les pantalons changés et une serviette étendue sous les postérieurs de la jeune classe pour plus de précaution. Julien obtient un dernier détour pour visiter la place principale.

L'âme d'une ville uruguayenne se concentre en ce vaste quadrilatère riche d'arbres anciens, bordé des plus beaux bâtiments, de l'église et souvent du commissariat et de la mairie appelée Intendencia. Sous les arbres, un kiosque élégant, parfois une fontaine et presque toujours la statue orgueilleuse du général Artigas. La place centrale d'Aigua ne déroge pas à la règle, malgré la présence incongrue d'un supermarché Eldorado sur un côté.

- Dommage que ce ne soit pas un Devotó, filiale du groupe français Casino, regrette Julien étalant sa récente culture économique. Casino possède la moitié des supermarchés d'Uruguay.

Mais ce n'est pas cela qui intéresse les enfants.

- Il y a le président ! crie Gaël de sa voix perçante.

- Quel président, mon bonhomme ?

- Le président, renchérit vivement Cédric qui a suivi le regard de son frère. Il est tout petit ! C'est drôle !

Julien cherche du regard le président de l'association béarnaise, qui n'est pas si petit, et distingue un attroupement au centre de la place, avec drapeaux, fanfare encore silencieuse, militaires en uniformes, journalistes, public et cohortes d'écoliers alignés dans leurs blouses blanches ou jupes bleues. A l'écart de l'attroupement, le président Mujica s'entretient à voix basse avec plusieurs personnes, dont le ministre Delgado.

- Incroyable ! s'exclame le COCAC éberlué. Je n'avais lu nulle part l'annonce de la visite de Mujica ! Cela doit être un voyage privé, regardez, il n'y a pas de sécurité.

Un déplacement privé avec camions de télévision, étendards et micros face à la foule ? Julien se gare dans une rue adjacente. Il va observer les événements pour en rendre compte à l'ambassadeur – ou à Dablanc suivant les informations recueillies. Quel coup de chance !

Ils ont moins de difficultés à approcher que lors de la cérémonie d'investiture du 1er mars. La sécurité présidentielle est plus que limitée, Julien n'identifiant qu'un ou deux gardes du corps et seulement deux voitures de police stationnées à proximité. Il décide de se mêler à l'assistance avec Sophie et les enfants, sans attirer l'attention pour mieux surveiller Mujica et son ministre qu'entoure une poignée d'individus dépenaillés. La scène est étrange, on dirait une cellule de comité révolutionnaire en pleine activité qui débat d'un sujet sensible avec une animation excessive, presque violente, mais sans faire de bruit. Julien compte, deux femmes et cinq hommes, l'un plus agité encore que les autres, faisant de grands gestes menaçants, un mètre soixante-douze environ, dans les soixante-trois kilos, entre quarante-deux et quarante-quatre ans, brun, le front bombé, le nez droit, une moustache tombante, les yeux marron avec une pointe de vert au centre, le regard fuyant, un visage légèrement prognathe, des oreilles un peu grandes, l'épaule droite plus haute que la gauche et une veste de coton beige de qualité médiocre. L'individu semble connaître suffisamment Mujica pour lui prendre le bras. De quoi peuvent-ils parler ? Abandonnant femme et enfants qui le rendent trop voyant, Julien bénit son physique d'invisible et se glisse au plus près. Quel coup de chance ! Quelle opportunité extraordinaire à ne pas laisser passer ! Comme un chat, il essaie de regarder ailleurs et de tendre les deux oreilles dans la direction des lèvres du président. Il regrette que la Piscine ne l'ait pas doté d'un capteur branché sur un magnétophone miniaturisé. Avec les technologies modernes, il aurait pu tout enregistrer en restant dans la Peugeot à l'autre bout du quartier. Là, c'est plus compliqué, impossible de saisir des mots au vol car les protagonistes, bien qu'ils semblent se disputer, évitent les éclats de voix.

- Monsieur Ennac !

Julien sursaute de peur. Dans son dos, on a prononcé son nom. En français de surcroît.

- Monsieur Ennac ! Que faites-vous ici ? Quelle surprise !

Un agent secret démasqué a deux solutions, le comprimé de cyanure ou la feinte impassibilité. N'ayant pas de cyanure sur lui, il se retourne. Il espère que son statut diplomatique lui évitera l'arrestation et les tortures. Tout juste le gouvernement uruguayen décidera-t-il son expulsion du territoire, retour en France peu glorieux et crise diplomatique bilatérale que les deux administrations s'efforceront de garder discrète.

- Señor Ennac, repend Delgado en passant à l'espagnol, c'est une surprise de vous voir à Aigua. Que faites-vous dans cette ville ?

L'homme est glacial, bien loin du ministre policé et courtois qui participe aux événements de l'ambassade de France. Il a la dureté métallique du guérillero en embuscade. A côté de lui, les autres se sont tus et Mujica fixe en silence le COCAC tétanisé.

- Bonsoir, monsieur le ministre, parvient à articuler Julien. Je ne vous avais pas vu. Nous visitons Aigua avec ma famille car nous avons participé à l'assemblée annuelle de l'association béarnaise tout près d'ici.

Delgado jette un bref regard à l'inconnu du paso de mando, comme pour lui demander de vérifier dès que possible. Julien se rend compte que ce n'est pas le ministre quasi aveugle qui a remarqué sa présence mais l'homme qui l'avait abordé sur la place de l'Indépendance le jour de l'investiture et qu'il avait revu à la sortie de la réunion secrète avec Foussier. Il faut réagir, ne pas se laisser couler. Il fait signe de loin à Gaël de venir en urgence avec son frère et sa mère. Les enfants ont une tête d'alibi et Sophie saura prononcer les quelques phrases apaisantes dont elle a le secret. Pendant qu'ils approchent, Sophie tenant fermement la main d'un Cédric attiré par un groupe de gauchos à cheval de l'autre côté de la place, Julien demande courageusement quel est l'objet de ce rassemblement. Delgado répond d'un ton plus neutre :

- Il y a trente ans aujourd'hui, deux militants de gauche ont disparu dans cette ville, probablement enlevés et supprimés par les militaires. Le président a décidé d'honorer de sa présence ce triste anniversaire. Sur ma proposition, il distinguera également le travail d'une école rurale voisine dont les élèves ont gagné un concours du plan Ceibal. Dans mon esprit, monsieur le conseiller, le passé et le futur doivent rester intimement liés.

Y a-t-il un message, dans cette dernière phrase ? Sophie est là, que le ministre reconnaît difficilement dans la luminosité médiocre du jour déclinant. On a allumé des projecteurs sur le centre de la place où la petite foule commence à s'impatienter. Le ministre ébouriffe la claire chevelure de Cédric et Gaël et leur dit qu'ils connaîtront un monde bien différent de celui dans lequel lui-même aura vécu. Julien reste mal à l'aise car l'inconnu du paso de mando continue à le fixer sans grande sympathie. On ne l'a pas présenté à Mujica qui s'entretient à nouveau avec une des femmes du groupe. La femme lui dit que cela a trop duré, qu'il faut prendre sa revanche sur les capitalistes qui exploitent le peuple. Julien, qui a reconnu les Tupamaros de la nuit à Punta Carretas, ne peut entendre la réponse présidentielle prononcée trop bas, dans une langue populaire parfois difficile à saisir. Le plus sage serait de prendre congé, rejoindre l'assistance, écouter les discours et s'éclipser discrètement en espérant que l'incident n'ait pas de suites fâcheuses. Mais, de manière tout à fait irraisonnée, le COCAC fait deux pas en avant et se plante devant le président de la République.

- Monsieur le président, dit-il en parlant beaucoup trop vite dans un espagnol soudain parfaitement fluide. Je m'appelle Julien Ennac, je suis le nouveau conseiller de coopération et d'action culturelle de l'ambassade de France. Je suis arrivé en Uruguay en même temps que votre investiture qui a été un des plus grands moments de ma vie. La démocratie uruguayenne m'impressionne. L'Uruguay occupe une place importante en Amérique du Sud, peut-être une place centrale car c'est un pays de culture et de démocratie.

Il n'a pas osé ajouter qu'ils étaient frères tous les deux, presque de la même taille, presque de la même date d'intronisation dans les fonctions les plus élevées de leurs vies, presque de la même révélation à la lumière après une enfance et une jeunesse passées dans la discrétion ou la clandestinité. Mujica, d'abord surpris et mécontent, voire inquiet de ce qui pouvait ressembler à une agression, le regarde maintenant avec une lueur amicale et moqueuse dans le regard.

- Quel enthousiasme, mon jeune ami ! J'aimerais que vous ayez raison, mais je ne suis pas sûr que mon pays soit meilleur que les autres. Le dieu argent est là aussi bien présent, croyez-moi. Voulez-vous que je vous donne le secret du bonheur ?

- Oui, monsieur le président.

- Etre pauvre. Ne pas être pauvre matériellement, mais avoir peu de besoins et donc besoin de peu de richesses matérielles. Vous me comprenez ?

- Oui, monsieur le président.

En fait, il ne comprenait pas très bien. Il savait seulement que le président avait renoncé à tout salaire dans l'exercice de ses fonctions et continuait à habiter sa vieille chacra, modeste ferme des environs de Montevideo, au lieu de s'installer dans le palais présidentiel du Prado.

- Puis-je faire une photo avec vous ? ajoute-t-il précipitamment.

Le président se rembrunit et donne un vague accord, agacé. En tremblant pour qu'elle accepte, Julien demande à Sophie, qu'il a oublié de présenter, de reculer et prendre la photo. Elle s'exécute de mauvaise grâce, le flash éblouissant l'œil présidentiel. Le COCAC en réclame immédiatement une seconde « *por las dudas* », c'est-à-dire au cas où la première soit ratée, explique-t-il au président qui n'a pas le temps de réagir et encaisse un second flash qui ne semble pas lui faire plaisir.

- Je crois que cela suffit, monsieur le conseiller, déclare-t-il sèchement en commençant à s'éloigner. On m'attend sur la place.

- Merci beaucoup, monsieur le président, murmure un Julien liquéfié et aux anges. Ce fut un grand honneur pour moi de vous parler.

L'honneur ne semble pas partagé, vu la démarche boudeuse du président rejoignant la fanfare et les autorités de la ville et ne retrouvant le sourire que devant la clameur des écoliers impatients qui lui font un accueil de rock star. Delgado salue le COCAC et son épouse avant de suivre son vieil ami. Le petit groupe se disperse, l'inconnu s'éloigne sans rien dire. Resté seul avec Sophie et les enfants, Julien s'éponge le front. La tension a été extrême, un entretien et des photos avec la plus haute autorité de l'Etat. Alors que bien des ministres étrangers de passage en rêvaient et n'ont pu l'obtenir, lui, Julien Ennac, simple COCAC d'ambassade, a eu droit à son tête-à-tête immortalisé dans l'Olympus familial. Pour obtenir ces photos, a-t-il manqué gravement aux devoirs de la politesse comme Sophie, plus furieuse encore que le président, lui en fait le reproche acéré ? Qu'importe : les clichés sont gravés dans l'appareil qu'il a vite récupéré pour le mettre à l'abri des enfants et, de toute façon, il est convaincu que son frère de sang est un intuitif qui a deviné tout ce qui les unit et ne peut lui tenir rigueur pour si peu.

- Tu vois, explique-t-il à son épouse, j'ai l'impression de le comprendre, cet homme. Il est un peu comme moi, tout petit, parti de rien, habitué dans son jeune âge à ne pas se faire remarquer et parvenu aux plus hautes responsabilités par son seul talent. Et malgré cette réussite, il est resté simple. Tu as vu comme il m'a parlé ? Il me parlait comme à un vieux camarade, avec chaleur et en prenant son temps alors que tout le monde l'attendait.

Sophie hausse les épaules. Les points communs entre son mari et Mujica lui paraissent peu évidents et pour l'heure, elle souhaiterait rentrer à Montevideo. Mais elle va devoir attendre la fin des discours pour raisons professionnelles impératives.

*

Mujica, comme d'habitude, a parlé sans papier. Il a pris ses auditeurs au cœur, aux tripes et à la raison, cinquante ans de clandestinité, de prison, de luttes politiques vous forgent une personnalité et un discours. Julien écoutait bouche bée, conscient de ce privilège extraordinaire d'être là et d'assister à cette communion du leader charismatique avec le vrai peuple d'Uruguay. Saisi, fasciné, comme entraîné dans un monde merveilleux, il reste désarmé lorsque le chamane se tait. Les spots qui éclairaient le podium s'éteignent, les autorités se retirent, le public se disperse, la famille Ennac s'éloigne avec dans la tête une multitude de souvenirs de cette longue journée à la campagne.

« *Señor ! Señor !* ». Des pas précipités derrière eux. La voiture est encore loin, ils n'ont même pas atteint l'extrémité de la place. Julien a compris que c'est après lui qu'on en a. Il se remémore en un éclair les rapports qu'il a lus sur l'état des prisons uruguayennes. « *Señor, por favor...* ». Il fait face, étonné de se sentir aussi calme. Il sait qu'il aurait dû quitter la ville depuis longtemps. Un homme d'âge moyen au nez épaté, pas plus grand que lui, l'air pas bien méchant, le regarde transpirant, le visage rougi par sa course.

- Ramón López Baresi de TV Lavalleja, annonce-t-il d'une voix faible.

Un autre homme le suit, une caméra sur l'épaule. En meilleure forme que son collègue, il est moins essoufflé.

- C'est un grand honneur pour nous de vous avoir dans notre département ce soir, M. Ennac, reprend le journaliste en tâchant de maîtriser sa respiration. Nous souhaiterions connaître vos impressions sur la célébration à laquelle nous venons d'assister, ainsi que quelques mots sur les relations entre votre pays et le nôtre et sur la teneur de votre conversation avec le président Mujica...

Julien est le seul individu à cravate de tout Aigua, ils ne pouvaient le rater et ont probablement demandé son nom à Delgado. Le bonheur d'être célèbre au milieu de rien... Une interview ? Il hésite. En matière de discrétion, c'est à nouveau compromis, mais en même temps, il n'est jamais passé à la télé de sa vie.

- D'accord, concède-t-il à voix basse, mais très court et pas de questions politiques, s'il vous plaît. Ce ne sera diffusé que localement, n'est-ce pas, personne ne verra le programme à Montevideo ?

Le journaliste confirme qu'il s'agit de la télévision départementale. Le caméraman se met en place et allume la torche, projecteur puissant qui éblouit le futur interviewé. Julien rectifie sa cravate, époussette sa veste et fait signe à Sophie de se placer hors champ avec les enfants, pour raisons de sécurité : « *Je ne veux pas que vos visages soient connus* », explique-t-il à voix basse, « *et que vous deveniez des cibles si un jour quelqu'un veut s'en prendre à la France ou à moi* ». Sophie s'écarte en lui demandant d'être bref.

- Vous parlez dans le micro, précise le petit bonhomme. Vous ne me regardez pas, vous fixez la caméra. Etes-vous prêt ?

Julien respire à fond, tout à son bonheur et à son inquiétude, préoccupé par son niveau d'espagnol, noué à l'idée de commettre l'erreur de sa vie en s'exposant le jour même où il a été surpris en train d'espionner un président de la République. Il espère aussi que l'objectif ne captera pas les froissures de sa veste qui, après le déluge des Béarnais, n'a pas retrouvé sa netteté habituelle. Le journaliste commence :

- *Estamos con el Señor Julien* – prononcé « *Roulienne* » – *Ennac, consejero de cooperación y acción cultural de la Embajada de la República francesa ante la República Oriental del Uruguay. Señor Ennac*, vous êtes l'unique diplomate étranger présent aujourd'hui à Aigua. Pouvez-vous nous dire comment vous avez pu prendre connaissance à temps de la visite du président Mujica ? L'ambassade de France dispose-t-elle d'informations privilégiées ?

Julien sourit nerveusement, essayant de paraître détendu. Il explique les Béarnais, l'assemblée générale, l'importance historique des liens entre l'Uruguay et la France. Il passe à la modernisation du pays par le président Battle y Ordoñez au début du vingtième siècle, l'adoption du code Napoléon, la laïcité, et voit une seconde caméra approcher avec un second projecteur et s'aperçoit que la lumière ne s'additionne pas : il est à peine plus ébloui. Il essaie de distinguer le logo et croit reconnaître celui de Canal 4. « *Zut, une chaîne nationale, probablement le correspondant local de la chaîne nationale !* ». Doit-il arrêter, ce serait plus prudent. Mais il est lancé. On n'arrête pas la culture française quand elle est lancée. Il accélère et en arrive au prix Cézanne de l'ambassade qui distingue de jeunes artistes uruguayens et leur attribue des bourses d'étude en France. Il parle de la Cité des Arts, des gravures, du maté, de l'internationale du savoir et de la récente création de l'Institut Pasteur de Montevideo : le riche Uruguay, à la fin de la première guerre mondiale, avait fait cadeau à la France exsangue de sa dette financière – cadeau qui avait valu à la República Oriental le privilège exceptionnel d'être autorisée à utiliser les appellations Champagne et Cognac ; en remerciement, la France a contribué près d'un siècle plus tard à l'installation à Montevideo du seul Institut Pasteur en pays de langue hispanique. « *Nos deux pays sont frères* », dit-il, « *unis dans l'Histoire, dans le présent, dans les liens de famille et les liens du cœur* ». Une autre caméra rejoint l'interview, suivie de deux autres. Teledoce, Canal 10, TNU..., que des chaînes nationales. Sans cesser de parler, Julien compte, cinq objectifs braqués sur lui, onze micros tendus sous son nez car s'ajoutent des radios et des journalistes free lance. Tous les médias présents, moutons de Panurge, autour du héros tardif. Des flashs crépitent : sans doute la presse écrite, peut-être Galeria. Il aligne les mots, les entasse, s'en gargarise, comme dans un torrent, comme emporté par une profonde ivresse. Il remarque les badauds assemblés qui essaient de se glisser entre les journalistes pour prendre des clichés de sa trombine. Ils doivent penser qu'il est une célébrité inconnue et veulent garder un souvenir de ce moment. Il sourit intérieurement, la vanité ne lui monte pas aux sinus, il sait bien que ces gens ne s'intéressent à lui que parce qu'il n'y a désormais rien d'autre à faire dans la nuit d'Aigua, personne d'autre à interviewer, aucun autre attroupement sur la place obscure. Il continue. Il continue et sent comme un remous silencieux à sa gauche. Après huit ans de mariage, on connaît bien son conjoint. A des mouvements saccadés, des toux et des silences, il a compris que Sophie en a assez et souhaite qu'il arrête ce cinéma. Mais il ne peut pas. C'est son heure. Sans quitter les caméras des yeux, il essaie d'apercevoir Cédric et Gaël. Ce n'est bien sûr pas possible. Il veut lire dans leurs regards leur admiration pour leur père. Après le discours demi-raté devant les Béarnais, ils le découvrent en plein exercice de ses fonctions, représentant la France sous la lumière crue des projecteurs. Il est le centre des intérêts. Il brille. Depuis qu'il est arrivé en Uruguay, jamais il n'a vu Foussier cerné d'autant de micros, comme emprisonné, submergé par les gratte-papiers et les gratte-images qui s'arrachent ses propos. Il parle maintenant de façon automatique, le mécanisme est enclenché, il n'a même plus besoin de réfléchir, plein de ce qu'il a emmagasiné depuis un mois de travail fou à Montevideo, plein de cette culture acquise en si peu temps, de cette fascinante imprégnation dont il découvre avec ravissement la profondeur. Il peut maintenant, en toute sécurité, se dédoubler et se contempler en train de parler, en train d'être brillant. Lui vient à l'esprit un grand livre de son enfance, « La Gloire de mon Père » de Marcel Pagnol. Il se rappelle le coup du roi, ce fameux doublé du chasseur et les deux bartavelles qui s'affaissent devant le petit Marcel ébloui à vie par l'exploit magnifique de son instituteur de père. Peut-être est-il en train de réaliser le même exploit, peut-être toute leur vie Cédric et Gaël auront-ils en fond du cœur l'image de leur diplomate de père sous le feu des caméras, dans la nuit sombre d'Aigua.

Ce sont les journalistes qui se lassent les premiers. Ils n'ont plus de questions, mais le petit Français continue à parler, s'interrogeant lui-même, répondant, faisant durer le plaisir. Une caméra s'éteint, puis une autre. Le dernier journaliste coupe son micro et le remercie. Il est seul dans le noir avec sa famille, vidé, heureux, comblé.

- Comment m'as-tu trouvé ? demande-t-il à Sophie.

- Il faut rentrer, répond celle-ci.

Il ne dit rien, mais ne lui en veut pas. Aveuglé, ébloui, emporté par les projecteurs, il a compris que les conjoints des grands personnages, fussent-ils de taille aussi modeste que la sienne, doivent s'habituer à l'ombre. Ce n'est pas si facile.

Il place Cédric à sa droite et lui met la main sur l'épaule. Cédric prend la main de sa mère, qui elle-même place son autre main sur l'épaule de Gaël. Gaël prend la main de son père. Ils forment le cercle de l'amour.

*

Réveil moins exaltant le lendemain, entre enfants fatigués, Sophie grincheuse et crainte que sa tentative d'espionnage n'ait été dénoncée. Et lorsqu'il cherche son calepin, laissé cette fois-ci par sécurité à Montevideo, il le découvre rangé à l'envers dans la poche de la veste portée vendredi.

Chapitre 13

Prenant sur lui, dès son arrivée à l'ambassade, il cogne à la porte de Foussier qui l'accueille avec une poignée de main chaleureuse.

- Alors, votre mission, Julien ? Agréables, les Béarnais ?

Soit il s'agit d'un comédien hors pair, soit il ne connaît pas l'existence du calepin et ne se doute de rien pour la mésaventure d'Aigua.

- Très, monsieur l'ambassadeur, répond le COCAC. J'ai excusé votre absence et fait de mon mieux pour bien représenter l'ambassade. Je n'ai pas perdu mon temps. Je vous présenterai prochainement des propositions d'activités nouvelles avec certains des membres, comme une exposition sur la guerre de 14-18 ou un concert le jour de la francophonie.

L'ambassadeur l'invite à s'asseoir et lui demande de préciser, semblant approuver les initiatives évoquées. Dans sa liste, Julien omet le banquier Bordenave qu'il souhaite se réserver, mais Foussier ne peut le savoir. Il est particulièrement intéressé par le lien avec le sénateur colorado, expliquant qu'il avait pu nouer d'étroites relations avec les responsables du parti au pouvoir, le Frente amplio, mais que, par la force des choses, les occasions étaient plus rares avec les leaders des deux grands partis traditionnels pour l'heure dans l'opposition, le parti national ou blanco et le parti colorado.

- Nous tissons notre toile, Julien. C'est le travail de tout bon diplomate et je vois avec plaisir que vous vous y mettez.

Julien respire un grand coup et se lance :

- J'ai aussi rencontré le président de la République, monsieur l'ambassadeur.

Il ne pouvait pas ne pas en parler. Il devait tout raconter avant que Delgado ne délivre son propre compte-rendu qui pourrait s'avérer embarrassant.

- Vous êtes passé à Aigua après l'assemblée générale ? s'étonne Foussier qui avait suivi les reportages télévisés de la veille au soir sans apercevoir son mince collaborateur dans la foule. Mujica n'avait prévenu personne de sa visite, sinon la presse, poursuit le diplomate d'un ton amusé. Comme Delgado me le dit souvent, il est difficile à enfermer, cet homme-là, peut-être parce qu'il a passé trop de temps en prison ! En tout cas, il a réussi un beau coup politique et médiatique, avec une symbolique forte. Depuis son élection, il avait donné des gages aux entreprises, en particulier lors son allocution de début février à Punta del Este dont vous avez sûrement entendu parler. Maintenant, il conforte la gauche de son parti. Je ne sais pas si vous allez être d'accord avec moi, Julien, mais cet homme qu'on suspectait d'extrémisme me paraît de plus en plus ressembler à un pragmatique en recherche du plus large consensus possible.

- Oui, monsieur l'ambassadeur, approuve le COCAC en essayant de masquer son inquiétude.

- Et puis notre ami Delgado n'est pas resté inactif : vous aurez noté le souci de mettre en avant le travail des écoles rurales, vraie faiblesse de la politique éducative du pays, et les résultats concrets du fameux plan Ceibal, unique au monde, qui a consisté à offrir un ordinateur personnel à tous les écoliers du primaire. Pas mal, pour un simple déplacement improvisé en province, ne trouvez-vous pas... Nous avons affaire à de vrais pros de la politique.

Assis face à son chef, Julien se tortille comme la piste qui traverse l'estancia des Béarnais. Le moment difficile est arrivé.

- Monsieur l'ambassadeur, quand je suis arrivé sur la place, la manifestation officielle n'avait pas débuté. Mujica se tenait à l'écart avec Delgado et quelques personnages un peu agités. Je me suis approché pour saluer monsieur Delgado, mais j'ai été repéré par l'homme qui m'avait parlé lors de la cérémonie d'investiture du 1er mars. Je crois qu'il a dit à Delgado que j'essayais de les écouter, alors que c'était seulement par timidité que j'étais resté à proximité sans oser les interrompre.

- Vous n'avez rien entendu ? C'est dommage...

L'ambassadeur le regarde avec attention, ce qui impressionne Julien et le fait hésiter. Le conseiller a à nouveau le sentiment d'être jeté au hasard dans un jeu qui le dépasse. A la demande de Foussier, il décrit les protagonistes avec sa précision habituelle, de même que l'ambiance de ce qui ressemblait à une réunion de vieilles connaissances en vif désaccord sur un point important – la comparaison avec une réunion de conspirateurs serait plus exacte, pense-t-il en parlant, mais bien imprudente face à cet homme dont on ne sait pas ce qu'il trame avec son ami Delgado.

Lorsqu'il se tait, l'ambassadeur réfléchit, puis regarde son COCAC :

- Essayons de décrypter ensemble, Julien, cela ne doit pas être si compliqué. Vous avez d'un côté Mujica et Delgado, deux anciens Tupamaros de la même génération et très liés. En face d'eux, la femme âgée dont vous m'avez parlé et les deux sexagénaires du groupe appartiennent probablement aux mêmes réseaux. Les plus jeunes sont des fils de Tupamaros et des sympathisants engagés dans le travail de mémoire ou de vengeance. Il est fort probable que la dispute portait sur la loi de caducité des militaires qui assure leur impunité pour les faits commis dans le pays pendant leur période au pouvoir. Elle a été confirmée par deux référendums en 1989 et en 2009, ce dernier concomitant avec le premier tour de la présidentielle. Ceux que vous qualifiez d'« *agités* » devaient demander à Mujica de profiter de son élection pour abroger la loi et Mujica devait leur répondre qu'il était gênant de ne pas respecter la vox populi exprimée par le récent référendum et que, en l'état, la législation permettait certaines poursuites. Qu'en pensez-vous ?

Julien doit reconnaître que c'est plausible.

- Nous vivons dans un pays qui a souffert, Julien, reprend l'ambassadeur. Savez-vous qui est votre ami du paso de mando ?

Julien regarde Foussier avec surprise.

- Vous le connaissez ?

- Delgado me l'a présenté la semaine dernière en organisant un dîner pour le calmer. Il s'agit du fils d'un des leaders historiques du mouvement tupamaro. Son père a été arrêté, puis sans doute torturé à mort même si les militaires ne l'ont jamais reconnu et si son corps n'a jamais été retrouvé. Sa mère a été emprisonnée quelques années plus tard et a disparu également. Recueilli par des amis, il a développé de graves déséquilibres psychologiques, dont celui de vouloir négocier avec moi un appui de la France à la reprise d'une guérilla. Il gravite autour du mouvement politique de Mujica et fait partie de la famille tupamara qui cherche à le protéger contre lui-même. Delgado m'a dit qu'il avait réussi à le convaincre de ne pas tenter d'assassiner d'anciens tortionnaires qui vivent toujours en liberté.

Peut-être est-ce le lien entre le passé et le futur qu'évoquait Delgado sur la place d'Aigua. Lorsqu'on arrive dans un pays, on le découvre à un moment de son Histoire sans être forcément conscient de la somme de souffrances, de rancœurs et de haine que sa population a pu accumuler. On a beau s'informer sur la clandestinité et la dictature, on ne peut mesurer les sentiments de chacun, la manière dont chacun a vécu ces drames, a été affecté directement ou indirectement par la peur, la restriction de liberté et la perte de proches. La France, se dit Julien, est préservée depuis longtemps. Depuis ma naissance, j'ai été plongé dans une Histoire presque rectiligne dont les événements les plus marquants ont été le retour du chômage et l'alternance de 1981. Comment fait l'ambassadeur, dont l'expérience personnelle n'est guère différente de la mienne, pour sembler avoir une compréhension beaucoup plus fine de l'Uruguay ?

- Avez-vous parlé avec Mujica ? interroge Foussier surpris par le long silence de son collaborateur.

Celui-ci sursaute, comme pris en faute. Il ne sait plus ce qu'il doit dire et ne pas dire, et décide de s'en tenir au minimum.

- Je lui ai été présenté, répond-il. Il a été très aimable, sensible au fait que lui et moi ayons pris nos fonctions pratiquement en même temps.

Même si c'était sans le vouloir, c'est la première fois depuis son arrivée en Uruguay que Julien Ennac parvient à désarçonner son chef. Foussier le regarde désorienté, cherchant à deviner s'il est sérieux ou s'il plaisante. Mais Julien ne plaisante jamais devant ses supérieurs. Un peu confus, le conseiller quitte le bureau en se demandant, comme l'ambassadeur, que penser de cette longue discussion.

Chapitre 14

Ils sont partis en famille les accueillir à l'aéroport. Julien gare la Peugeot sur le parking et pénètre dans le hall des arrivées suivi de Sophie et des deux niños. Il regarde autour de lui pour voir s'il est reconnu par quelques lecteurs de Galeria et intime à Gaël l'ordre de faire moins de bruit. Quel chemin parcouru en deux mois ! Une maison, deux voitures, un espagnol presque courant, plusieurs réunions de services, deux rapports Dablanc, un discours sans note, un autre plus compliqué devant les Béarnais, un tête-à-tête avec un président de la République et une interview télévisée qui mériterait de figurer dans le livre Guiness des records même si, à son grand désappointement, il n'a pas réussi à en trouver trace sur les sites internet… La chrysalide s'est fendue et laisse entrevoir un jeune homme plein d'allant, sémillant et presque séduisant. Le seul bémol est ce foutu calepin – et puis, bien sûr, sa non-promotion, gouffre de douleur, sommet mondial de l'injustice dont il espère qu'il sera arasé par les puissances occultes du boulevard Mortier. Les voyageurs sont là.

- Tu es blessé ? s'inquiète Aurélie en le regardant approcher à petite vitesse. Cela fait plaisir de te voir.

Elle l'embrasse en le serrant franchement contre elle, une onde soudaine de féminité et de tendresse dont il ressort ébranlé. Guillaume est plus discret et lui serre la main avec émotion. Cédric et Gaël ont sauté au cou de leur tante. Sophie est heureuse de retrouver sa sœur et souhaite la bienvenue à son compagnon de voyage. Les deux neveux ayant récupéré la responsabilité des chariots de bagages, ils prennent la direction de la sortie.

- Tu boites vraiment bas, confirme Guillaume étonné. Que t'est-il arrivé ?

- Je me suis fait mal au tennis, répond Julien d'une voix éteinte.

Guillaume s'arrête net.

- Tu fais du sport, toi ?

- Il faut bien ! Sophie refuse d'être amie avec la femme de l'ambassadeur.

Ils le regardent pour voir s'il plaisante, mais il ne plaisante pas du tout. Aurélie change de sujet et la troupe part pour Carrasco.

Rue du Doctor Eduardo Blanco Acevedo, félicitations pour le choix de la maison ! « *Le grand salon, les chambres, la piscine, la tonnelle, le jardin, cela doit vous changer de la Porte de Bagnolet !* », s'exclament Aurélie et Guillaume. « *Peut-on encore se baigner ?* ». Il fait doux, mais l'été est fini. Sous la tonnelle, on boit un premier verre, on discute, on prend son temps, on retarde le moment délicat de l'installation. Finalement, Aurélie et Guillaume expliquent qu'ils ne veulent pas déranger et occuperont les lits jumeaux de la chambre d'ami, mais Julien rétorque d'un ton sec qu'il ne saurait être question de mal recevoir leurs premiers invités en Uruguay : Cédric et Gaël vont partager la chambre bleue, Aurélie occuper la chambre d'ami et Guillaume celle que Gaël va libérer. Personne n'ose le contredire, mais Sophie regarde son mari, surprise de son accès d'autorité.

- Je vais conduire Aurélie à ses appartements, annonce-t-il du même ton brusque.

Les deux s'éloignent sous le regard interloqué de Sophie et de Guillaume.

- C'est quoi, cette histoire ? demande-t-il dès qu'ils sont seuls.

- Quelle histoire ? répond doucement Aurélie avec ses grands yeux verts.

- Guillaume et toi.

- Nous sommes des amis, Julien.

- Tu n'as pas le droit que me faire ça.

- Pourquoi ?

Elle le regarde comme s'il venait d'une autre planète. Il est aussi petit que d'habitude, il trépigne et fronce sa tête de martien dévasté. On dirait qu'il a envie de mordre.

- Tu te souviens de notre baiser, Aurélie ? J'ai bien compris que ce n'était qu'un instant, mais tu ne peux pas sortir sous mes yeux avec un de mes amis. Cela me torture.

- Je ne sors pas avec lui, nous sommes des camarades. Allons, Julien, sois raisonnable.

Il n'a pas envie d'être raisonnable. Il est raisonnable depuis le CE2. Il a envie d'être fou avec elle et avec Olga, la princesse autrichienne, mais elle ne semble pas partager le même sentiment. Sans doute la fatigue du voyage. Elle redescend dans le jardin, légère, aérienne, éthérée, avec Julien derrière elle, renfrogné, exaspéré, impuissant.

- Psst, peux-tu venir ?

C'est Guillaume qui lui demande de le rejoindre à l'écart, rougissant et mal à l'aise. Julien y va d'un pas décidé. Les deux compagnons font le tour de la maison pour plus de tranquillité.

- Merci de nous recevoir, Julien, commence le visiteur. Je peux te dire un mot ?

- C'est quoi, cette histoire ? coupe le COCAC d'un ton peu amical.

- Quelle histoire ?

- Aurélie et toi.

Une bonne tête. Le grand Guillaume Pernet a toujours eu une bonne tête, le visage large, les traits mous, le poil dru, les yeux clairs, le regard timide. Bon garçon, un peu naïf, plus lent encore que Julien et beaucoup plus gentil.

- Je ne sais pas encore, répond-il en passant du vermillon au carmin et en balançant son corps rond, solide et emprunté. Elle me plaît beaucoup.

Julien est péremptoire :

- Laisse tomber, elle n'est pas faite pour toi.

- Tu crois ?

- Je suis sûr.

Silence. Guillaume a toujours été nettement plus haut et épais que Julien. Sa voix est grave et virile. Mais dans l'affrontement, il est dominé. Il baisse les yeux et change de sujet.

- Julien, reprend-il, j'ai un message de Michel. Il dit que la cigale fait du bon travail et qu'on aime son chant à Paris. Je n'ai rien compris, comme d'habitude.

La rage. Julien a la rage. Rien n'y fait, ni le regard apeuré de son ami Guillaume, ni la douceur d'Aurélie de l'autre côté de la maison, ni le calme des pins qui dispensent une ombre bienfaisante, ni la senteur des jasmins le long de la charmille. Le message codé de Dablanc lui confirme que ses mérites ne sont pas reconnus par tous à leur juste niveau. La semaine précédente, l'ambassadeur l'avait convoqué dans son bureau : « *Julien* », lui avait-il dit après l'avoir fait asseoir derrière la table de réunion, « *on me demande mon avis pour votre promotion en A. Après deux mois en poste, je ne peux pas encore avoir d'avis. Vos débuts ont été approximatifs, vous avez eu du mal à vous imposer à vos dames, vous avez été écrasé par Brun, vous avez été transparent pour l'extérieur et brouillon en interne. Je note néanmoins un progrès ces derniers temps. Vous prenez confiance en vous, votre présentation en espagnol du mathématicien et des succès de notre Institut franco-uruguayen de mathématiques a été correcte. L'organisation de l'exposition à l'aéroport, très réussie. Les gens commencent à voir qui vous êtes. Et, personnellement, j'apprécie votre bonne volonté et votre esprit positif dans nos réunions de services, même si je regrette que vous ayez refusé de vous impliquer dans la préparation du match de Coupe du monde. Vous avez peut-être l'étoffe pour passer A, Julien, mais cela mérite d'être testé sur une plus longue période. Vous êtes d'accord avec moi, n'est-ce pas ?* ». Julien avait répondu « *Oui, monsieur l'ambassadeur* », et s'était cassé un ongle de pied en voulant se venger sur un des murs de son bureau. Il était tellement furieux qu'il avait arrêté le tennis trois jours et avait décidé de faire savoir à Paris que l'ambassadeur Foussier était un gros nul dangereux dont les jugements humains n'avaient aucune valeur :

« *Mes chers petits,* » écrivit-il sur le champ,

« *Dans le royaume de la Pampa, la chouette veut se faire plus grosse que le bœuf. Elle s'agite dans tous les sens pour se faire remarquer, multiplie les activités et les fêtes, gonfle les joues devant les gazetiers, explose de vanité et de vacuité. L'état de ses pensées est néant, mais elle est efficace : on ne voit qu'elle dans le royaume et elle a même réussi à se débarrasser du babouin poilu qui va quitter les lieux dans quelques semaines. Elle vit dans le superficiel, l'éphémère. Elle dépense son énergie et les deniers des boutiquiers et mécènes pour organiser un divertissement le 11 juin prochain, au lieu de travailler à la mission qui lui a été confiée : approfondir les liens entre le royaume d'Oc et Oïl qu'elle a l'honneur de représenter et le roi et le peuple de la Pampa. Le prétexte du 11 juin est un tournoi dans une contrée lointaine où les chevaliers des deux royaumes vont s'affronter. Des pigeons voyageurs apporteront les résultats au fur et à mesure du déroulement des joutes. Les gentils Paparimiens seront suspendus aux nouvelles et la chouette veut être au centre de tout. Je vous prédis, mes chers petits, qu'elle sera tellement bouffie d'orgueil qu'elle va exploser pour de bon et qu'on retrouvera éparpillés son bec, ses pattes malingres et ses plumes de volatile poudré.*

La cigale a refusé de s'associer à cette mascarade. Elle s'applique aux questions sérieuses de son ressort, avec discrétion, obstination et abnégation. Elle ne chante pas assez haut pour la chouette, mais nous savons, mes chers petits, ce que nous devons penser des jugements de cet animal. Et ce n'est pas tout. Par son équilibre et sa perspicacité, la cigale devient un danger pour l'intrigant dont elle scrute les agissements. Avec l'aide de la libellule, dont la connaissance intime de la bonne société pamparimienne est précieuse, elle met à jour des liaisons dangereuses. Le temps passé par la chouette avec la vieille taupe est observé de près. Que font-ils ? Que disent-ils ? Que complotent-ils ? La disgrâce du babouin montre qu'il est périlleux de se mettre sur la route de la chouette, mais la cigale n'a pas peur. Le vrai tournoi n'est pas celui qui oppose dans un pays lointain les chevaliers de la Pampa à ceux d'Oc et Oïl, mais celui qui oppose dans la capitale pamparimienne la chouette et la cigale. Plaise toutefois à Dieu qu'en Oc et Oïl, des âmes bien nées protègent la fragile cigale et accompagnent son envol, entravé par la chouette, vers les cimes du A.

Mes chers petits, je vous aime très fort.

Julien »

Il avait plié la lettre sans la relire, l'avait placée dans l'enveloppe, avait timbré et confié le pli à la valise. Le message était clair. Julien Ennac avait changé et ceux qui osaient encore le piétiner auraient à le regretter. La tête de Foussier s'il apprenait dans deux mois que son insignifiant COCAC avait été promu en A malgré son avis défavorable…

D'ailleurs, le COCAC se sentait de moins en moins insignifiant. On lui parlait avec respect en dehors de l'ambassade. Il était une personnalité au Lycée français, à l'Alliance, à l'Institut Pasteur. Au Solís, on lui proposait des loges à chaque spectacle. Au Sodre, on lui faisait la cour pour qu'il monte une coopération entre la troupe de danse de l'éblouissant Julio Bocca et l'Opéra de Paris. On lui servait des « *Monsieur le conseiller* » longs comme des cous de girafes efflanquées, on approuvait ses déclarations d'un hochement de tête sentencieux, on le félicitait des succès que connaissait la culture française depuis son arrivée. Il courait les vernissages, les réceptions, les avant-premières, le plus souvent sans Sophie mais avec le plaisir de se voir réserver une place d'honneur et de reluire sous les flashes des photographes qui n'avaient plus besoin de lui demander son nom ni ses fonctions. Attentive, la princesse Olga Strehunlinden zu Chahapazoff le suivait du regard. Elle lui adressait des signes discrets d'encouragement et d'approbation. Elle semblait, elle aussi, impressionnée par la métamorphose.

Seule Sophie ne voyait rien, comme il se doit quand on regarde de trop près. A vrai dire, elle ne s'intéressait guère à sa vie professionnelle et ne lui faisait d'ailleurs que peu de reproches pour être aussi peu présent à la maison. Il se sentait parfois seul, mais compensait avec Olga dont la conversation avait autant de charme que ses yeux de lagune et qui savait si bien écouter.

Chapitre 15

A force de réfléchir, en élève consciencieux voulant tout comprendre, il avait senti que la vie des nations était plus compliquée que ce qu'il pensait, régie par trois niveaux de réalité : la surface, le 1er sous-sol et les profondeurs.

Il commence à connaître **la surface** : discours, actions, gouvernement, parlement, presse, relations culturelles... Il y joue même un rôle au sein d'une ambassade active. Il a découvert le **1er sous-sol**, les solidarités de la guérilla, les réseaux, les influences, les ambitions, les services attendus et rendus. Il ne le maîtrise pas encore, mais en mesure l'importance. Il s'attaque maintenant aux **profondeurs** : l'argent ! Une descente dans le royaume des ténèbres qu'il aurait pu débuter plus tôt s'il avait saisi le sens de sa non-discussion avec César R. Ruiz Costa, et qui l'effraie.

Il a invité Jean Bordenave au Lindolfo, au bout de la vieille ville. Ils vont parler de Béarn et de France. Bordenave explique qu'il a un prénom français par tradition familiale, mais s'exprime très mal dans la langue de ses ancêtres. Il le regrette. Ses fonctions à la Banque lui laissent peu de loisirs pour suivre des cours. Julien opine et lui dit qu'il a une question qui lui trotte dans la tête : comment un régime de gauche comme celui du Frente amplio peut-il accepter l'existence d'une station balnéaire d'ultra-luxe comme Punta del Este, déserte les trois quarts de l'année et où le simple café au comptoir est facturé dix dollars en saison d'été ? C'est une étrange boursoufflure capitaliste dans un pays gouverné par un révolutionnaire !

Bordenave répond que l'économie uruguayenne repose sur l'élevage - onze millions de bovins pour trois millions d'habitants ! -, le soja et le riz, sur la pâte à papier, le tourisme et le maniement des capitaux. Le secret des transferts financiers n'est plus total depuis les ouvertures récentes, mais les fortunes de la région ont toujours confiance dans une contrée plus stable que ses voisines et où la corruption est presque inexistante. Punta del Este attire les vacanciers et les fonds.

- C'est d'ailleurs amusant, quand vous y pensez. Coexistent dans les mêmes banques les flux les plus capitalistes des hommes d'affaires argentins et brésiliens, et les financements les plus anti-capitalistes du Venezuela de Chávez ! C'est un des paradoxes de ce pays.

- Des financements vénézuéliens ?

Julien est maintenant tendu comme un arc. Bordenave décrit l'accord bilatéral qui permet à l'Uruguay de bénéficier de pétrole à prix d'ami et de ressources financières non négligeables.

- A quoi servent ces ressources ? Qu'attend le Venezuela en retour ?

- Je ne sais pas.

En fait, le banquier connaît les justifications officielles : aider au développement de l'économie locale et en échange appuyer le Venezuela dans ses projets internationaux, en particulier celui de rejoindre l'organisation régionale du Mercosur. Mais Julien a repéré les zones d'ombre. Il repense en un éclair à ce que lui avait appris

Olga, le récent déplacement de Delgado à Caracas dont personne n'a parlé dans la presse. Tout se met en place et s'emboite parfaitement : la proposition de négociation de l'homme du paso de mando, le voyage à Caracas, la proximité de Delgado et de Mujica. Delgado est le seul intime de la guérilla à être resté dans la politique. C'est à lui que Mujica peut faire totale confiance. Il n'est donc ministre de l'éducation et de la culture que pour **la surface** et animateur des réseaux tupamaros que pour le **1er sous-sol.** Sa vraie vocation se situe dans les **profondeurs** : financer le régime ! Il a réactivé le pacte avec Chávez.

Et l'ambassadeur dans tout cela ? Peut-être a-t-il compris et cherche-t-il à deviner ce que le Venezuela exige en échange - mais aucun télégramme pour Paris n'a évoqué ces questions. Ou peut-être veut-il se mettre dans la boucle et introduire une banque pour gérer une partie des transactions, avec l'objectif d'être un jour recruté par elle dans de bonnes conditions. Ou, plus dangereux encore, espère-t-il palper dès à présent des commissions sur les mouvements fiduciaires... Ce ne serait pas inédit, mais un sacré scandale et l'assurance d'une belle promotion pour celui qui dévoilera le pot aux roses avec toute la discrétion requise !

Julien se redresse. Il pose trop de questions sur le Venezuela. Bordenave finit par lui proposer de le mettre en contact avec le banquier le plus secret et le plus puissant du pays, Octavio Biasi.

Chapitre 16

En Uruguay, mai peut être tendre. L'automne avance sur la pointe des pieds et offre de douces journées ensoleillées. Le temps semble suspendu. Seul le conseiller culturel rompt l'harmonie en buvant trop vite son chocolat du petit-déjeuner. Il lance des regards torves aux deux invités dont il a surveillé le bruit des portes pendant toute la nuit.

- Il est sur les nerfs, ton homme, commente Aurélie.

Sophie sourit. Elle a emmené sa sœur déjeuner chez les pêcheurs en bord de Rio – discret, Guillaume leur avait proposé d'aller de son côté à la découverte de la ville.

- Il a beaucoup de responsabilités, répond-elle. Tout cela est nouveau pour lui, je trouve qu'il s'en sort très bien.

- Comment est l'ambassadeur ?

- Pas mal, si tu veux mon avis. Policé, humain, agréable. Julien a une attitude beaucoup plus ambiguë avec lui qu'avec ses chefs précédents : il fait tout pour lui plaire, comme d'habitude, mais semble suspicieux à son égard. Il m'a dit qu'il n'était pas « *franc du collier* ».

- Et sa femme ?

- Charmante également. Nous nous croisons quand je vais rechercher les enfants au Lycée. Quelques mots aimables, mais je reste à distance car je ne veux pas lui donner l'impression de la courtiser. Julien m'en veut beaucoup pour cela.

- C'est vrai, cette histoire de tennis ?

- Oui.

Les deux sœurs éclatent de rire. Il est si bon de se retrouver. Le Rio est calme devant elles, presque bleu au soleil. Elles ont commandé des beignets de calamar, des frites et du rosé.

- C'est devenu une obsession chez lui, reprend Sophie. Tu sais comment il est, il y consacre toute son énergie. Mais il est moins doué que pour les langues. Je le récupère à point d'heure cassé en deux. Il ingurgite des vitamines, des boissons énergisantes qui l'empêchent de dormir, des anti-inflammatoires qui l'empêchent de digérer. Quand il ne peut plus marcher, il installe son fauteuil face au mur du salon dont il a décroché les tableaux et joue contre lui-même avec une raquette de gosse et des balles en mousse. « *C'est pour améliorer mon timing* », me dit-il. Il a transformé notre table basse en ping-pong et affronte les enfants avec une serviette de bain comme filet. Son objectif est d'être un des partenaires de l'ambassadeur, mais il perd encore contre Gaël qui n'a que cinq ans.

- Tu as épousé un drôle de phénomène.

- Je crois qu'il est heureux. L'Uruguay est un pays à sa mesure : tout petit. Les gens sont gentils et respectueux, très admiratifs de ce que la France représente. Son poste lui donne quelques avantages et la considération de beaucoup. La vie est plus facile quand on a une petite supériorité sur ses congénères, ou du moins quand on dispose d'un statut social incontestable. Ce qui m'embête, c'est que cela commence à lui monter à la tête.

Aurélie sourit.

- Tu sauras le ramener sur terre.

Sophie secoue l'occiput.

- Pas si facile, tu sais. Je le vois peu, il rentre tard et passe la majeure partie des week-ends à travailler et à prendre des cours de tennis. Le reste du temps, il est chouchouté à l'ambassade par ses mamies, traité avec considération par ses relations professionnelles et flatté par quelques flagorneurs et flagorneuses intéressés. La vie rêvée pour mon petit homme.

Comment réagir autrement que gonfler – au niveau de l'ego, s'entend –, lorsqu'on on est soudain valorisé après trente-quatre années d'invisibilité ? Julien suivait un chemin inévitable : il fallait seulement espérer qu'il n'en devienne pas insupportable de prétention.

- Cela ne semble pas te déranger, remarque Aurélie.

- Je me suis organisée, répond Sophie avec un sourire. Pour les enfants, c'est un peu difficile mais ils ont trouvé la parade : ils le bombardent de questions le matin quand il les conduit au Lycée, vingt minutes exclusives pendant lesquelles il est leur prisonnier et ne peut leur échapper.

Sophie raconte sa vie. Elle est si contente de voir sa sœur. L'existence à Montevideo lui plaît, la belle maison, l'espace, le jardin, les amis qu'elle commence à se faire, l'espagnol qu'elle travaille avec plaisir, les traductions d'anglais qu'elle poursuit à son rythme, les enfants qui irradient de bonheur entre les copains du Lycée, l'été à la piscine et la disponibilité de leur mère qui n'a rien de commun avec ce qu'ils avaient connu à Paris. Elle a retrouvé un équilibre beaucoup plus facilement que ce qu'elle avait imaginé et apprécie la liberté incomparable que ce pays lui offre. Même l'éloignement avec ses parents ne lui pèse pas encore : sa mère communique avec elle tous les jours et son père a préféré préparer le marathon de Paris plutôt que déjà venir les voir.

- Et toi, Guillaume ? finit-elle par demander.

Aurélie rougit et bredouille.

*

Julien a choisi les toilettes du Rara Avis qui ont l'avantage d'être spacieuses. Prévoyant, il a acheté une torche puissante avec laquelle il a d'abord vérifié l'absence de caméra de surveillance. Puis, penché sur la cuvette refermée, il a procédé au saupoudrage. Sous le faisceau de la torche, des lignes de crêtes et des vallées se sont dessinées. Il compare la couverture verte du calepin et un plastique témoin sur lequel il a déposé ses empreintes. Il croit découvrir des différences. Plus inquiétant, des espaces sont vierges de traces, soit que la personne qui l'a manipulée les ait essuyées, soit qu'elles se soient effacées dans la poche au contact du tissu.

Comme il le craignait, il ne peut tirer aucun enseignement définitif de l'examen. Quant aux pages intérieures, blanc sur blanc, autant ne pas rêver. Il aurait besoin de l'aide d'un professionnel, mais comment le dénicher sans risque ? Il doit se résoudre à demeurer dans l'incertitude mais le message est clair : il s'est relâché et un agent secret ne porte pas par écrit ses réflexions, même pour préparer le rapport détaillé qu'il compte remettre en main propre à Dablanc lors des vacances d'août. Fin du calepin.

*

Il les a invités à l'ambassade. Il pense les impressionner avec l'accumulation de marbre et de colonnes et l'exceptionnelle verrière du bâtiment principal. Il ouvre le bureau de l'ambassadeur qu'il sait en visite chez Delgado, mais n'insiste pas car les caméras de surveillance enregistrent ses mouvements. Guillaume et Aurélie ont le temps d'apercevoir l'immense pièce.

- Nous avons nos réunions de services autour de cette table, explique-t-il sans préciser qu'il range précautionneusement ses pieds sous la chaise.

Guillaume et Aurélie opinent en silence. Rougissant, Guillaume demande à son ami de le prendre en photo avec Aurélie en haut de l'escalier d'honneur. Julien s'exécute de mauvaise grâce et obtient en échange la même photo d'Aurélie et lui prise au même endroit par le visiteur. Egalité entre les duellistes, même si la stature de Guillaume lui donne un avantage sur les clichés. Amusée, Aurélie propose de les photographier ensemble devant les bustes des Médicis, ce que Julien décline. Ils redescendent et pénètrent en sous-sol dans un patio en mauvais état autour d'un puits ancien. Julien explique qu'à son arrivée, comme le lieu lui plaisait et qu'il n'y avait pas de budget pour repeindre les murs et masquer les tuyaux de plomb, il avait décidé de lui donner une âme en accrochant certaines des grandes reproductions de tableaux du Louvre. Aurélie le félicite et le conseiller se félicite à son tour de s'être attribué une idée que Foussier avait eue et mise en œuvre avant son arrivée. Avec son costume de velours presque clair, son parfum plus fort et busqué et ses cheveux un peu longs ramenés en arrière, il pense avoir introduit une touche de modernité dans son apparence.

Il regarde dorénavant son image dans les miroirs et se demande si sa belle-sœur est sensible à ce début de libération de son corps.

- Enfin, reprend-il, le plus beau.

Ils remontent les étages du palais que les Buxareo avaient fait bâtir avec un goût affirmé du faste.

- Mon bureau..., annonce-t-il en ouvrant la porte.

La cigale s'est faite aussi grosse que la chouette quand celle-ci souhaite dépasser le bœuf. Julien veut qu'Aurélie voie ce qu'il est devenu.

- Mazette ! s'exclame Guillaume. Tu ne te sens pas perdu, là-dedans ?

Julien comprend qu'il est trop petit pour un tel volume. Il vaut mieux s'échapper après avoir échangé quelques mots avec la sage Anita, symbole plus proportionné de sa richesse et de son pouvoir.

Ils sont dans la rue des Andes et avancent vers la place de l'Indépendance. Il salue une connaissance et raconte à Aurélie la cérémonie d'investiture de son frère Mujica, sans préciser qu'il n'a rien vu. Il narre dans le détail la seconde rencontre à Aigua et l'interview de la horde de journalistes acharnés dans la nuit à recueillir ses pensées, sans préciser qu'il est profondément vexé qu'aucun de ses propos n'ait été finalement diffusé – pour espagnol passable, manque d'intérêt de ses déclarations ou censure de Delgado ? Il décrit en termes enflammés le cocktail de l'ambassadeur pendant lequel il a parlé à des ministres et sympathisé avec un influent sénateur français qu'il reverra à sa prochaine visite à Paris.

- Les ministres, précise-t-il, cela m'avait beaucoup impressionné au début. Je ne savais pas quoi leur dire. Je n'imaginais pas une seconde que je serais amené à en côtoyer, voire à m'en faire des amis. La semaine prochaine, Sophie et moi organisons un dîner à la maison en votre honneur, et nous devrions avoir la présence du vice-ministre de l'éducation et de la culture !

- Il ne faut pas..., répond Guillaume.

- Cela me fait plaisir, tranche le COCAC en regardant sa belle-sœur dans les yeux.

Il a obtenu d'un Guillaume décidément conciliant ou bien élevé de déjeuner seul avec elle, pendant que lui arpentera la Ciudad Vieja – la vieille ville. Leurs chemins se séparent sur la piétonnale Sarandí. Julien conduit son invitée au premier étage du Puro Verso, en prenant soin de désigner les ouvrages de littérature uruguayenne qu'il a déjà lus et d'engager une conversation avec la serveuse pour montrer sa maîtrise de l'espagnol. Elle suit son conseil de commander un lomo, filet de la meilleure viande bovine du monde : la jeune femme éthérée et sensible est carnivore. Il commande pour les deux du Tannat et de l'eau Salus con gas.

- Tu continues à boire ? s'étonne-t-elle.

- « *Continues* » !, s'exclame-t-il avec un large sourire. Rassure-toi, je ne suis pas encore alcoolique. Mais j'ai décidé de goûter davantage aux plaisirs de la vie, vois-tu. L'Uruguay a des vins excellents que je déguste dans les grandes occasions.

- Tu as changé, Julien.

Il la regarde avec surprise.

- Pourquoi ?

- Tu es plus assuré. Tu caches moins tes ambitions et tes envies.

- J'ai envie de toi, Aurélie.

C'est à son tour à elle de le regarder, stupéfaite.

- Tu es sérieux ?

- Oui et non, rassure-toi. Bien sûr que j'ai envie de toi, tu le sais bien. Depuis l'épicerie d'Ahmed, je ne cesse de penser à toi. Mais tu ne risques rien. Je suis scrupuleusement fidèle à Sophie, je l'aime et ne la tromperai jamais malgré ce que je peux ressentir pour toi et malgré les sollicitations que j'ai ici.

- Tu as des sollicitations ?

Elle est de plus en plus surprise par le tour qu'a pris si vite leur conversation.

- Bien sûr, répond-il en jetant un regard dominateur autour de lui, comme s'il s'attendait à la présence d'un parterre d'admiratrices. Le COCAC français est une personnalité en vue à Montevideo, et peut-être, qui sait, l'homme qui est dessous a-t-il changé comme tu le dis...

La serveuse apporte les boissons et une crème épaisse en guise d'apéritif.

- Je révolutionne l'Uruguay.

- Pardon ?

- Mon approche du travail culturel est nouvelle. J'ai un autre regard que mes prédécesseurs, j'innove, j'invente. Les médias me suivent. Nos partenaires uruguayens ouvrent de grands yeux. Même dans mon service, à l'ambassade, on me regarde comme une sorte de zombie, mais les résultats sont là. J'ai compté, quatre apparitions dans Galeria en deux mois, une interview exclusive dans El País d'un tromboniste français que nous avions invité et mon interview de près de trente secondes pour la radio El Espectador – sans compter celles d'Aigua. J'ai aussi eu l'idée de faire émettre un timbre uruguayen en hommage à l'amitié entre nos deux pays, avec sur la planche philatélique une citation en français de Lautréamont, Jules Laforgue et Supervielle nés tous les trois en Uruguay. Et comme je suis l'homme de confiance de l'ambassadeur, c'est moi qui ai accompagné la récente du visite du président du conseil régional de Provence-Alpes-Côte d'Azur – un ancien ministre de Mitterrand, tu te rends compte –, et qui vais organiser en fin d'année la venue des députés du groupe d'amitié de l'Assemblée nationale.

Comment Guillaume, avec son terne emploi de sous-consultant dans le privé, pourrait-il entrer en compétition ? Ecrasé, le camarade, écrabouillé.

- Aurélie, reprend le diplomate en la fixant droit dans les yeux, c'est beau les amours impossibles, tu ne trouves pas ? Toi et moi, l'interdit, les liens du passé, la famille...

Elle lui rend son regard et répond calmement :

- Nos relations n'ont rien à voir, Julien.

- Je le sais bien, reprend-il en souriant. C'est impossible, comme je viens de le dire. – Tu vois cette femme qui m'a fait un signe ? C'est l'ambassadrice de Colombie –. Mais ne me dis pas que tu ne ressens rien pour moi.

Avec douceur et lenteur, son habituelle grâce évanescente, Aurélie répond :

- Ce qui me touche chez Guillaume et chez toi, Julien, c'est votre hésitation devant la vie. Comme moi, vous ne savez pas très bien vous y prendre. Guillaume est plus fragile que toi. J'aime sa délicatesse. Si tu savais avec quel embarras il a repris contact après votre dîner. Ces dernières semaines, nous nous sommes vus tous les jours et il n'a pas encore osé essayer de m'embrasser. Dans l'avion, il s'était endormi contre mon épaule sans s'en rendre compte : il était si confus au réveil que j'ai cru qu'il allait se jeter dans le vide pour échapper à mon regard.

- Et moi ?

- Toi, tu as grandi. Tu es un peu moins amusant qu'avant, mais plus sûr de toi. C'est mieux.

Il secoue la tête, tâchant de contenir sa colère.

- Je n'étais pas amusant, Aurélie, mais ridicule... J'en ai marre du rôle du gentil qu'on humilie sans vergogne et qui vous tend l'autre joue. Je suis en train de devenir un homme, vois-tu, un homme dangereux. A ton retour en France, suis l'actualité de notre ambassade, tu pourrais être surprise. Si tu apprends que notre ambassadeur a des ennuis, pense à moi... J'ai des appuis, maintenant, je ne reste plus à la surface, j'ai accès aux sous-sols de la politique et même aux profondeurs des financements, j'ourdis, je complote, je manipule. Et là où tu as raison, c'est que cela change tout en matière sentimentale. Je ne fais plus pitié. Je ne vais pas dire que j'impressionne, mais je plais. En moi se produit un phénomène que tu as initié, Aurélie : pendant la majeure partie de ma vie, l'amour romantique n'existait pas. Je n'en avais ni le temps, ni les moyens. Je devais consacrer mes faibles ressources à l'essentiel, survivre et progresser. Aujourd'hui, j'ai progressé et j'ai la disponibilité d'esprit pour rêver. Je suis COCAC, bientôt cadre A, reconnu et parfois admiré – sans vouloir me vanter – : je peux consacrer plus de temps à l'inutile et à me faire plaisir. C'est toi qui m'as ouvert les yeux avec ton baiser de l'épicerie, Aurélie. Je veux connaître cela à nouveau, mais évidemment sans jamais passer à l'acte car le lien qui m'unit à Sophie est sacré.

Aurélie demeure silencieuse. Le lomo a été servi, mais elle n'a plus faim. Elle comprend ce qui se passe, une crise de vanité doublée de l'ouverture soudaine d'un monde aux possibilités infinies que Julien s'était toujours interdit de contempler. Le petit homme est ébranlé, comme ivre de son minuscule pouvoir et des dangers de la brusque liberté qu'il s'est accordée. Il faut le faire parler de lui pour gagner du temps, et sortir au plus vite de ce restaurant.

Julien tombe dans le piège et raconte ses succès. Avec une nervosité croissante, dont Aurélie comprend mal la raison, il explique qu'il est devenu une référence de la vie culturelle uruguayenne et qu'il connaît la moitié du pays – comme l'organisateur du Festival de Jazz de Montevideo croisé dans la rue un peu plus tôt, ou l'ambassadrice de Colombie, là en face.

- D'ailleurs, dit-il soudain en repérant derrière elle une silhouette familière, tu vas en avoir une preuve supplémentaire...

Il se lève et dépose une bise sur la joue d'une femme plus grande et plus âgée que lui, mince et élégante.

- Aurélie, une amie de passage, dit-il l'air dégagé. La princesse Olga Strehunlinden zu Chahapazoff, complète-t-il à destination d'Aurélie qui s'est levée également.

- Une princesse de pacotille, précise Olga en souriant.

- Tu as le temps de prendre un café avec nous ?

La princesse a le temps. Elle est même venue pour cela, à la demande expresse du conseiller qui l'avait appelée dans la matinée. Elle regarde la visiteuse et admire la profondeur tendre de son regard vert, sans se rendre compte qu'il ressemble au sien. Une très belle jeune femme aux longs cheveux dorés, vingt-cinq ans de moins qu'elle, une réserve et une timidité qui lui donnent un charme auquel Julien ne paraît pas indifférent.

- Tu connais notre COCAC préféré ? demande-t-elle une fois les trois convives assis.

- C'est mon beau-frère, répond Aurélie surprise du tutoiement.

« *Zut, la tuile !* » se dit Julien. Il avait espéré taire le lien. Olga, le visage réjoui, semble apprécier la situation.

- Comment est-il en famille ? s'enquiert-elle doucement en jetant un coup d'œil au cachottier. Nous, on le voit faire le beau dans les réceptions et devant les caméras, avec ses nouveaux costumes et sa coiffure branchée. J'imagine qu'en famille il est tout autre, un mari doux comme un agneau et un papa poule pour ses enfants.

Aurélie sourit. Elle a compris.

- A Paris, dit-elle, il travaillait jour et nuit. Ici, il joue au tennis.

Les deux femmes parlent de la subite passion du conseiller pour la petite balle jaune devant un Julien de plus en plus mécontent. Il n'avait pas imaginé comme cela la rencontre de ses deux égéries. Il les regarde à tour de rôle. Elles ne se ressemblent pas tant que cela, à l'exception de la couleur des yeux. Olga est plus dure, plus femme, plus à l'aise, peut-être plus intelligente et fine. Aurélie est plus lumineuse, plus aérienne. Il y a plus de mystère chez la princesse autrichienne, et plus de promesse chez la belle-sœur bretonne. Le rêve de les emmener toutes les deux en Orient-Express et de s'allonger nu entre leurs deux corps alanguis paraît de plus en plus difficile à concrétiser. C'est un peu comme lorsqu'il avait fait visiter son bureau un peu plus tôt : en gros plan, sa silhouette est correcte ; dans un volume trop vaste, elle est infinitésimale. Face à une des deux femmes, il peut s'en sortir. Les deux réunies, il n'est pas encore à la hauteur.

- Guillaume ! s'exclame-t-il soudain en se tapant le front. Il doit nous attendre.

Il explique qu'Aurélie est venue en Uruguay accompagné de son boy-friend et qu'ils doivent se retrouver sur la plaza Matriz. Il obtient d'Olga qu'elle prenne un second café, le temps qu'il raccompagne Aurélie.

Il descend derrière elle les marches du Puro Verso. Mon dieu, qu'elle est belle ! Les fesses fermes et étroites qu'il devine à travers le tissu léger de la longue jupe. Les jambes fines, la taille souple, le dos symétrique et les épaules plus affirmées que son caractère. C'est un ange réel qui mange de la viande quand on ne lui parle pas d'amour.

- Qu'as-tu pensé d'elle ? demande-t-il dès le bas de l'escalier.

- Très belle. Vraiment très belle. Une femme remarquable.

- Sympa ?

- Je ne dirais pas cela. Dangereuse, plutôt. Mais pas pour toi, Julien, qui es rigoureusement fidèle à ton épouse.

Il la laisse seule face à la cathédrale. Le rendez-vous avec Guillaume a été fixé pour plus tard, mais il a peur qu'Olga ne patiente pas longtemps dans le restaurant. Il veut savoir tout de suite.

- Alors, qu'as-tu pensé d'elle ? demande-t-il d'une voix essoufflée, à peine réinstallé devant son café froid.

- Ravissante, répond-elle. Un ange. Un peu irréelle. Je dirais qu'elle pourrait être dangereuse pour toi si elle n'était pas ta belle-sœur.

Olga a bien sûr compris qu'Aurélie était la femme du demi-baiser, l'amie de désir dont Julien lui a tant parlé. Elle possède maintenant sur lui un secret, et la menace implicite d'en parler à Sophie.

Chapitre 17

Julien avait prévu trois étapes pour impressionner Aurélie : la visite de son bureau, le concert d'un chef d'orchestre français et le dîner avec le vice-ministre. La première a été un échec pour des questions de proportions. La seconde, un succès : Julien avait été salué à l'entrée du Solís, pris en photo au bras de Sophie pour Galeria, s'était installé avec ses invités dans une loge réservée pour eux et les avait conduits en coulisses à la fin du spectacle pour féliciter l'exubérant et sympathique musicien. Il avait juste oublié qu'Olga serait présente. Mal à l'aise entre les trois femmes de sa vie, il s'était tu pendant toute la soirée, ce qu'elles avaient apprécié.

La troisième étape est ce soir, premier dîner de nature professionnelle que Sophie accepte d'organiser. Il n'a pas invité Olga, bien sûr, mais le vice-ministre dont il espère des informations sur Delgado. Au lendemain des révélations d'Olga sur les relations ambigües entre Foussier et Delgado, il avait utilisé ses fonctions pour se ménager des entretiens avec d'anciens prisonniers ou exilés de la dictature. Il avait rencontré un éditeur, deux professeurs d'université, une chanteuse d'Edith Piaf et de Moustaki, un directeur de théâtre, une cancérologue et un journaliste qu'il avait écoutés fasciné, emplissant son calepin. Poser des bombes, attaquer des banques, prendre des otages, risquer sa vie, fuir en urgence, se consumer dans la clandestinité et l'exil... Il avait scruté leurs visages, cherchant les signes distinctifs de la folie ou du courage.

Mais il n'avait vu que les traits banals de sexagénaires uruguayens adeptes du carnaval, du maté et de l'asado. Peut-être, au fond des yeux, une tristesse diffuse, comme celle des survivants du drame des Andes qu'il avait rencontrés eux aussi, près de quarante ans après la catastrophe ayant décimé la jeune équipe de rugby du collège Stella Maris et condamné ceux qui n'avaient pas péri dans la chute de l'avion à ne pas enterrer leurs morts pour subsister. Drôle de pays que l'Uruguay, avec seulement trois millions d'habitants et les rescapés d'une des guérillas les plus spectaculaires et d'une des tragédies les plus médiatisées du siècle dernier.

Mais ils n'avaient rien dit de Delgado. Dès que Julien l'évoquait, les langues se liaient. De quoi avait-elle peur, cette chanteuse mélancolique qu'on avait du mal à imaginer pasionara de la lutte armée ? De quoi avait-il peur, ce professeur de l'Université de la République, intarissable sur l'histoire de la guérilla et muet sur le pouvoir d'aujourd'hui ? Quant aux liens éventuels entre Delgado et Foussier, le silence se faisait plus dense encore. Julien avait vite compris que son enquête était vouée à l'échec, avant même qu'Olga ne lui conseille de mettre fin aux interrogatoires qui pouvaient lui valoir des ennuis car il était probable que ses interlocuteurs en rendaient compte à Delgado lui-même, voire à Foussier. « *Nous sommes un tout petit pays* », avait-elle rappelé, « *les solidarités de la clandestinité ne sont pas mortes. Tu ne vois que la surface des choses, Julien, sois prudent, laisse-moi faire* ».

Il avait laissé faire. Ses espoirs s'étaient reportés sur le vice-ministre invité pour éblouir Aurélie et qu'il comptait confesser en fin de soirée dans les vapeurs du whisky et du Tannat. Pendant que Sophie et Aurélie règlent les derniers détails avec la cuisinière et le serveur ensmokiné engagés pour l'occasion, il accueille le chef d'orchestre français pas encore reparti, le plus célèbre chef d'orchestre uruguayen qu'il a croisé à son club de tennis, une chanteuse lyrique argentine et le directeur de l'orchestre philharmonique national venu accompagné de son épouse. Anibal Vasconcelos arrive le dernier, au bras de sa moitié que Julien ne connaissait pas. C'est un homme petit, râblé, malin et barbu, enseignant de formation et passé par les arcanes de la vie syndicale. Après l'apéritif, du Champagne français qui a fini de le ruiner, Julien le place en face de lui, entouré de Sophie et Aurélie, et prend son épouse à sa droite. Le jeune diplomate commence à animer la conversation, comme il avait vu Foussier le faire lors du déjeuner des sénateurs, mais malgré son désir d'être brillant il ne peut empêcher l'émergence de conversations parasites aux deux extrémités de la table. Le chef d'orchestre français est le plus bruyant, son enthousiasme s'exprime dans un espagnol divertissant qui ressemble à de l'italien. Bien vite, le maître de maison abandonne le vice-ministre à ses deux voisines. Il est fatigué. Beaucoup de stress, ce séjour d'Aurélie. Beaucoup de travail, les exigences de l'ambassadeur. Quelques mots à madame la vice-ministre et il s'abîme dans ses pensées. Chez ses beaux-parents, il a toujours été la dernière roue du carrosse, le gendre transparent et géniteur quasi-anonyme des petits-fils chéris. Il a aujourd'hui en face de lui, sous son pouvoir, les deux filles de Marc et Gisèle Yffenec. Même si elles ne connaissent décidément pas l'usage du maquillage, elles sont jolies, bien habillées, bien coiffées, souriantes. Il sent que des deux, le vice-ministre préfère Aurélie. C'est normal, tout le monde préfère Aurélie, mais pour se marier, organiser la vie et faire des enfants, Sophie est beaucoup mieux. Il a eu raison d'épouser Sophie et de laisser les rêveurs entre eux, Aurélie et Guillaume.

Sophie a très bien géré son dîner. Quel dommage qu'elle ne veuille pas s'impliquer davantage dans la vie sociale uruguayenne, elle serait un grand atout pour son mari qui doit faire le travail tout seul. Le repas achevé, Julien a accompagné le vice-ministre sous la tonnelle. Ils se sont assis côte à côte, une tasse de tisane rouge à la main et le nez dans les étoiles.

- Votre ministère est un soutien constant de notre coopération, commence le COCAC. Je vous en remercie.

- Le ministre aime votre pays.

- Il a des relations étroites avec notre ambassadeur.

- Ce sont des amis, maintenant.

Le vice-ministre a l'air bien disposé, tranquille, content de son dîner.

- J'ai l'impression que leurs relations vont au-delà de l'habituel, insiste le maître de maison.

Vasconcelos le regarde avec surprise.

- Que voulez-vous dire ?

Julien hésite et se lance.

- Ils ne parlent pas seulement sciences et culture, monsieur le vice-ministre. Je crois qu'ils abordent des thèmes politiques.

L'autorité uruguayenne sourit et place ses doigts en triangle.

- Comment pourrait-il en être autrement, monsieur le conseiller ? Connaissez-vous l'histoire de Delgado ?

Le COCAC est mal à l'aise. Il sent qu'il est allé trop loin et ne sait si Vasconcelos sera de son côté. Le vice-ministre n'appartient pas au Movimiento de Participación Popular de Mujica et Delgado, parti héritier des Tupamaros : il est du clan Frente Líber Seregni du vice-président de la République Astori. Julien a fait le pari d'un conflit de convictions et d'ambitions entre le ministre et son numéro deux, mais c'est une posture osée pour un diplomate étranger qui a pour devoir de ne pas s'immiscer dans les questions internes du pays. Il se dit que si cela tourne mal, il pourra prétexter de son jeune âge ou du Tannat ingurgité en trop grande quantité.

Le vice-ministre sort un cigare qu'il prépare dans un cérémonial silencieux. Il claque une allumette extra-longue. Il penche la tête en arrière et souffle la première fumée. La fumée s'élève en volutes nonchalantes, comme attirée par la pleine lune veillant sur le jardin. D'une voix tranquille, il raconte l'évasion des 111 Tupamaros par le tunnel creusé sous la prison de Punta Carretas au début des années 70. Julien connaît l'histoire et le rôle qu'avait ensuite joué Delgado pour cacher son ami José Mujica. Arrêté, soumis à des tortures exceptionnellement brutales, il n'avait rien révélé de la cache à la différence d'autres qui avaient parlé. Ce silence en avait fait un héros au sein de la guérilla. Mujica repris, explique Vasconcelos, Delgado avait organisé un réseau dans sa prison de Libertad et l'avait aidé jusqu'à leur isolement par les militaires pendant la dictature. Libéré au retour à la démocratie, mais toujours révolutionnaire et anarchiste, leurs routes s'étaient séparées un temps car il avait refusé d'entrer dans le jeu démocratique et poursuivait ses actions clandestines. Il fallut plusieurs années pour que Mujica parvienne à le convaincre de rejoindre son mouvement politique. Depuis, les deux hommes ne se quittaient plus.

Vasconcelos fixe maintenant son interlocuteur, visage impénétrable sous la barbe au carré. Le moment est intimidant.

- Je vais vous dire encore deux choses, monsieur le conseiller, ajoute-t-il à voix basse, d'un ton grave qui tranche avec l'ambiance détendue de la soirée. En premier lieu, vous devez savoir que ceux qui ont passé vingt ans dans la clandestinité et comme prisonniers politiques ne peuvent renoncer à l'action, fussent-ils vieux, amoindris ou aveugles. Ne pensez pas que Delgado soit à la retraite de la révolution, mon jeune ami. Cet homme est fait d'un bois comme on n'en connaît plus aujourd'hui.

Impressionnant. Julien est impressionné. C'est la première fois qu'il reçoit un vice-ministre chez lui, qu'il parle aussi longtemps avec un vice-ministre, qu'il subit sans rien dire les nuisances tabagiques d'un vice-ministre et qu'il se sent plongé au cœur des mouvements secrets qui font la marche du monde.

- En second lieu, Ennac, poursuit l'invité sur le même ton, une femme l'a accompagné dans ses derniers mois de guérilla et ses premiers mois d'homme politique revenu dans la légalité. Une femme qui partageait sa vie et que vous connaissez bien.

Julien se redresse, pris de court. Il pense tout de suite à Georgette, la consule, mais les dates ne collent pas. Il ne comprend pas.

- Une Uruguayenne ? demande-t-il.

- La princesse Olga Strehunlinden zu Chahapazoff.

La soirée s'achève. Tous attendaient que le vice-ministre se retire, mais celui-ci semblait prendre plaisir à son aparté avec le maître de maison. Il s'est maintenant levé, on peut procéder. Julien se retrouve avec Sophie, Aurélie et Guillaume qui sont retournés s'asseoir sous la tonnelle libérée des invités. La nuit est profonde, éclairée par la fin des bougies se consumant sur les tables. L'air est empli de senteurs tendres, tout est calme.

- Très beau dîner, ma chérie, dit-il à son épouse.

- La cuisinière et le serveur ont tout fait, sourit celle-ci.

- Très chic de le voir passer en smoking, confirme Guillaume mollement. On avait l'impression qu'il disposait d'un sixième sens pour deviner nos envies...

Julien regarde les deux sœurs, fatiguées et détendues.

- Vous étiez très élégantes, mesdames. J'aurais aimé qu'on ne couche pas les enfants pour qu'ils gardent le souvenir du premier dîner diplomatique donné par leurs parents. J'espère qu'il y en aura d'autres...

- Tu as atteint tes objectifs professionnels ? demande Guillaume.

- Vasconcelos m'a appris des choses surprenantes.

Il se lève, rejoint le salon. Mélancolique, il jette le calepin vert et le regarde se consumer dans le feu de cheminée.

Chapitre 18

- Votre belle-sœur est très jolie, l'accueille sa secrétaire qui a enfin pris l'habitude d'arriver plus tôt au bureau. Vous avez des parapheurs à viser avant de les transmettre à l'ambassadeur.

Il ne sait ce qu'elle pense de ses relations avec les femmes. A la suite du samedi au Conrad, Carayon avait mené des recherches sur internet et identifié la compagne de César Ruiz Costa grâce à des photos de la presse argentine : la jeune femme s'appelle Malena Carrena, vedette de telenovela. Toute l'ambassade, sauf peut-être l'ambassadeur, est maintenant au courant que le COCAC a dansé le tango avec la grande Malena Carrena une après-midi estivale sur la plage de Punta del Este. Cela change-t-il le regard que ses collègues ont sur lui ? Pour sa part, le COCAC est à la fois soulagé et un peu déçu que les paparazzis aient raté le scoop. Avec l'interview d'Aigua, ce sont deux instantanés qui resteront ignorés du grand public, mais il garde le selfie au fond de son ordinateur et le souvenir dans sa mémoire.

- Pourquoi me parlez-vous de ma belle-sœur, Anita ?

- Elle vient d'appeler. Elle souhaiterait vous parler au téléphone, sur son portable français. Dois-je la rappeler ?

- Oui, merci Anita.

Que peut lui vouloir Aurélie ? Demain, elle part avec Guillaume faire le tour des pingouins : Buenos Aires et son tango, Península Valdés et ses baleines si la saison le permet, Ushuaïa du bout du monde, El Calefate et le glacier Perito Moreno, Salta, Atacama et les déserts de sel, Iguassú, et enfin Rio, les Cariocas, la samba, avant le retour sur Paris. Peut-être veut-elle le voir et lui donner l'autre moitié du demi-baiser. C'est toujours au dernier moment que les femmes évanescentes se décident, pour qu'on ne puisse pas les rattraper.

Anita lui passe l'appel.

- Allo, Julien, commence la jeune femme d'une voix timide, je ne te dérange pas ?

- Jamais, mon ange. Veux-tu que nous déjeunions ensemble ? Je peux me libérer.

- Non, non, ce n'est pas cela... – on sent qu'elle hésite. J'ai beaucoup parlé avec le chef d'orchestre uruguayen hier soir, Julien, un homme très fin et sensible. A un moment, il m'a dit que tu devrais faire attention.

- Faire attention ?

- Il n'a pas voulu m'expliquer. Il m'a dit que l'Uruguay était un pays compliqué dans lequel il fallait rester discret car tout se savait assez vite. J'ai préféré te prévenir.

- Au téléphone, Aurélie : ce n'est pas prudent !

Il a été dur. Au bout du fil, elle perd contenance.

- Excuse-moi, bafouille-t-elle.

- Non, non, c'est moi qui m'excuse, corrige-t-il en tâchant de retrouver son calme. Ne t'inquiète pas, Aurélie, je sais ce que je fais. En tout cas, n'en parle pas à Sophie ! Tu es sûre que tu ne veux pas déjeuner avec moi ?

Elle est sûre et il raccroche, pensif. Puis il appelle Barbara pour lui demander la liste des spectacles et réceptions de la semaine. Il y a concert le soir même à la salle Zitarrosa, Olga y sera peut-être.

*

Julien médite. Il se demande comment un être aussi effacé que lui, que ses voisins de palier à Paris ne reconnaissaient pas dans l'ascenseur, peut soudain attirer l'attention en dehors de ses activités professionnelles. Quelle erreur a-t-il commise ? Où a-t-il failli ?

Cela ne pouvait être le rendez-vous surréaliste avec Octavio Biasi. Remis de l'émotion de son déjeuner au Lindolfo, il n'avait pas souhaité rencontrer le banquier occulte que lui avait indiqué Bordenave et dont il n'avait trouvé aucune trace sur internet – ce qui est quand même rare pour un interlocuteur de cette envergure. Il se rendait compte de ce que les ténèbres peuvent avoir d'angoissant. Mais Biasi l'avait appelé. Il s'était retrouvé dans d'étroits locaux à un étage élevé de la tour Caelus, dans le quartier de Bucio. Pas de nom sur la porte. Une salle d'attente avec une secrétaire affairée et une caméra fixée sur lui qui l'avait mis profondément mal à l'aise. Une seconde pièce dans laquelle Biasi l'avait fait entrer après quelques minutes. Pas d'échange de cartes de visite. Il s'agissait à l'évidence de locaux de passage, loués pour recevoir des visiteurs dangereux. Julien Ennac était dangereux car travaillant dans une ambassade et sans motif d'entretien bien clair.

Au bout des vingt minutes de discussion, rien n'était plus clair. Julien n'avait osé poser aucune question. Biasi lui avait demandé s'il aimait l'asado, s'il buvait le maté, s'il était supporter de Nacional ou de Peñarol – le COCAC avait subtilement répondu de la sélection nationale, la *Celeste* –, si sa famille s'était bien acclimatée. Il lui avait révélé qu'il comptait un ancêtre basque français, Etchegaray, et que la France était un modèle pour les Uruguayens. Ils s'étaient quittés bon amis, Biasi lui ayant donné le numéro d'une boite vocale et affirmé qu'il restait à sa disposition : il suffisait de laisser un message et il rappellerait dans l'heure. Pas un mot sur l'ambassade ou l'ambassadeur.

Il sait que le banquier n'a parlé et ne parlera à personne de sa visite. C'est donc ailleurs qu'il a failli. Le calepin, les interviews, la filature de Punta Carretas, les rendez-vous avec Olga ? Il rejoint la salle Zitarrosa.

- Demain, 14h00 au salon de thé de l'hôtel du Prado, susurre-t-il à l'oreille de la femme qu'il a fait semblant de ne pas voir. Tu vérifieras que tu n'as pas été suivie et en aucun cas tu ne m'appelles sur mon portable.

Elle est habillée d'une robe gris perle à ceinture rouge vif et de chaussures rouge vif. Elle va s'asseoir dans les premiers rangs, entourée de ses amies Mercedes Píriz de Olivera et Teresa Brunet de Villanueva. Elle ne dit rien, ne jette pas un regard vers son ami, elle est habituée à la clandestinité.

*

Il quitte l'ambassade en rasant les murs comme le matin où il était allé acheter ses premiers Galeria. Il monte dans sa voiture, regarde le rétroviseur et part brusquement. Sur l'avenue Libertador qui conduit au Palais législatif, il accélère et freine, sans remarquer de véhicules suspects adoptant la même conduite. Avenue Agraciada, avenue

Millán, la rangée des châteaux urbains en ruines, l'ancien quartier résidentiel de l'extrême richesse uruguayenne s'appelle le Prado et offre aux regards les vestiges d'une grande splendeur. Les véhicules s'espacent, aucun ne s'engage dans le parc à sa suite. Il se gare au bas de l'hôtel et attend dans sa Peugeot. Pas de mouvement. En ce début d'après-midi, le palace décati dort, on dirait un édifice abandonné dont les immenses pièces reflètent une époque perdue. Seule dans le salon de thé, Olga est immobile. Elle a revêtu une robe taille basse très années 1920. Julien l'observe sans être vu : elle semble calme, elle ne fume pas, elle ne regarde pas autour d'elle. Qui est cette femme ?

- Bonjour, fait-il le visage fermé.

- Bonjour, répond-elle en se levant pour l'embrasser.

Il accepte le baiser de bienvenue comme s'il ne pouvait faire autrement et lui fait signe de se rasseoir.

- Tu as été suivie ? demande-t-il.

- Je ne pense pas. Pourquoi ce mystère ?

Il s'énerve.

- C'est à toi que je devrais poser la question, non ? Tu ne m'as pas tout dit.

Elle rit, un rire charmant, léger, ironique, anodin.

- Comment veux-tu qu'une femme de mon âge puisse tout te dire, Julien ? Tu es encore très jeune si tu penses pouvoir tout savoir d'un être humain.

- Un café ! jappe-t-il en direction de la serveuse qui s'était approchée et repart aussi vite. Ne joue pas au plus malin, s'il te plaît. On m'a tout raconté.

- Cela m'intéresse..., déclare-t-elle en ouvrant de grands yeux innocents.

- Tu étais la maîtresse de Delgado !

- Oui.

- Et tu ne m'as rien dit ?

Bien sûr qu'elle n'avait rien dit. Fait-on la liste de ses anciennes amours à un diplomate de passage avec lequel on partage quelques thés au Puro Verso ?

- Il y avait prescription, Julien, explique-t-elle doucement.

- Il n'y a jamais prescription pour les crimes de sang.

Les mots résonnent dans le grand salon vide.

- Quels crimes de sang, mon petit Julien ? Je n'ai jamais tué personne et Elbio n'a jamais tué personne en ma présence. Lorsque nous étions ensemble, il passait son temps à rédiger des communiqués secrets appelant à l'insurrection qu'il me chargeait de transmettre à d'autres rebelles enfouis dans leurs caches, aussi isolés et impuissants que lui. C'était en 1986, cela faisait longtemps que les Tupamaros ne représentaient plus aucun danger. Il était un des derniers à préparer des attentats et des enlèvements, et à croire qu'il pouvait les réaliser. Il était beau dans les caves, avec ses vestes de treillis et ses casquettes à la Che Guevara. Il n'y voyait rien, il devait se bourrer de médicaments, il avait besoin de moi. Une princesse en sous-sol ! Je me suis follement amusée et l'ai follement aimé...

- Tu avais près de trente ans, comment pouvais-tu prendre plaisir à ces enfantillages ?

Le café est arrivé. La serveuse l'a déposé fébrilement sur la table, le renversant à moitié, avant de se retirer vivement.

- Ne va pas m'annoncer que tu es jaloux, mon petit COCAC ? C'était il y a si longtemps... Ton rival a plus de soixante-dix ans aujourd'hui, il est presque aveugle, c'est un vieil homme.

- Tu le vois encore ?

- Un interrogatoire ! – elle regarde autour d'elle – Une pièce isolée, pas de témoin, vas-tu me soumettre à la gégène, aux brûlures de cigarettes ou au pal ? Tu ne sais rien de l'Uruguay, Julien. En 1970, j'avais 14 ans. J'ai aidé des groupuscules tupamaros, au péril de la prison où certaines de mes amies ont passé plusieurs années. J'ai eu de la chance, je n'ai jamais été dénoncée. Mais dans l'autre bord, le père de ma meilleure amie, un militaire, a été abattu en pleine rue par la guérilla, sans raison, juste parce qu'il portait un uniforme. Elle, moi, nous tous, il faut vivre avec. Tu la connais, c'est Teresa Brunet de Villanueva. Jamais elle ne pardonnera à Mujica, à Delgado et aux autres.

- Tu es de quel côté, Olga ?

- Ta question n'a pas de sens. Je suis depuis longtemps rangée des voitures, comme on dit dans votre merveilleuse langue. Je suis présidente d'une association musicale, rien de plus. J'ai besoin de relations pour faire venir des musiciens et d'amis pour mon bonheur.

- Je ne te crois plus. Pourquoi m'as-tu alerté sur les relations entre Foussier et Delgado ?

Olga Strehunlinden semble aux anges. Le lieu lui plaît, le décor, la conversation.

- Ce n'est plus un interrogatoire, mais une scène de ménage, exulte-t-elle. C'est le problème des hommes trop jeunes, ils confondent tout. Julien, j'ai cherché à te rendre service. En échange, j'attendais ton soutien pour mes concerts, et aussi le plaisir de nos rencontres. Tu es plein de vie, d'idées, d'énergie. Tu as un charme français auquel les vieilles européennes exilées comme moi sont sensibles. Tu as un très beau visage, aussi, et tu as fait un parcours remarquable depuis ton arrivée.

Le contemple-t-elle, de l'autre côté de la table, par-dessus le service de thé, le café et les mignardises de chocolat et dulce de leche, avec de grands yeux d'amoureuse ? Cette femme a aimé Delgado. Elle en a aimé d'autres, de tous bords. Elle ne s'est jamais mariée. De quoi vit-elle ? Pourquoi observe-t-on leurs rencontres ?

- Il ne faut plus se voir, dit-il tout bas.

Elle lui sourit, tendre. Il a envie de se jeter dans ses bras.

- Comme tu voudras, Julien.

Elle se lève, effleure ses lèvres, lui dit « *à bientôt* » et disparaît sans qu'il bouge. Il reste seul dans l'immense pièce. Il ne sait ce qu'il doit penser.

Chapitre 19

Réunion de services. Julien regarde la table familière. Il n'est plus impressionné. De tous, c'est lui qui a le plus d'agents sous son autorité, même si la volontaire internationale vient de partir et ne sera pas remplacée – première suppression de poste dans son équipe. L'ambassadeur commence par un tour de table. Carayon déclare que tout va bien sans entrer dans le détail et la consule évoque une sombre affaire de Français agressé dans la rue et d'économies à réaliser sur les dépenses d'électricité. Lui, Julien Ennac, prend la parole à son tour et la garde. Comme il a accepté presque toutes les charges distribuées depuis trois mois, il a beaucoup à raconter et ne s'en prive pas. L'ambassadeur écoute, prend des notes, pose des questions. Les autres bâillent.

- C'est très bien, Julien, déclare-t-il lorsque son COCAC finit par se taire. Je voudrais également vous féliciter pour vos télégrammes. Il faut agir et rendre compte, donner de l'écho à nos actions pour que Paris voie que nous ne gaspillons pas l'argent du contribuable. Je souhaite que les autres services prennent exemple sur le service culturel depuis l'arrivée de Julien.... Quid de notre communication locale, Bernardo ?

Bernardo s'exclame :

- Excellente, monsieur l'ambassadeur. Une cinquantaine de retombées de presse positives en trois mois, nous sommes l'ambassade la plus visible dans le pays.

Foussier a l'air satisfait.

- C'est bien. Notre dynamisme nous donne une place particulière dans les médias et auprès des autorités. Cela nous aidera en cas de problèmes. La France reste présente en Uruguay, plus que jamais, je ne cesse de l'expliquer aux ministres. La Coupe du monde va en constituer une illustration éclatante !

Il fait une pause et regarde ses collaborateurs, comme pour leur montrer qu'il a eu raison de s'engager dans l'aventure du ballon rond et leur reprocher leur pusillanimité.

- Tout va bien de ce côté, reprend-il. Le Lycée s'est pris au jeu et je sens une surprise du côté du gouvernement. Nous allons avoir une très belle couverture médiatique qui a d'ailleurs commencé puisque j'ai déjà donné plusieurs interviews de football.

- Canal 12 veut faire un reportage en direct de la résidence le matin du match, monsieur l'ambassadeur, confirme Bernardo.

- Excellent ! Je proposerai au journaliste de jouer au foot dans le jardin ! On ne parle plus que d'Afrique du Sud dans le pays, la politique a disparu, il n'y a plus de problème économique, même les conflits avec l'Argentine sont passés à la trappe. L'ancien président de la République Julio María Sanguinetti, vice-président de Peñarol, m'a appelé pour participer à la célébration du premier but du premier Mondial de 1930, marqué par un Français sur l'ancienne pelouse du club. Evénement sympa qui a fait la une des journaux et m'a valu un encart dans L'Equipe : enfin la gloire et la reconnaissance par mon quotidien préféré, après quarante ans à m'épuiser sur des terrains de tennis sans intéresser personne ! – Il se tourne vers le COCAC – Vous voyez, Julien, vous aviez tort d'être sceptique. Le sport est un vecteur de communication au moins aussi important que la culture et plus accessible à tous les étages de la société.

- Oui, monsieur l'ambassadeur.

Devant le déroulé des événements, le conseiller culturel se mord les doigts d'avoir refusé de prendre en charge le projet. S'il l'avait fait, il serait lié à l'ambassadeur dans l'organisation d'un événement qui se présente de mieux en mieux et pourrait marquer les esprits. Il a raté une magnifique occasion de créer ce lien après lequel il court depuis le début.

- Pour le reste, conclut l'ambassadeur, j'ai une information qui va vous plaire : nous allons être inspectés.

Silence consterné. Les vieux routiers que sont le premier conseiller et la consule tordent le nez. La consule en rajoute en se tordant également les mains. Une inspection n'est jamais une bonne nouvelle : beaucoup de travail, beaucoup de critiques et de nombreuses recommandations qu'il faudra bien mettre en œuvre ou faire semblant de mettre en œuvre.

- Quand, monsieur l'ambassadeur ? demande Carayon.

- A la fin du mois, répond Foussier d'un ton joyeux. Ils sont pressés de voir si je suis plutôt une catastrophe ou plutôt un désastre... Mais c'est un superbe calendrier pour nous. Juste entre le match de foot et notre 14 juillet original. Les inspecteurs pourront constater combien notre poste est actif et quelles sont les retombées de notre travail. J'espère qu'ils interrogeront nos partenaires uruguayens, Delgado et les autres ministres, la mairie de Montevideo, les hommes d'affaires français : ils verront qu'avec des moyens aussi limités que les nôtres on arrive à faire beaucoup et peut-être parviendrons-nous à les convaincre de limiter les suppressions de postes qui nous attendent. Marguerite va vous distribuer les premiers questionnaires. J'attends vos projets de réponse pour le début de la semaine prochaine. Si vous avez des problèmes, des idées ou des suggestions, n'hésitez pas à m'en parler. Nous ferons le point lors notre prochaine réunion et commencerons à préparer les programmes de rendez-vous. Merci beaucoup.

Sortie à petits pas, la tête basse. Carayon propose d'aller prendre un café à la machine du consulat. Bernardo s'esquive, l'attachée commerciale a du travail et la secrétaire de l'ambassadeur ne peut s'absenter de son bureau. Le COCAC est atteint d'euphorie galopante, mais les autres ne le remarquent pas. Il ordonne à son visage de ne rien montrer de ses émotions et rejoint la consule et l'officier de sécurité autour du premier conseiller.

- Quelle déveine ! s'exclame celui-ci un donnant un coup de pied désabusé à une chaise pendant que son jeton déclenche un mécanisme bruyant. Me faire ça à deux mois de la retraite !

- Au moins, siffle la consule, tu n'auras pas à mettre en œuvre les recommandations. S'ils s'acharnent sur la comptabilité, cela va être un enfer.

- S'expriment-ils également sur la qualité des agents ? demande Julien.

C'est sa première inspection, il ne connaît pas les règles.

- Bien sûr, rigole Carayon. Ils font des rapports secrets pour dire que celui-là est vraiment nul, cet autre inefficace, le troisième de mauvaise composition et le quatrième fainéant voire voleur. En principe, ils rencontrent en tête à tête chacun des agents titulaires, et on a rarement vu quelqu'un en sortir gagnant.

- Nous avons été inspectés à Madagascar il y a dix ans, confirme Georgette. Ils ont bloqué l'avancement du premier secrétaire et le COCAC a été viré.

- Qu'avait-il fait ?

- Il n'était pas pire qu'un autre mais sa tête n'est pas revenue à un des inspecteurs. Ces gens-là ont tout pouvoir.

- Exact, renchérit Carayon. Eux ne sont jamais contrôlés. Et beaucoup d'entre eux sont des frustrés en attente de postes qu'on ne veut pas leur donner en raison de leur incompétence. J'ai été inspecté à Oulan-Bator. Cela me faisait rire de voir nos collègues, notoirement médiocres, exiger que nous fassions ce que eux n'avaient jamais réussi à réaliser dans leurs fonctions antérieures.

Etienne Borca est le seul à avoir une opinion divergente.

- Pas plus mal qu'ils examinent le volet sécurité, glisse-t-il de sa voix rugueuse. Je trouve que Foussier prend trop de risques : il organise des réceptions dans le périmètre de sécurité, il a refusé qu'on double notre système de caméras de surveillance à la résidence et il se déplace sans chauffeur pour ses activités officielles le soir, le week-end et en province...

- Par mesure d'économie, précise la consule. Nous n'avons pas les moyens de payer les heures supplémentaires de Beto.

- Le jour où nous aurons un problème, nous ferons moins les fiers. Je n'ose imaginer ce qui va se passer au Lycée si l'Uruguay perd.

- Il est persuadé que l'Uruguay va gagner et il s'y connaît. Il a même accepté une participation en direct à une émission de radio française du type « *On refait le match* ».

- Il ferait mieux de se calmer, lâche Carayon. Nous ne sommes pas le Club Med. Je ne suis pas sûr que les inspecteurs apprécient.

Julien pense que le premier conseiller se trompe. La méthode Foussier est sacrément efficace. Il couvre l'ensemble des champs de l'ambassade, s'investissant à fond dans chacune des missions, passant avec un égal bonheur de la haute diplomatie à la gestion des congés des agents, de la mise en œuvre des coupes budgétaires et des réductions d'effectifs à l'organisation des événements culturels, de la coopération universitaire et du soutien aux entreprises au dialogue avec les représentants de la communauté française et au foot. Ce n'est pas dans ces domaines qu'il va être recherché. C'est ailleurs et le COCAC croit savoir où...

Le café terminé dans le petit gobelet en plastique, il regagne son bureau et s'y enferme. Enfin seul. Il se plante devant la glace de la cheminée pour admirer un COCAC petit par la taille et grand par le talent. Il fait un geste qui ne lui est pas naturel mais qu'il a appris en visionnant les DVD de Roland-Garros : le poing serré, un mouvement brusque demi-circulaire de bas en haut de tout le bras plié, accompagné d'un cri rauque dans lequel les spécialistes peuvent reconnaître le viril « *Come on !* » de Jimmy Connors ou Lleyton Hewitt. Une ambassade n'est habituellement inspectée que tous les cinq ou six ans, surtout un petit poste lointain comme l'Uruguay. A Montevideo, l'Inspection était passée il y a seulement trois ans. Pourquoi revient-elle aussi vite, après un peu plus de six mois de présence du nouvel ambassadeur ? Il existe deux hypothèses qui plaisent autant l'une que l'autre au COCAC :

- Foucault a mis en œuvre sa menace et obtenu l'envoi de la mission pour sanctionner le laxisme d'une structure dans laquelle un conseiller culturel peut s'échapper en plein milieu de matinée pour aller faire des courses.

- ou, plus probablement, ses deux rapports Dablanc ont inquiété les autorités à tel point qu'on a jugé prudent de vérifier sur place l'ampleur des errements.

Au total, une inspection dont il est la cause et qui pourrait bien se transformer en déroute pour l'ambassadeur et en Austerlitz pour son collaborateur. Toute la question est de savoir quelle stratégie il devra adopter avec les inspecteurs. Clairement, il doit se concentrer sur Foussier. Malgré l'affaire des grands pieds, Carayon n'est pas un concurrent et la vengeance n'aurait pas d'effet sur lui. De son côté, Georgette est difficilement attaquable et provoquer son départ pourrait conduire à la nomination d'un nouveau consul plus dangereux. Reste Foussier. Les attaques ne devront pas être frontales, car il ne dispose pas de preuve pour étayer ses suspicions, mais il s'agira de faire comprendre aux inspecteurs que cet homme ne joue pas franc-jeu. Il faudra être subtil : Julien Ennac sent qu'en trois mois, il a plus gagné en subtilité que dans les trente années précédentes. Il est désormais équipé pour intriguer, il comprend les ressorts, il sait quels fils il doit tirer. L'exercice de l'autorité est le meilleur cadeau qui lui ai été fait : il a commencé à voir l'autre côté du miroir et comprendre la psychologie et les motivations du dominant.

Il sort de l'ambassade guilleret pour s'arrêter au Náutico, dernier entraînement avant le tournoi de samedi. Malgré une contracture à la cuisse droite, des ampoules au pied gauche, l'épaule endolorie du geste devant le miroir et une foulure à un doigt due à une chute sur une amortie vicieuse, il frappe plus fort dans la balle, et à côté de la balle, qu'il ne l'a jamais fait. « *On se calme, Julien. On essaie de mettre de la technique* » crie le professeur, mais rien n'y fait : le conseiller culturel est tellement content qu'il saute dans tous les sens et finit par se tordre une cheville. Il rentre en boitant chez lui, une bouteille de Champagne à la main.

- Que nous vaut ce plaisir ? lui demande Sophie en le débarrassant de son sac de sport.

- Deux choses, mon amour, répond-il les yeux brillants. Peux-tu aller chercher la caméra, s'il te plaît, j'ai du mal à marcher ?

Amusée, Sophie s'éclipse et revient avec le caméscope. Elle commence à filmer.

- Alors, monsieur Ennac, ces nouvelles ?

Il s'est assis, posant la bouteille à côté de lui. Il est en survêtement blanc, avec un bandeau assorti dans les cheveux et des traces de transpiration sur le visage. Sa pommette gauche est fendue, conséquence d'un choc avec la raquette. Il a l'air fatigué, épuisé même, mais joyeux.

- L'ambassadeur, mademoiselle, m'a dit publiquement, en pleine réunion de services, qu'il était content de mon travail. Quel dommage que cela arrive un peu tard pour ma promotion !

Elle prend un ton admiratif.

- Vous m'en direz tant, monsieur le conseiller ! s'exclame-t-elle. L'ambassadeur en personne ?

- L'ambassadeur en personne, confirme le COCAC qui ne sent pas l'ironie. Et ce n'est pas tout. Nous allons avoir une inspection !

Il explique à l'intervieweuse qu'il gère tellement bien son service et a réussi tant d'opérations en aussi peu de temps que les inspecteurs ne pourront qu'être ébahis et le recommander pour des fonctions plus élevées.

A cet instant, le dialogue n'amuse plus Sophie. Elle coupe la caméra et lui demande s'il veut déjà changer d'affectation. Le COCAC répond sans sourciller que l'Uruguay est un peu petit pour ses capacités.

*

Marcelo Gutiérrez, l'heureux professeur de tennis du Náutico, a organisé un tournoi entre ses élèves pour les habituer à la compétition et les remercier de la confiance qu'ils lui font dans l'amélioration de leurs revers, coups droits et services. A la suite, il les a invités à un asado dans l'estancia familiale de Soca, à une heure de Montevideo.

Accompagné de Sophie et des enfants, Julien est arrivé bien avant le début des matches, très tendu. Il veut avoir le temps de s'échauffer et commence des étirements compliqués qui font rire Cédric et Gaël. Sophie a pris un livre et s'installe en terrasse.

- Mon adversaire, fait soudain Julien en lui présentant un géant rougissant. Pancho joue depuis trois ans et Marcelo dit qu'il est un de ses meilleurs élèves.

Le géant secoue modestement la tête pour expliquer que c'est exagéré et se dirige à pas lourds vers le terrain. Il y arrive essoufflé, ce qui fait l'équilibre avec Julien que l'échauffement a exténué.

- Cinq minutes de balles, ordonne un Marcelo très professionnel, deux sets avec tie-break à 6 partout comme dans les vrais matches et, si vous être encore vivants, un tie-break en 10 points gagnants en guise de troisième set. Suerte, bonne partie, que le meilleur gagne.

Le géant engage. Julien ne parvient pas à toucher la balle, mais estime qu'elle était faute. Pas convaincu, le géant sert à nouveau, avec le même résultat. Marcelo revient en courant.

- Je ne suis pas sûr de ton jugement, Julien. C'est bien de vouloir gagner à tout prix, mais il faut rester fair play. La balle était bonne.

Julien avance et se penche sur la ligne. La terre battue est en parfait état. On voit la trace des deux services, tout deux à l'intérieur du carré dessiné à cet effet.

- Peut-être, maugrée-t-il de mauvaise humeur en retournant se replacer.

- Je peux remettre deux balles, propose le géant gêné par l'incident.

- Bonne idée, répond aussitôt Julien en changeant de côté. Parce qu'il ne faut pas de malentendus entre nous, Pancho.

Déstabilisé, le serveur enchaîne sur une double faute et perd le jeu. Son problème est de nature différente de celui de Julien : lui tape à peu près dans la balle, avec une puissance que Julien n'aura jamais, mais est incapable de se déplacer sur le court en raison d'une surcharge pondérale qui lui vaut des regards de commisération à la plage. De plus, il est timide et craintif, préférant en général perdre plutôt que de faire de la peine à son adversaire. C'est sur la recommandation expresse de son nutritionniste et de sa mère qu'il est là à tenter d'éliminer en sudation les calories que son goût immodéré de la parrilla et des alfajores accumule en excès dans son gros corps.

Le jeu s'équilibre. Julien se surprend lui-même par sa relative rapidité et sa résistance physique, mais s'énerve de taper aussi souvent à côté de la balle ou dans les nuages. Arrivé à 6 partout, il est épuisé tandis que son adversaire souffle comme un bœuf, rouge écarlate. Il monte au filet pour la première fois de la partie et fait signe au géant d'approcher.

- Pancho, lui dit-il à voix basse pour que les enfants qui le regardent encore ne l'entendent pas, je suis inquiet pour ta santé. Si tu voyais ta tête...

- Tu m'as fait courir, Julien. Tu tapes si souvent avec le bois de ta raquette qu'on ne sait jamais où va aller la balle.

- Tu ne devrais pas prendre de tels risques, tu sais. Tu es au bord de l'infarctus. Tu devrais abandonner.

- Tu crois ?

- Ce serait plus raisonnable.

- Le professeur ne va pas être content.

- Il préfèrera cela à un mort sur la conscience, mon vieux. Si tu veux, faisons semblant de jouer le tie-break et tu arrêteras après. Mais surtout, ne cours après aucune balle, tu risques le pire !

Sur la route de Soca, à hauteur de la ville de Pando, Julien retrouve son souffle et gratifie sa famille d'un commentaire plein de sportivité :

- Brave type, ce Pancho. Vous avez vu ce que je lui ai mis ? Heureusement qu'il a abandonné, sinon je crois qu'il y passait.

- Tu as triché, papa, fait remarquer Cédric d'un ton réprobateur.

- Pas du tout, s'insurge le champion. Quand il n'y a pas de juges de lignes professionnels, c'est aux joueurs de s'arbitrer eux-mêmes. Ce bon Pancho a tellement de graisse autour des yeux qu'il ne voit rien. En tout cas, pour mon premier match de tournoi, déjà une victoire et en plus contre quelqu'un qui joue depuis beaucoup plus longtemps que moi. Mon amour, penses-tu que je sois prêt à affronter l'ambassadeur ?

- S'il aime gagner sans péril, répond Sophie en souriant, je crois que tu es prêt.

Tout ceci est un peu sévère car Julien a fait des progrès. C'est du moins ce qu'explique Marcelo Gutiérrez à la jeune femme qui le remerciait de son invitation.

- Je vous devais bien cela, chère madame, déclare-t-il. Votre mari est le meilleur client que j'aie jamais eu. Il ne compte pas les heures. Il m'a acheté les équipements les plus sophistiqués, tous en deux exemplaires. Il m'appelle au milieu de la nuit pour des conseils et accepte que je le facture pour cela. En trois mois, il a fait mon année. Votre mari est un don du ciel. En même temps, il est l'élève le plus mal coordonné que j'aie jamais coaché. Je ne suis pas sûr de la qualité de sa vision et le passage des informations de son œil à ses muscles ne se fait pas en temps réel : il est toujours en retard ou en avance et frappe au mauvais moment. Dans ces conditions, voyez-vous, je suis fier de mon travail. Il peut maintenant effectuer un service sans taper dans le vide ni avoir besoin d'aller s'asseoir pour s'en remettre. Il peut soutenir des échanges simples, renvoyer la balle plusieurs fois et même tenter des coups un peu plus vifs. Qu'avez-vous pensé du match de ce matin ?

- Je n'ai pas regardé très attentivement.

- Il s'en est bien sorti. Il a triché avec intelligence et tiré profit des lacunes psychologiques de son adversaire. Quel dommage qu'il n'ait pas plus de dons physiques : au mental, il est de la race des Borg, Connors ou Nadal !

- C'est pareil au bureau, sourit Sophie. S'il en avait les capacités physiques, il serait Obama ou Bill Gates. Mais il n'est encore que Julien Ennac.

La maison est ancienne et jolie, avec en face d'elle une deuxième bâtisse plus petite construite autour de la parrilla. Sur la parrilla, un demi-agneau, des pièces de bœuf, des saucisses et d'autres morceaux carnés.

- Tout est dans la qualité du bois, explique le parrillero, la répartition des braises, la hauteur de la grille, l'angle d'exposition des différents types de viande et le temps de grillade. Cela ne s'apprend pas, c'est une question de talent, d'expérience et d'intuition.

Les joueurs du matin sont là, exténués pour la plupart. Leurs conjoints échangent des commentaires navrés sur l'influence du tennis dans leurs vies. On boit du coca, du whisky et du Tannat.

- Jorge est le meilleur parrillero du pays, affirme Marcelo. Il a servi des présidents.

- C'est merveilleux, confirme Sophie en dégustant les mollejas, ris de veaux caramélisés avec une pointe de citron.

Dans toutes les maisons et tous les appartements uruguayens, il y a une parrilla. Un logement ne pourrait se vendre ni se louer sans parrilla. Dans la maison de Carrasco, bien sûr, il y a une parrilla, mais pas de parrillero : Julien n'a jamais su allumer un feu et s'est toujours refusé à passer sa journée dans la fumée à tenter de rôtir des morceaux graisseux de barbaque récalcitrante. Sophie regarde autour d'elle pour vérifier qu'il suive bien la leçon de maître Jorge, mais ne l'aperçoit pas. Il est assis dans un coin, beaucoup plus loin, et ne bouge pas. Elle va vers lui.

- Qu'as-tu ? lui demande-t-elle.

- Un coup de pompe, répond-il. Je ne me sens pas bien.

- Tu veux t'allonger ?

- Ce n'est rien, l'intensité du match. Regarde Pancho, là-bas, il est pire que moi.

De l'autre côté de l'auvent, Pancho semble à l'agonie, aussi immobile et abattu que Julien et beaucoup plus rouge. Il est venu sans sa mère.

- Tu devrais te calmer, tu sais. L'abus de sport peut être dangereux.

- Tu ne m'aides pas, avec Foussier...

Autrement dit, si je termine à l'hôpital ou comme Michel Berger, c'est de ta faute. Si j'avais une femme à la hauteur, je ne serais pas obligé de prendre de tels risques avec ma santé et d'entamer aussi gravement les maigres économies que j'ai apportées de France. Tu me coûtes cher, Sophie, à tous les points de vue, ton refus de louer l'appartement de la Porte de Bagnolet, le confort que je t'offre à Montevideo, les coûts que j'engage pour compenser ton manque de sociabilité et le don que je fais de mes artères. Où sont d'ailleurs les enfants, pour qu'ils voient les sacrifices de leur père ?

Les deux ont disparu, perdus dans l'estancia de huit cents hectares, entre les veaux, les vaches, les moutons, les chevaux, les nyandús... Ils découvrent un monde inconnu plein de surprises, sous la conduite d'une des filles de Marcelo et de débonnaires gauchos qui les ont installés sur leurs montures. Lorsqu'ils reviennent au volant d'une petite voiture électrique, ils sont fiers comme leur père après la victoire du matin et heureux comme des kangourous en liberté. Ils se jettent sur le coca-cola, les saucisses, l'agneau et les chips.

- Notre plus belle journée en Uruguay, disent-ils dans la voiture au retour.

- Une de mes plus belles journées en Uruguay, confirme leur père d'une voix faible.

Chapitre 20

Julien Ennac a ceci de particulier que les satisfactions physiques ne le détournent pas des impératifs moraux. Le corps n'est qu'un instrument, servile à ce qu'ordonne la raison. Malgré les courbatures, cette envie persistante de vomir, la gêne au bas du dos et la profonde joie intérieure de la victoire de l'avant-veille, c'est le moment de faire le point avec lucidité et méthode sur ce qu'on est et sur ce qu'on veut être.

- Anita, ordonne-t-il à sa secrétaire, on ne me dérange sous aucun prétexte. Je dois penser à notre stratégie. Je ne suis là pour personne, sauf l'ambassadeur et Paris. Si mon épouse appelle, dites-lui que je suis en réunion.

- Bien, monsieur le conseiller.

« *Elle ne m'a pas appelé Julien, c'est donc qu'elle a compris que l'heure était grave. A-t-elle un pressentiment ? Les inspections sonnent le glas de bien des ambitions, de bien des carrières, et de certains emplois sacrifiés au dieu efficience (production maximale au moindre coût, ou, pour être plus exact, moindre coût avec la production qu'on peut). Se doute-t-elle qu'il va falloir choisir ? Qui garder ? Elle ou Barbara, une des deux va passer à la trappe. Il va falloir que je dise aux inspecteurs ce que je préfère, même si le licenciement n'est pas pour tout de suite. L'expansive ou la réservée, la moche ou la moche, la gentille ou la gentille, la calme ou la fatigante ? Je les aime bien toutes les deux, maintenant, et je crois qu'elles m'ont adopté. Anita me couve et Barbara me bouscule. Comment choisir ? C'était tellement plus facile avant de les connaître.* »

Il prend une pièce, tire à pile ou face, ne regarde pas le résultat et décide de passer au bilan en quatre rubriques de ses trois mois à Montevideo. Sur une feuille de papier vierge, il trace un tableau qu'il remplit avec application. En fin de matinée, il est parvenu à un résultat à la hauteur de ses espérances.

L'introspection achevée, il demande à Anita de lui commander un déjeuner qu'il prendra sur place. Devant les gnocchis à la crème, il tire la synthèse de son analyse : brillant ! Il a été brillant. Qui aurait parié, il y a trois mois, sur la capacité du petit secrétaire de chancellerie à réussir son entrée dans la cour des grands, à atteindre une certaine notoriété, à se créer un réseau de relations, à briller sur le court de tennis, à rendre sa famille heureuse et à donner à son pays des renseignements précieux ?

- Barbara, fait-il au téléphone car Anita est sortie, pouvez-vous m'apporter un tire-bouchon, s'il vous plaît ?

La solide secrétaire revient avec l'ustensile et ouvre une bouteille de Cabernet-Sauvignon.

- Merci, Barbara, vous pouvez me laisser.

Seul face à sa bouteille et son reste de gnocchis, il contemple la haute fenêtre qui donne sur un bout de ciel. Que Paris est loin ! Que Foucault semble petit à cette distance ! Ce sont les circonstances qui font les hommes : il y a au fond de chacun de nous un héros, un de Gaulle, un Churchill, qui ne peut se révéler qu'en cas de conflit mondial. Il y avait au fond de Julien Ennac, aussi surprenant que cela puisse paraître, un COCAC qui sommeillait. Le hasard des affectations l'a réveillé, peut-être l'intervention de Foucault, peut-être les stratégies de Dablanc. L'homme qui écluse son Cabernet-Sauvignon n'est pas le même que celui qu'on ne voyait pas dans le métro parisien. Il s'est affirmé, il a pris du coffre.

Dommage qu'Aurélie n'ait rien remarqué. Mais sans doute s'est-il trompé sur cette demi-beauté de banlieue dont le sourire absent cache plus d'inconsistance que de profondeur. Olga, elle, a fait preuve de discernement, mais a utilisé des moyens discutables pour attirer son attention. C'est d'ailleurs une des failles du bilan. Imaginons qu'elle ait monté un piège avec son amant Delgado pour se rendre intéressante ? Il n'a encore recueilli aucun indice tangible sur une quelconque malversation et n'attend rien des mystérieux Octavio Biasi, Jean Bordenave, César R. Ruiz Costa, et de l'évanescent Michael Campi, les banquiers de la révolution. Quels sont les éléments objectifs, après tout, qui permettent de jeter la suspicion sur les relations entre Foussier et Delgado ? Ils sont faibles : la chute de Mortaise semble accidentelle, le départ de Brun est logique, le temps passé entre le courtisan et le courtisé n'est peut-être que celui qu'on bon diplomate doit consacrer à un ministre influent.

Julien ne peut envisager l'idée de s'être trompé – ou d'avoir été trompé par Olga. En revanche, il est clair qu'il n'a pas su établir ce lien personnel indispensable avec l'ambassadeur et obtenir son appui pour la promotion en A – à moins que Foussier ne l'ait démasqué suite à l'affaire du calepin, mais ceci lui paraît de moins en moins probable. C'est l'échec principal des trois premiers mois, et il n'est pas certain que le tennis permette de le gommer.

- Barbara, appelle-t-il au téléphone, pouvez-vous venir dans mon bureau ?

- Anita est de retour, Julien.

- C'est vous que je veux voir.

Barbara entre dans le bureau avec le fracas habituel de son grand corps et cette assurance dont elle ne se départit jamais. Elle remarque la bouteille presque vide et la mine rougeaude du conseiller.

- Voulez-vous que je débouche une seconde bouteille, Julien ? demande-t-elle pleine de bonne volonté.

- Ce n'est pas cela. Asseyez-vous, s'il vous plaît, il faut que je vous parle.

Il a adopté un ton sec. Un éclair effrayé passe dans le regard de la secrétaire : va-t-il lui annoncer son prochain licenciement, avant même la venue de la mission d'inspection ?

- J'ai besoin de votre avis, Barbara. Fermez les yeux et plongez-vous dans le passé, imaginez que vous soyez le soldat Forlán, deuxième classe dans une section d'infanterie en 1916 à Verdun. Votre section est au lieu-dit Crête de Fleury, au contact immédiat des lignes allemandes. Votre chef de section est un jeune et brillant capitaine que vous avez jusque là suivi aveuglément et dont vous espérez une promotion au grade de caporal.

Ils sont assis face à face des deux côtés de la table de réunion, le COCAC et la secrétaire de l'attachée culturelle.

La secrétaire n'a pas fermé les yeux et regarde son vis-à-vis sans bien comprendre. Le COCAC poursuit :

- Vous avez eu vent d'une rumeur selon laquelle ce capitaine serait en intelligence avec l'ennemi et se préparerait à lui livrer la section et les armes qu'elle possède. Ce n'est qu'une rumeur, bien sûr, vous n'êtes certaine de rien. Que faites-vous ?

Barbara Forlán fixe son supérieur hiérarchique avec un air déconcerté qui ne lui ressemble pas. En quarante ans de carrière, dont la majeure partie à l'ambassade de France, c'est la première fois qu'on lui pose une question de ce type.

- Je ne sais pas, dit-elle.

- Allons, Barbara, je connais votre bon sens et votre énergie. L'indécision n'est pas un trait de votre caractère.

- J'enquête, dit-elle d'une voix hésitante. Je cherche à vérifier la rumeur.

- Comment le pouvez-vous, seule au fond de votre tranchée ? Et si vous posez des questions, vous allez mettre la puce à l'oreille de votre capitaine.

- Je vais voir son supérieur, un colonel ou un général.

- Vous croyez qu'il recevra un deuxième classe crotté et baveux ? Et si par hasard il vous reçoit et n'est pas convaincu par vos accusations, il vous met aux arrêts ou vous condamne pour tentative de démoralisation de la troupe. On a en fusillé pour moins que ça pendant la guerre.

Barbara est perdue. Elle ne comprend pas où Julien veut en venir et le rapport avec son licenciement. Julien insiste :

- Vous ne savez pas si votre capitaine est honnête ou vendu à l'ennemi. Vous n'avez guère de moyens pour enquêter. Si vous le dénoncez, vous risquez de le faire à tort et d'en payer les conséquences au péril de votre matricule. Si vous lui restez loyal, vous risquez d'y laisser votre vie s'il livre la section à l'ennemi. Que faites-vous ?

- Je vais vous servir, un café, Julien, ou vous ouvrir une seconde bouteille si vous préférez. Je n'ai jamais été douée pour les devinettes et je n'aime pas les histoires de guerre, désolée. Moi, votre capitaine, je ferais semblant de continuer à le servir fidèlement. S'il n'est pas vendu à l'ennemi, cela me permettra de passer caporal. Mais en même temps je le surveille pour le dénoncer dès que je vois quelque chose de bizarre ou pour me tirer vite fait si j'ai l'impression qu'il va nous livrer au camp d'en face.

Le visage de Julien s'éclaire. Il se lève pour masquer son excitation et se rassoit car son corps crie pitié. Si l'effusion n'était pas aussi risquée vu l'état de ses articulations et aussi déplacée vu la différence de niveau hiérarchique, il gratifierait Barbara de la plus belle accolade dont il est capable.

- La double loyauté, explique-t-il les yeux brillants. Quand vous ne savez pas où est la vérité, vous devez vous résoudre à servir en même temps deux maîtres et à leur être fidèle à tous les deux jusqu'à ce que la situation se décante. C'est là un simple fait objectif, sans connotation morale. Un double pari sur l'avenir : si le capitaine est innocent, cela me vaudra une promotion de sa part ; si le capitaine est coupable, je pourrai expliquer au colonel que je le surveillais et étais prêt à le dénoncer. Pascal, Blaise de son prénom, n'aurait pas mieux raisonné.

Barbara demande qui est Pascal, Blaise de son prénom, mais il n'écoute plus. Depuis le cocktail des sénateurs, il vit dans l'incertitude de la double loyauté et cela ne correspond ni à sa nature, ni à son expérience. Il a été construit pour servir un seul maître, d'abord ses institutrices du primaire, puis les préfets du secondaire, les enseignants de la prépa, les sous-directeurs du Quai d'Orsay et enfin cet admirable Foucault qui ne doutait jamais de son pouvoir de droit divin. Quelque part, c'était confortable. Avec le doute instillé par Olga, il ne peut offrir à Foussier la même obéissance aveugle. C'est peut-être cela qui a ralenti ses progrès au tennis : comment se consacrer corps et âme à un sport qui n'a d'autre finalité que de lui permettre de plaire à un supérieur qu'il doit espionner par ailleurs ? Même si la morale n'a jamais été son point fort, la situation est déstabilisante.

Plus encore, songe-t-il devant une Barbara dépassée par le long silence, la vie est plus complexe que ce que j'ai longtemps imaginé. C'est finalement Aurélie qui m'a ouvert les yeux sur le dilemme moral et physique de la double loyauté. Elle m'a placé dans une situation où je me suis demandé comment aimer à la fois ma femme et la sœur de ma femme ou, autrement dit, comment accepter les sentiments que chacun peut éprouver pour sa belle-sœur tout en restant fidèle à sa femme ? Instinctivement, j'ai choisi la fidélité à ma femme, mais sans blesser la sensibilité de sa sœur afin de préserver l'avenir. C'est une autre forme de pari de Pascal, avec l'aspect sentimental en plus.

- Une dernière question Barbara, reprend-il en la regardant à nouveau. Je suis blessé. On me soigne à l'arrière et l'infirmière tombe amoureuse de moi. Je ne suis pas insensible à ses charmes, mais je suis marié et j'ai des enfants, voyez-vous. Je décide de le lui dire, mais garde son adresse car la vie est longue. Pensez-vous que j'ai eu raison ? Je suis resté strictement fidèle à ma femme, n'ai pas froissé les sentiments de cette gentille infirmière et serai en mesure de la revoir dans quelques années si je sors vivant de la guerre et découvre que ma femme a profité de ma présence au front pour nouer une relation adultérine avec un planqué de l'arrière ou un déserteur...

Cette histoire d'infirmière n'est pas claire pour la mamie du SCAC, mais elle a compris qu'elle doit lui dire qu'il a raison.

- Merci Barbara, déclare-t-il en retour, vous m'avez aidé. Je vous dois beaucoup sur cette affaire.

- De rien, Julien, si je peux rendre service... Vous êtes sûr, pour la bouteille ?

Il est sûr de ne pas vouloir boire davantage. Elle sort du bureau à reculons, comme s'il était dangereux de le quitter des yeux, mais il est déjà replongé dans ses pensées. Cette femme solide, dans le jugement de laquelle il a grande confiance, a conforté le choix qu'il a fait : servir Foussier, plaire à Foussier et espionner Foussier. Sans état d'âme, il peut avancer : « *Tous les jalons sont posés, Julien. Soit par le tennis, soit par le boulevard Mortier, tu réussiras !* » Il ferme les yeux, satisfait, conscient que les jours suivants allaient être décisifs.

Chapitre 21

Il a choisi la fête nationale russe pour passer à l'attaque. Vendredi, jour de France-Uruguay en Afrique du Sud, l'ambassadeur russe reçoit à l'heure du déjeuner dans sa résidence du boulevard España. Sous les boiseries de l'étonnant palais, au son de violons ouraliens déchirés et entraînants, des cosaques venus d'on ne sait où font tourner d'énergiques danseuses en tenues traditionnelles, tandis qu'aux austères diplomates est proposée de la vodka en abondance et que des chiromanciennes aux joues rouges lisent un avenir incertain dans les mains moites des bouffis. N'est-ce pas le cadre idéal pour proposer une partie au Náutico, en espérant que Foussier réponde : « *Volontiers, mon cher Julien, mais faisons plutôt cela à la résidence. Ce sera plus agréable* ». Sur le court du fond du parc, quel beau spectacle que l'extraordinaire et son COCAC en chemisettes et shorts blancs, courant après la même balle, s'échangeant des « *beau point, monsieur l'ambassadeur !* », « *quel beau revers !* », « *vous jouez vraiment bien, monsieur l'ambassadeur !* », se serrant la main à la fin du match gagné par l'extraordinaire et plénipotentiaire et prenant un verre sous la véranda avec madame l'ambassadrice venue leur demander si tout s'est bien passé. Il n'y a qu'un hic : il n'est pas convié au cocktail des Russes. La vie diplomatique est rythmée de fêtes nationales où les ambassadeurs se retrouvent entre eux chez l'invitant, avec une rotation faible de personnalités et autorités locales et l'exotisme des quelques compatriotes à qui on fait une place, Russes en Russie, Français pour le 14 juillet, Américains pour le 4 juillet… Les numéros 2 d'ambassade sont parfois conviés, les conseillers culturels pratiquement jamais. Il prend la liste des membres du corps diplomatique, pas de doute, il ne connaît personne à l'ambassade moscovite. La solution, en d'autres temps, aurait été de se présenter benoîtement à l'entrée, mais maintenant qu'il n'est plus insignifiant, il risque de se faire repérer et refouler par la sécurité. Dommage.

La roue de secours, comme souvent, est l'Europe. Montevideo est doté d'une délégation de l'Union européenne dont le chef britannique va bientôt avoir droit au titre d'ambassadeur et aux honneurs et privilèges qui vont avec. En ce lundi soir, on fête le départ de l'adjoint espagnol et du conseiller de coopération français que Julien connaît. La délégation occupe une jolie maison sur le boulevard Artigas, le cocktail sera agréable même s'il n'aura pas le glamour de la réception slave.

Julien arrive en boitant. Ce qu'il faut faire pour progresser dans la carrière ! Il gravit les marches sous le regard des gardes qui se proposent pour l'aider et pénètre dans le salon. Comme toujours, il jette un coup d'œil circulaire afin de repérer les puissants, l'ambassadeur, les ministres, la presse, mais ne voit qu'une femme longue en robe fine couleur de lagune comme ses yeux. Olga ! Dans sa volonté de s'introduire dans la fête russe, il y avait l'espoir inavoué de croiser Olga zu Chahapazoff. Et la voici dans le pince-fesses européen ! Il fait un détour hypocrite pour brouiller les pistes et se précipite sur elle aussi lentement qu'il le peut.

- Que fais-tu ici ? s'exclame-t-il.

Elle le regarde avec une ironie pleine de charme.

- Bonjour, Julien, dit-elle. Tu me parles dans un lieu public ? Tu n'as pas peur qu'on nous voie ensemble ?

- Ceci est un contact professionnel, Olga.

La fausse princesse fait signe au reporter d'El País d'approcher. La rage au ventre, Julien pose à côté de l'ancienne maîtresse de Delgado en essayant de paraître suffisamment discret pour ne pas s'imprimer sur la carte mémoire de l'appareil. Le paparazzo reparti, il se tourne vers l'intrigante.

- Pas sympa, Olga. Tu sais que nous sommes surveillés et tu demandes un portrait pour un des quotidiens les plus lus du pays. En plus, Foussier va être furieux si je sors dans le journal et pas lui.

- Il est partout, ton chef. On ne parle plus que de foot et il a réussi à symboliser l'équipe de France à lui tout seul, la France et la planète du ballon rond. On s'arrache ses pronostics, comme s'il y connaissait quelque chose.

- Il est très bon en sport, conteste le COCAC irrité, il sait de quoi il parle. C'est un des rares à avoir vu jouer aussi souvent l'équipe uruguayenne et l'équipe de France.

- Tu le défends, maintenant...

Julien hausse les épaules, ce qui ne fait pas un bien grand mouvement. Olga l'énerve. Pourquoi est-il aussi attiré par cette vieille femme dangereuse ?

- Bon, dit-il, arrêtons de parler de lui.

Mais cela va être difficile. Sans qu'ils s'en soient aperçus, Foussier s'est approché.

- Alors, on complote ? lance-t-il un grand sourire aux lèvres.

Depuis que son idée de diffusion du match au Lycée français a pris de l'ampleur, il marche sur les eaux en costume. Dans l'après-midi, il a reçu un appel du ministre de l'Intérieur, le premier des ministres uruguayens dans l'ordre protocolaire, lui annonçant sa présence vendredi. Les anciens footballeurs professionnels vont venir également, Delgado, quelques vedettes locales et la presse qui ne cesse de lui réclamer des interviews.

- Bonsoir, monsieur l'ambassadeur, balbutie Julien cramoisi, se demandant ce qu'il avait pu entendre de la conversation.

- Prêt pour vendredi ? demande Olga en gratifiant le diplomate d'un regard enveloppant. La France est à l'honneur.

- Vous verrez, répond l'extraordinaire sous les yeux jaloux de Julien, ce sera un moment difficile pour les bleus. Ribéry, Lloris et Benzema sont-ils du niveau de Forlán, Suárez et Cavani ? Domenech saura-t-il constituer une équipe aussi solidaire que celle de Tabárez ? C'est excitant. Penser qu'un pays de trois millions d'habitants puisse damner le pion à des puissances de soixante millions, c'est la beauté du sport.

Julien s'apprête à parler de tennis, puis se ravise : il ne souhaite pas faire sa proposition de match en la présence moqueuse de la belle Olga.

- Le résultat aura-t-il un impact sur les relations bilatérales ? s'enquiert la diva d'un ton léger.

- Je n'espère pas, répond l'ambassadeur en lui rendant son sourire. Nous sommes dans une phase excellente, avec la signature d'un accord fiscal en janvier et la négociation en cours d'un accord de sécurité sociale. Les autorités uruguayennes sont particulièrement satisfaites de notre coopération scientifique et culturelle : les concerts du chef d'orchestre français que vous avez organisés avec nous ont été un grand succès.

- A sus ordones, señor embajador, à votre disposition. Travailler avec votre conseiller culturel est un grand plaisir.

- Je n'en doute pas, madame.

Quels sont les sous-entendus de cet échange ? Julien fixe les protagonistes, paniqué. Ne se moquerait-on pas de lui ? Foussier serait-il au courant de ses liens avec Olga ? Dans ce pays où tout le monde se connaît, tout est possible. Avec une légère inclinaison de tête, l'ambassadeur se retire et va rejoindre le futur ambassadeur européen et l'aider à descendre les petits-fours. Olga échange avec un serveur portant plateau d'argent sa flûte de Champagne vide contre une pleine. Julien prend un whisky. Il commence à s'habituer aux alcools forts.

- Foussier est-il au courant de nos relations ? demande-t-il d'une voix éraflée.

- Quelles relations ? fait mine de s'étonner la princesse. Nos relations sont professionnelles et amicales, Julien, quel mal y a-t-il à cela ? Surtout que nous ne nous voyons plus beaucoup.

Il a envie de dire que cela lui manque. Il pense souvent à elle, plus que lorsqu'ils se voyaient régulièrement. Il se sent un peu seul après le départ d'Aurélie, auprès d'une Sophie qui semble mener une vie parallèle à la sienne. Il n'a personne avec qui échanger des secrets et devant qui s'enorgueillir de ses succès. Mais la conversation a trop duré, elle risque d'attirer l'attention. Il regarde autour de lui pour chercher une excuse.

- Con permiso, dit-il froidement. Je dois parler à mon homologue italien.

- A très bientôt, Julien.

Un nouveau baiser tout près des lèvres. C'est par la sensualité que cette femme veut le rendre prisonnier. Au milieu des invités du cocktail, ces étoiles de la vie uruguayenne. Cette femme est un démon. Julien s'arrache et écrase une miniature bondissante.

- Oh, pardon, Fabiola. Je ne vous avais pas vue.

La princesse d'Astalberg ne se formalise pas. Qu'un homme du gabarit de Julien Ennac la bouscule en reculant vivement ne peut lui faire perdre son aplomb.

- Comment vont les choses à l'ambassade ? demande-t-elle.

- Très bien, très bien. Nous préparons le match de vendredi.

- Vous vous entraînez, Julien ? On compte sur vous.

Que cette femme, descendante des plus vieilles familles européennes, princesse impériale et icône de la jet set internationale, l'appelle Julien et lui demande de l'appeler Fabiola le remplit d'une fierté sans mesure. Il a envie de convoquer le photographe de tout à l'heure pour qu'il prenne le cliché historique et efface l'image désastreuse avec Olga. Mais il n'ose pas et tente de rejoindre le conseiller culturel italien. En chemin, il croise madame Foussier qui tient une flûte de Champagne dans chaque main.

- Ne croyez pas que je vais boire les deux, Julien, sourit-elle. Je ravitaille Mercedes Píriz, mais je n'arrive pas à la retrouver. Sauriez-vous où elle se cache ?

Julien se met sur la pointe de ses longs pieds, sans parvenir à l'apercevoir. Le contact entre l'amie d'Olga et la femme de l'ambassadeur ne lui plaît pas.

- Je ne vois rien, dit-il. Il me manque quelques centimètres.

Faire de l'humour sur sa taille avec l'épouse de son ambassadeur dans un cocktail de l'Union européenne est le signe que bien des choses ont changé depuis la Porte de Bagnolet.

- La taille ne fait pas tout, mon cher Julien, répond-elle courtoisement. Mercedes me dit que vous êtes parfois très drôle et que vous vous entendez très bien avec son amie Olga.

- Vous me flattez, madame l'ambassadrice.

- Appelez-moi Laurence. Je regrette que nos enfants ne soient pas dans la même classe : cela me donnerait l'occasion de voir plus souvent votre charmante épouse.

Est-ce une critique voilée de la froideur de Sophie ?

- Vos enfants sont brillants, madame, Laurence. On ne parle que d'eux dans tout le Lycée.

- Les vôtres ont appris beaucoup plus vite à parler espagnol, mon cher Julien. Ils sont déjà bilingues, ce qui est loin d'être le cas des miens. Avec un père polyglotte et une mère traductrice, ils ont un avantage génétique, me semble-t-il...

Pourquoi cette femme est-elle aussi aimable ? A-t-elle réellement une bonne opinion de moi, ou cela cache-t-il quelque chose ? Dommage que Sophie ne soit pas plus liante : nous serions sûrement invités à la résidence avec les enfants et je n'aurais pas besoin de faire le clown sur un court de tennis.

Le conseiller culturel italien parle parfaitement français, mais c'est la première conseillère allemande qui arrête Julien au sortir de son échange avec madame Foussier. Elle est aussi haute que la Porte de Brandebourg et se penche vers son collègue pour lui expliquer en anglais que le Goethe Institut et l'Alliance française se sont mis d'accord pour organiser conjointement un concours de développement rural dans les écoles uruguayennes. L'amitié franco-allemande est le ciment de l'Europe et de la paix dans le monde. Julien regarde autour de lui, Brun n'est pas là. Il boude depuis l'annonce de son départ et on ne va pas s'en plaindre. En sautant à pieds joints, il parvient à poser une bise sur la joue de l'Allemande et s'éclipse pour rejoindre son homologue transalpin, avec une escale en bout de salle où il vient de repérer Carayon.

- Excuse-moi, Robert, fait-il en s'avançant, j'ai oublié de te poser une question depuis longtemps : Foussier a-t-il signalé le banquier Ruiz Costa à Paris ?

- Non, Julien. Il n'y avait pas de raison.

- Et l'homme politique français ?

- Tout est réglé, Julien. Il a signé une transaction avec le fisc français, remboursé ses dettes et démissionné de ses mandats. Il reste en France.

- Bon de savoir que l'Uruguay n'est plus un refuge pour les exilés fiscaux, n'est-ce pas...

- Exact, mon ami...

Affaire classée, il ne pourra malheureusement pas s'en servir pour l'inspection. Il retrouve enfin l'Italien qui termine son cinquième whisky-coca.

- Ah, Julien, s'anime l'homme en l'embrassant, que penses-tu de la construction européenne ? Regarde Marcus, le Letton de la délégation, qui fait sa cour à Vassili, le Grec de l'ambassade. Ils vont nous engendrer un petit Européen à fesses toutes rondes.

- Le monde est global, Luigi.

- Des vingt-sept, nous avons ici les ambassades française, allemande, britannique, espagnole, portugaise, hollandaise, grecque, roumaine et italienne. C'est peu, mais cela suffit pourtant à reconstituer un monde qu'on disait déjà disparu il y a un siècle. Que penses-tu de Terry ?

- Comme d'habitude, un professionnel.

- Il est bouffi d'orgueil. Avec son titre d'ambassadeur, il ne va plus se sentir. Quand je pense que c'est nous qui payons pour ces fonctionnaires inutiles !

- Tu es bien remonté, camarade. Que se passe-t-il ?

- On me mute en Angola dans deux mois. Tu vois le bonheur...

Les aléas de la vie diplomatique. Des destinations plus ou moins agréables, plus ou moins prestigieuses. Luigi explique qu'il n'aime que l'Amérique latine et qu'il s'est esquinté la santé à apprendre le portugais pour un poste à Rio de Janeiro : résultat, on l'envoie à Luanda ! Compatissant, Julien le quitte car il a aperçu Foussier brièvement isolé.

- Monsieur l'ambassadeur, dit-il, en l'abordant avec un air détaché qui lui réclame beaucoup de concentration, le projet franco-allemand de concours dans les écoles va se faire !

- Très bien, Julien, répond calmement Foussier, je vous félicite.

- Brun ne sera plus là pour le mettre en œuvre, ce sera plus facile pour nous.

- Exact. Nous ne regretterons pas son départ.

- Je voulais vous dire également qu'avant-hier, j'ai gagné le tournoi de mon club.

- Bravo, Julien. Un tournoi d'échecs ?

- Un tournoi de tennis au Náutico, monsieur l'ambassadeur.

- Vous jouez au tennis, vous, Julien ?

L'étonnement de l'Excellence pourrait être blessant, mais Julien décide de passer outre.

- Pas trop mal monsieur l'ambassadeur. Depuis que je suis ici, c'est plus facile de prendre des cours qu'à Paris.

- Vous avez raison, c'est un très beau sport. Parfait pour l'équilibre...

Foussier ne se livre guère, malgré l'intérêt du sujet. Il regarde au-dessus de son COCAC, pensant peut-être aux grands problèmes du monde ou à la circulation insuffisante des plateaux de petits-fours. Julien s'enhardit :

- Je me sens effectivement beaucoup plus équilibré depuis que je peux le pratiquer avec une certaine assiduité. Jouez-vous souvent, monsieur l'ambassadeur ?

- J'ai beaucoup joué, répond l'extraordinaire avec un geste vague de la main. J'adorais ce sport et ai passé une partie de ma vie sur les courts, avec des résultats fort modestes. 15-3 quand je pouvais participer à des tournois, guère mieux.

- Comme mon beau-père, monsieur l'ambassadeur. C'est un niveau remarquable pour quelqu'un qui n'en fait pas sa profession. Je suis un peu moins bon que vous, bien sûr, mais ne serais pas ridicule en jouant contre un 15-3.

L'ambassadeur pousse un profond soupir, tout en mettant à jour son logiciel de localisation en temps réel des journalistes présents. Depuis le début de la réception, il n'a pas encore été photographié. Décidément, l'Europe ne lui réussit pas et ce n'est pas en restant avec son minuscule collaborateur qu'il va attirer la presse glamour.

- Nous n'aurons malheureusement pas l'occasion de le vérifier, voyez-vous. Mon médecin m'a récemment interdit le tennis en raison de l'état de mes genoux. Il m'a dit que si je voulais éviter la prothèse dans quelques années, il fallait être sérieux. Vous ne pouvez imaginer combien cela me manque ! Je me suis mis au golf, mais ce n'est pas pareil.

Silence. La pièce commence à tourner autour de Julien. Un effondrement muet, au ralenti, comme une fin du monde. Napoléon attend Grouchy et voit débarquer

Blücher. Julien, lui, voit défiler les heures passées au Náutico, la brutalité du professeur, les balles irrattrapables, les volées dans le visage, les douleurs dans toutes les parties du corps et les humiliations de ne pas y arriver. Un vrai vertige, il a fermé les yeux, l'univers tangue, tourne et s'emballe. Tant d'efforts et de dépenses physiques et pécuniaires pour rien ! Tant de coups droits et de revers perdus, tant d'espoirs anéantis en une seconde ! C'est à pleurer ! C'est à jeter son verre de whisky à la tête de l'ambassadeur, à poser une bombe au cabinet de son médecin. On n'a pas le droit de faire ça à un COCAC, père de famille semi-nombreuse et époux modèle d'une intellectuelle parisienne.

- Vous n'allez pas bien, Julien ?

- Un coup de chaleur, monsieur l'ambassadeur. Il y a beaucoup de monde.

- Allez vous asseoir, je vous accompagne.

Aidé par son ambassadeur, le conseiller culturel titube en direction du coin de la pièce où une chaise oubliée reçoit son petit postérieur. A bout de force, mais ayant repris une partie de ses esprits, il murmure :

- Où jouez-vous au golf ? monsieur l'ambassadeur.

Surpris, Foussier ne répond pas et confie son collaborateur aux bons soins de la première conseillère allemande qui traînait par là.

Chapitre 22

Mercredi 9 juin, avant-veille du match. Mal remis du cocktail européen, profondément déprimé, ayant sur le visage les traces de deux nuits sans sommeil et dans le cœur le rire que Sophie n'avait pu réprimer en apprenant que l'autre demeuré avait abandonné le tennis, Julien arrive à 8 heures comme d'habitude mais sent tout de suite que la journée ne sera pas commune. L'ambassadeur est déjà dans son bureau, ainsi que la consule. Le garde de sécurité est nerveux, il y a de l'électricité dans l'air.

Les nouvelles se propagent par des ondes mystérieuses. Anita et Barbara ne tardent pas à faire leur apparition, de même que Valérie et Antonella : le service est au complet à 8h30. En fait, tout le personnel de l'ambassade est là, le regard tourné vers le bureau de Foussier. Seuls manquent Etienne Borca, l'officier de sécurité, dont il se dit qu'il serait en mission délicate auprès de la police locale, et Francis Biel, le chiffreur, un drôle de personnage, fantasque, imprévisible et souvent désagréable. Soudain Barbara déboule chez le COCAC avec la grande nouvelle : « *Francis est en prison* ». Stupeur de Julien qui cherche à savoir d'où vient l'information. « *D'un cousin de Bernardo qui est journaliste* », répond-elle, « *regardez sur le site d'Últimas Noticias* ». Sur la page web du journal, une brève énigmatique indique qu'un agent d'ambassade aurait été placé en garde à vue pour coups et blessures à agent des forces de l'ordre.

Tous sens en alerte, Julien oublie son désarroi existentiel et passe fouiner chez la secrétaire de l'ambassadeur. Foussier est enfermé avec Georgette, collés tous les deux au téléphone. Rien ne filtre. Difficile d'imaginer une liaison torride, il doit s'agir de Francis. La porte qui donne sur le patio de la chancellerie s'ouvre, Julien se dissimule. Il entend Foussier demander à la raide consule de rejoindre Etienne et de garder la discrétion la plus absolue. Ne pas s'engager non plus sur le fond de l'affaire mais rappeler que le chiffreur est couvert par une relative immunité diplomatique et tâcher d'obtenir sa sortie au moins provisoire de derrière les barreaux. La porte se referme, Foussier n'a pas aperçu son COCAC.

- C'est grave, Marguerite ? demande celui-ci.

- L'ambassadeur est furieux. Je ne l'ai jamais vu comme cela.

- Il vous a dit ce qui s'était passé ?

- Non. Il est super calme, mais furieux. Il m'a dit de ne lui transférer aucun appel autre que ceux relatifs à cette affaire.

Pas prudent de rester plus longtemps dans les parages. Julien fait le tour et se glisse chez Carayon. Le premier conseiller semble ravi de la visite.

- Ah, Julien ! C'est gentil de venir me voir. L'ambassadeur m'a interdit de sortir de mon bureau. Nous devons être mobilisés pour cet imbécile de Francis. Je commençais à m'ennuyer.

- Qu'est-il arrivé ?

- Je ne sais pas très bien, Foussier ne me dit pas tout. Je crois que Francis était en boite cette nuit et a fait du raffut. Il a insulté des policiers et s'est battu avec eux, ce qui n'est jamais très malin. Ils l'ont placé dans une cellule de dégrisement et ne veulent pas le relâcher.

- Il est diplomate, ils n'ont pas le droit de le garder.

- Pas exactement, Julien. Seuls Foussier, Georgette, toi et moi avons le statut de diplomate ici. Les immunités de nos collègues expatriés sont plus faibles.

Le jeune COCAC opine. Tout est nouveau pour lui.

- Foussier, poursuit Carayon, va se rouler aux pieds de son copain du foot, le ministre de l'Intérieur : s'il n'y a que coups et blessures superficielles à policier, cela devrait s'arranger. Mais j'ai le pressentiment qu'il y a plus...

- Quoi ?

Carayon fait un geste vague de la main.

- Nous verrons, dit-il. En tout cas, à deux jours de son fameux match, c'est une publicité dont notre chef bien-aimé se serait bien passé...

Il y avait plus, en effet. Au fil de la journée, par des canaux toujours aussi mystérieux, on apprend que l'ami de Francis, interrogé virilement après la rixe, l'aurait dénoncé pour possession et trafic de drogue. Une perquisition menée dans leur appartement aurait permis la découverte d'une quantité relativement importante de marijuana et celle d'un minuscule sachet d'héroïne. Les amis du couple avaient été interrogés, dont un neveu du ministre Delgado, pour suspicion de réseau. Francis Biel restait en garde à vue.

Le lendemain matin, Foussier convoque une réunion de services resserrée dans son bureau. Il a l'air épuisé, en bras de chemise, la cravate dénouée.

- Ça y est, annonce-t-il, ils l'ont relâché. Un grand merci à Georgette et à Etienne qui n'ont pas dormi de la nuit.

- Vous non plus, monsieur l'ambassadeur, signale Etienne.

- L'autre bonne nouvelle est qu'il ne sera pas poursuivi. Il n'a blessé personne et rien ne prouve que la drogue retrouvée chez lui lui appartenait. Je vais vous dire, nous devons une fière chandelle à nos amis du gouvernement et aux relations d'Etienne dans la police. On nous fait un magnifique cadeau, c'est évident. Reste à espérer que la presse soit discrète : j'ai demandé à Bernardo de surveiller les sites et les journaux.

- Pour l'instant, il n'y a aucune référence à l'affaire, confirme Georgette.

- Le ministre de l'Intérieur a donné des consignes de parfait silence à ses agents. Cela ne nous met pas à l'abri de fuites, bien sûr, mais je considère que l'incident est clos.

Julien et Carayon se regardent, stupéfaits.

- Et Francis ? s'étonne le premier conseiller à voix haute.

- Quoi, Francis ? fait l'ambassadeur en le fixant.

- Il ne va rien lui arriver ?

Foussier ne semble pas apprécier la question. Il répond d'un ton sec :

- Aucune plainte n'a été déposée contre lui, il est tranquille du côté de la Justice uruguayenne. De notre côté, nous ne pouvons laisser passer un tel comportement.

Mais, comme vous le savez, il finit en août ses quatre années en Uruguay et va rejoindre la direction informatique du ministère. En accord avec madame la consule, j'ai décidé de ne pas demander son rappel immédiat pour deux raisons : ne pas donner de matériau à une éventuelle polémique locale – si nous sanctionnons sévèrement notre agent, c'est que nous pensons qu'il est coupable de faits graves –, et ne pas détruire ses perspectives de carrière pour ce qui n'était que l'erreur d'un soir. D'après ce qu'il a déclaré, la drogue retrouvée chez lui appartenait à son ami qui la détenait pour son seul usage personnel.

- Est-ce crédible ?

- Crédible ou pas, Robert, ce n'est pas à nous d'en juger. Les 24 heures de garde à vue vont lui servir de leçon. Je vais lui infliger un blâme avec mention dans son dossier. Il lui reste trois semaines de vacances : il va les prendre en France à partir de ce week-end, pour se faire un peu oublier, et reviendra début juillet achever les deux derniers mois de son mandat. L'incident est clos. Merci beaucoup.

Cette fois-ci, ce n'est pas la machine à café du consulat qui les réunit, mais un café de la place de l'Indépendance, pour être plus loin de l'ambassadeur, ses micros et ses magouilles. Il y a là le premier conseiller, la consule et le COCAC.

- Ce n'est pas possible ! explose le premier conseiller. Il est fou ! Garder au chiffre de l'ambassade un agent aussi fortement compromis ! Francis est à la merci des Uruguayens. Ils le tiennent, ses amis, les policiers, le ministre. A n'importe quel moment il peut être refourgué au trou, et on va le laisser continuer à envoyer nos télégrammes les plus confidentiels, gérer nos archives, connaître nos secrets. Il est « *l'homme-ressources* » de l'ambassade, le responsable de notre centre d'archives et de documentation, le « *chiffreur* ». Il voit tout de nos communications. C'est de la folie.

- Je n'étais pas d'accord, précise la consule qui paraît ulcérée. Je voulais une sanction proportionnée. Je n'ai rien contre Francis, mais il faut appliquer le règlement : à faute grave, sanction sévère. Que ce soit sa drogue ou pas, un agent d'ambassade ne peut se trouver mêlé à un scandale.

Elle parle d'une voix hachée par la colère et le dégoût. Elle a commandé un verre de cognac uruguayen, malgré l'heure matinale.

- Nous sommes allés le chercher dans sa cellule ce matin à 4 heures, l'ambassadeur, Etienne et moi : il s'est effondré dans les bras de l'ambassadeur, en larmes, comme si on lui avait fait subir les pires sévices pendant la nuit. Il était pitoyable, une loque qui implorait en pleurnichant le pardon de son chef. Il était pitoyable, vous n'imaginez pas, et ce n'est pas impossible qu'il ait réussi à attendrir Foussier. Les hommes sont si faibles.

Les trois se regardent. Julien n'a encore rien dit. Pour l'instant, il cherche à comprendre, surpris de constater que malgré les progrès accomplis depuis trois mois, il est toujours aussi lent.

- Pourquoi fait-il cela ? demande-t-il d'une voix timide.

Les deux autres l'impressionnent, Carayon avec son expérience de quarante ans, Georgette avec son professionnalisme méticuleux. Lui n'a qu'un trimestre de boutique et, comme toute bonne cigale qu'il est devenu, s'épanouit mieux dans le superficiel que dans la glaise des conflits gordiens : il se sent désarmé face à la crise que l'ambassade traverse.

- Trois possibilités, répond Carayon qui, lui, réfléchit plus vite. Il a passé un accord avec les autorités uruguayennes et protège le neveu de Delgado. Il a une bonne nature et ne veut pas briser la petite carrière de Francis. Il est sur son premier poste d'ambassadeur et ne veut pas d'ennuis avec la centrale.

- Quoi qu'il en soit, conclut la consule, il faudra être vigilant. Ne plus rien confier à Francis, garder nos courriers au coffre et éviter les télégrammes pour les informations sensibles.

*

Grave affaire. Sale affaire. Julien ne peut retourner au bureau. Il laisse ses deux collègues reprendre la rue des Andes et se dirige vers la vieille ville. Piétonnale Sarandí, plaza Matriz, palacio Taranco, il marche au hasard dans les rues anciennes, profondément perturbé par l'incident. Que doit-il faire ? Il est les yeux et les oreilles de la Piscine en Uruguay et voilà qu'apparaît soudain ce qui pourrait être la preuve de la collusion entre Foussier et Delgado. Mais ce n'est pas à lui d'en décider, il est trop petit, trop novice, trop transparent, trop limité intellectuellement. Lui doit rendre compte et laisser aux autres le soin de tirer les conséquences. Il doit avertir Michel sans perdre de temps, mais ce n'est pas facile car celui-ci lui a bien spécifié de n'appeler en aucun cas de l'ambassade ou d'un téléphone en Uruguay, sa conversation risquant d'être interceptée.

Nous sommes jeudi en milieu de journée, pas facile de se rendre discrètement au Brésil ou en Argentine avant le week-end. Samedi, pas de problème, il embarque sa famille dans la Peugeot ou sur le ferry et leur fera faire du shopping dans la partie brésilienne de Chuy ou visiter Buenos Aires de l'autre côté du Rio. Ils verront du pays après des promenades qui ont rarement dépassé Piriápolis et Punta del Este. Mais samedi est trop loin, Francis sera en partance pour la France, presque disparu avec les secrets du chiffre : il doit solliciter des instructions avant ! La solution est donc de prendre son vendredi. Il y a droit, il n'a pas posé un seul jour de congé depuis son arrivée et a travaillé nombre de samedis et de dimanches. Mais la tête de l'ambassadeur en apprenant qu'un des ses collaborateurs souhaite s'échapper le 11 juin 2010, jour du plus grand événement jamais organisé par la diplomatie française, voire mondiale : c'est pire qu'une désertion au feu, cela vaut exécution capitale et fin d'une carrière qui se présentait pourtant bien.

Julien remonte la rue 25 de Mayo sans jeter un regard à la succession de palais abîmés au-dessus des étroits trottoirs. Il remue l'équation dans tous les sens au point de songer à confier la mission à Olga, plus libre de ses mouvements, ou même à son partenaire de tennis Pancho s'il est remis du match de samedi. Mais aucune solution ne le satisfait et Michel lui a suffisamment rappelé de n'impliquer personne. Il est seul face à son destin. Yeux rivés au sol, il fait le détour machinal par la place de l'Indépendance. L'ombre verticale d'Artigas l'enveloppe. Il lève les yeux vers le Libertador, la lumière se fait : il va partir ce soir en voiture pour le Brésil et sera de retour demain matin à l'ouverture des bureaux. Un mélange de « *Partage de Midi* » et de « *Souliers de satin* » grandes tailles, il débouche devant le palais Buxareo très fier de lui comme un Claudel – collègue du Département – après la révélation. Il convoque une réunion de service et résume à ses mamies les événements des dernières quarante-huit heures qu'elles connaissent mieux que lui. Il insiste sur la nécessité de verrouiller les bureaux à chaque départ et de se méfier de ce qu'on dit au téléphone : l'ambassade doit être une forteresse imprenable. Les mamies acquiescent et se retrouvent à la machine à café du consulat après la fin de la réunion.

- Julien était tout excité, rigole Barbara. Je le trouve craquant quand il se dandine sur sa chaise.

- Moi, je le trouve dangereux, avec ses grands pieds qui gigotent, rectifie Valérie. Je préfère quand il est calme Mon beau-frère est commissaire de police au Parque Rodo, ajoute-t-elle en baissant la voix, Francis est impliqué dans un trafic de drogue.

- Cela ne m'étonne pas, déclare Antonella, je ne l'ai jamais trouvé très net.

- Il est protégé par un neveu de Delgado, précise Anita. L'affaire va être étouffée.

- Pas bon pour l'ambassade...

- L'ambassadeur a super bien manœuvré, Barbara, corrige Valérie. Francis est libre et la presse est restée discrète. Il a su étouffer ce qui aurait pu être un scandale national.

- Qu'a-t-il donné en échange ?

Silence. Les mamies adorent parler de complots. Cela les change de l'organisation des concerts ou de la mise en place des bourses d'étudiants. Elles sont parties lorsque Julien quitte l'ambassade, le dernier, dans une ambiance de tension retombée et de malaise diffus. Arrivé chez lui, il explique que l'ambassadeur l'envoie à Rocha pour le représenter à une manifestation culturelle et que, vu la distance, il dormira dans un hôtel de la ville. Sophie est surprise, mais ne dit rien : son mari n'avait-il pas eu le privilège, voici quelques semaines, de représenter son chef à l'ouverture du Festival international de cinéma de Punta del Este ; il avait foulé le tapis rouge et gravi les marches du cinéma municipal Cantegril aux côtés de l'immense James Ivory qui présentait son dernier film.

Chapitre 23

Nerveux, Julien s'engage sur la ruta 1, l'Interbalnearia prolongée par la ruta 9 qui suit la côte jusqu'à Chuy et au Brésil. Péage, lagune d'El Pinar, Atlántida, Solís et son deuxième péage, sortie pour Piriápolis. Il fait nuit, il conduit vite – étonnant comme la vitesse d'une automobile a peu à voir avec la taille et la masse musculaire de son conducteur –, il est pressé et bien sûr se trompe à l'unique embranchement, prenant la direction de Punta del Este au lieu de celle de Rocha - La Paloma. Il n'ose faire demi-tour, alors que c'est autorisé sur les autoroutes uruguayennes, et, peu avant Punta Ballena, décide de prendre à gauche pour longer la laguna del Sauce et retrouver la bonne route. C'est simple sur la carte, mais il se perd. Plus d'une heure à paniquer dans les quartiers pauvres de Maldonado, épouvanté par l'attrait irrésistible que constituent sa voiture neuve à plaques diplomatiques et son conducteur malingre. Il s'en sort exténué et fait un stop à San Carlos. Il n'y a rien autour de lui, il est près de 23 heures déjà.

La suite est plus simple, route unique jusqu'à Chuy où il arrive un peu avant deux heures du matin. Pas de frontière, comment savoir où est le Brésil ? Chuy est une bourgade étrange avec quelques hôtels médiocres, des quartiers vides et sombres et une longue rue avec un défilé de magasins hors-taxes des deux côtés du terre-plein central. Il n'y a personne, c'est angoissant. Sur un banc, un homme barbu sans bagages dort. Au nom des intérêts supérieurs de la France, Julien décide de le réveiller pour lui demander où est le Brésil. L'homme grogne sans se redresser. Julien répète sa question en espagnol, en anglais, en français et en bulgare. L'homme grogne à nouveau et montre ses pieds. Julien insiste dans les quatre langues et l'homme articule enfin quelques mots en portuñol, mélange local de portugais et d'espagnol : « *Vieux, ma tête est en Uruguay, et mes pieds sont au Brésil* ». Qu'a-t-il voulu dire, ce champion de la métaphore au look fatigué de soixante-huitard sur le retour ? Julien regarde les pieds, qui n'ont rien de spéciaux, puis la tête qui pourrait bien refléter un abus de psychotropes. « *Excusez-moi* », se permet-il d'insister poliment, « *je n'ai pas très bien compris. Où est le Brésil, m'avez-vous dit ?* ». « *Là* », éructe le dormeur en montrant ses pieds et en refermant les yeux, l'air excédé par autant de lourdeur d'esprit. Julien regarde à nouveau les Pataugas déchirés et se souvient de ce qu'on lui avait expliqué : la rue centrale marque la frontière entre les deux pays.

Quasi euphorique de sa découverte, il prend la direction des pieds et se met à la recherche d'une cabine téléphonique. Pas facile, quelques coupe-gorges traversés et le voici devant la toute-belle dans le noir. Le cœur battant, l'agent secret ouvre les battants vitrés, après avoir minutieusement inspecté du regard les alentours. Il n'y a pas âme qui vive. Du bout des doigts, il tâte le lieu et finit par repérer les fentes métalliques dans lesquelles il s'efforce d'introduire des pièces de dix pesos qui refusent obstinément d'entrer. Il essaie cinq pesos, deux pesos, un peso, sans plus de succès : la monnaie disparaît mais ressort aussi vite dans un petit réceptacle plus bas, sans avoir provoqué la moindre tonalité. Dans sa précipitation, il n'a pas pensé un instant qu'une cabine brésilienne n'acceptait que les pièces brésiliennes.

Au nom des intérêts supérieurs de la France, il retourne vers le dormeur sur son banc, la seule personne qu'il connaisse dans la ville. Il le réveille à nouveau pour lui proposer d'acheter ses réals en petite monnaie, ce à quoi le bourru répond les yeux grands ouverts qu'il accepte tous les réals en billets ou en menue monnaie, sans distinction. Les deux seuls êtres humains réveillés de la ville mettent du temps à s'expliquer et à comprendre que l'un n'a que des pesos uruguayens et que l'autre n'a rien du tout. Dans un geste d'élégance suprême, Julien abandonne la conversation en laissant un billet de deux cents pesos à son camarade.

Bien entendu, les bureaux de change sont fermés. Julien aperçoit deux quidams furtifs, mais ils ont une mine tellement patibulaire dans l'obscurité qu'il n'ose les aborder. Il préfère reprendre sa voiture et regagner le côté uruguayen où il avait repéré un hôtel en veille. Il secoue le gardien de nuit et acquiert quelques réals à un taux exorbitant. Il reprend sa voiture, traverse à nouveau la frontière inexistante, et retrouve la cabine, par bonheur toujours inoccupée. Mais les réals, s'ils s'introduisent avec plaisir dans les fentes, ne provoquent aucune tonalité eux non plus. Après s'être fendu un ongle en tapant sur le bloc de métal, il part prendre conseil auprès de sa connaissance la moins endormie de la ville : le portier de nuit. Traverser aussi souvent la frontière virtuelle le ferait sourire s'il n'était aussi épuisé et aussi anxieux d'accomplir sa mission. Le portier ouvre un œil et reconnaît le petit homme providentiel : « *Que puis-je faire pour votre bonheur ?* », lui demande-t-il d'une voix moelleuse. Julien explique l'échec du téléphone et l'autre le tance gentiment : « *Vous auriez dû m'expliquer l'usage des pièces, cher monsieur, je vous aurais dit que les cabines brésiliennes ne fonctionnent plus qu'avec des cartes d'appel. Il se trouve que j'en ai ici un lot de cinq qui pourrait vous être utile* ». « *Une seule me suffirait* », répond Julien d'une voix mal assurée. Mais le mielleux cerbère ne vend que par cinq, à un prix que le visiteur trouve invraisemblable : « *Vous savez* », se justifie le commerçant, « *le réal est très haut actuellement. C'est la politique de Lula* ». Nouveau retour à la cabine, nouvel échec, bleu douloureux sur le tranchant de la main droite, jurons qui s'élèvent en français dans la nuit chuyenne à destination de Michel Dablanc et de ses idées gothiques. Le COCAC se plante face à la cabine, comme aux pieds d'Artigas, et la contemple avec la même détermination : « *Je suis du genre tenace* », lui annonce-t-il, « *je n'ai pas fait tout ce chemin pour céder devant un mécanisme obtus et bouché* ». Il retraverse la frontière et retourne voir son pote de l'hôtel pour qu'il appelle les services téléphoniques brésiliens et leur demande de remettre en marche l'instrument. Mais il est accueilli fraîchement cette fois-ci. « *Je ne peux rien pour vous* », grince le doberman. « *Soit vous prenez une chambre à l'hôtel, soit vous libérez le plancher. La police est venue me demander ce que vous me vouliez. Je n'aime pas ça* ». « *Qu'avez-vous dit ?* », s'étrangle Julien affolé. « *Que vous essayez de faire marcher une cabine téléphonique au Brésil. Et maintenant, dégagez, s'il vous plaît, je ne veux pas d'ennuis* ».

Quand on a passé les trente-quatre premières années de sa vie à être invisible, on ne s'attend pas à attirer l'attention en traversant trois fois de suite une petite ville-frontière déserte à deux heures du matin. Installé dans sa voiture, tous feux éteints, Julien réfléchit. Le plus sage serait de laisser tomber. Mais en même temps, il n'a jamais rien laissé tomber depuis le CE2. Il ne va pas commencer aujourd'hui, à un moment aussi crucial de sa carrière et de sa vie. La décision est prise : la prochaine ville étant trop loin, c'est dans la partie brésilienne de Chuy qu'il doit trouver un téléphone, quitte à réveiller un Chuyen dans sa maison ou dévaliser un passant au coin d'une rue.

Il se dépêche de re-franchir la frontière pour échapper à la police uruguayenne. Une fois en sécurité, il pense à son second ami, le dormeur du banc. Cet homme à qui il a donné deux cents pesos, presque dix euros, peut être de bon conseil. Coup de chance, il n'a pas bougé, mais sa tête est toujours du côté uruguayen ce qui va compliquer le dialogue. Julien lui secoue les pieds, sans franchir la ligne imaginaire qui le mettrait en péril. L'autre ouvre les yeux et le reconnaît avec beaucoup d'amour au fond des pupilles. « *Que puis-je faire pour toi ?* », dit-il en ouvrant les mains. Julien explique qu'il a besoin de téléphoner. L'altruiste lui tend son portable. Julien saute de joie, avant de s'apercevoir que l'abonnement est uruguayen et de s'affaler, abattu, sur le bout brésilien du banc. L'autre se redresse, ils sont tous les deux assis côte à côte, sans beaucoup d'énergie. « *Elle te manque ?* », demande-t-il compatissant. « *Oui* », répond le COCAC en pensant à la cabine téléphonique, « *elles ne fonctionnent jamais quand on veut s'en servir* ». Son ami le dévisage dans le noir, interloqué : « *Tu as fumé ?* ». « *Non* ». « *Prends ça, cela te fera du bien* ». Julien aspire, tousse et regarde autour de lui pour repérer l'assaut inévitable des forces de l'ordre s'emparant de sa petite personne. Mais il n'y a rien, qu'un immense silence. Une seconde bouffée, cela fait du bien, cela calme, cela donne envie de s'élever dans les airs. Il commence à rigoler doucement, en essayant de ne pas faire de bruit. « *A quoi penses-tu ?* », demande son ami. « *A la tête de Foussier s'il me voyait maintenant* ». C'est vraiment très drôle, mais l'évocation de l'ambassadeur le rappelle à ses devoirs. « *Je dois y aller* », explique-t-il à son ami. « *Elle t'attend ?* », s'enquiert celui-ci avec délicatesse. « *Elle s'appelle Foussier ?* ». « *Elle s'appelle cabine, un prénom très répandu en France. Sais-tu d'où je pourrais téléphoner ?* ». Ils parlent un peu des femmes, car on ne peut pas se quitter comme cela, et l'homme a une lumière : « *Tu me paies une nuit d'hôtel et tu téléphones de ma chambre. Je n'écouterai pas.* »

Riche idée. Julien règle la chambre dans l'unique hôtel brésilien qui accepte de leur ouvrir et graisse la patte au portier pour qu'il consente à le laisser monter avec son camarade sans remplir la fiche de police. Toujours aussi délicat, l'homme du banc attend dans le couloir pendant que le visiteur appelle Michel Dablanc. Miracle, cela sonne, on décroche.

- Allo, Michel, c'est moi, chuchote le COCAC.

- Je n'entends rien. Qui est à l'appareil ?

C'est bien la voix de Dablanc. Julien devine qu'il ne doit pas donner son nom, ils sont peut-être sur écoute malgré tout.

- Allo, allo, ici la cigale. La cigale voudrait parler de la chouette. Je ne te réveille pas, au moins ?

- Non, fait la voix, il est 8h45. Cela signifie qu'il est presque 4h00 du matin chez toi. Que se passe-t-il ?

- La cigale est à Chuy. Des événements graves sont survenus. Le chiffreur a été arrêté pour rixe avec la police et suspicion de trafic de drogue. Un neveu de la taupe est mouillé dans l'affaire. La chouette a obtenu sa libération, mais ne met pas fin à son séjour au royaume de la Pampa. Le chiffreur part samedi pour trois semaines de vacances dans son royaume d'Oc et Oïl. Il reviendra ensuite et restera encore deux mois dans l'établissement de la chouette, à la merci de la taupe et de ses sbires. C'est incompréhensible et dangereux pour les intérêts d'Oc et Oïl. La chouette a partie liée avec la taupe ! Ce sont des animaux de nuit tous les deux, peut-être ont-ils quitté **la surface** pour se rejoindre dans **les profondeurs**. La cigale recommande de suivre les comptes bancaires de la chouette.

Silence. Puis, Dablanc reprend au bout du fil :

- Excuse-moi, Julien, je n'ai pas tout compris. Peux-tu répéter ?

Dablanc l'a appelé « *Julien* » ! Il est démasqué ! Ou alors l'agent de la Piscine est sûr des liaisons téléphoniques.

Julien répète son message à toute vitesse. Il a l'impression que, malgré sa vivacité d'esprit, l'autre ne comprend pas très bien. Il fait encore répéter un ou deux points, avant de remercier son interlocuteur :

- C'est du bon travail, Julien, du très bon travail. Je te remercie. Repose-toi, maintenant, je prends les choses en main.

Clic, il a raccroché. Mission accomplie (« *la mission était trop grande pour moi, c'est pour cela que je l'ai réussie !* »), la tension retombe. Il a pu passer son message, le reste n'a plus grande importance. Il est sur le point de s'endormir lorsqu'il pense à son ami dans le couloir. « *Oh, excuse-moi* », fait-il en ouvrant la porte, « *cela n'a pas été trop long ?* ». « *T'es crevé, vieux, reste dormir ici* », propose l'autre. « *On peut fumer aussi, si tu veux* ». La proposition est tentante, mais peu compatible avec un retour à Montevideo pour l'ouverture des bureaux. Il faut partir. Le COCAC et l'homme du banc échangent un abrazo plein d'émotion contenue. Ces accolades viriles sont de beaux moments emprunts de solennité et d'affection, même si Julien est beaucoup plus petit que son camarade et lui écrase les pieds sans le vouloir.

Départ, traversée de la frontière, barrage de police.

- Papiers d'identité, permis de conduite, s'il vous plaît.

Julien plisse les yeux sous la force du projecteur.

- Je n'ai rien fait de mal. Je suis diplomate, vous ne pouvez pas me contrôler.

- Que faisiez-vous au Brésil ?

- J'ai le droit d'aller au Brésil, il me semble.

- Pourquoi aviez-vous besoin de réals en petite monnaie ? Vous vous êtes battu ?

L'ongle cassé et le bleu sur la main droite ressortent vivement sous le faisceau de projecteur.

- Ce n'est rien, je me suis cogné.

- Pourquoi avez-vous emmené cet homme dans un hôtel brésilien et non à l'hôtel uruguayen où vous êtes allés trois fois ? C'était plus discret ? Une affaire de sexe, ou une affaire de drogue ?

- Rien de tout ça.

- Vous avez fumé ?

- Je suis diplomate de l'ambassade de France. Vous n'avez pas le droit de me poser ces questions.

Pour la discrétion, c'en était fait. De toute façon, ils avaient relevé le numéro de la plaque minéralogique et n'allaient pas mettre longtemps à l'identifier. Avec un peu de chance, ils allaient faire le lien avec l'affaire Francis Biel et penser qu'il faisait partie du réseau : la cavale au Brésil pour se débarrasser de la dope devenait claire ! Comment expliquer à Foussier ce que son conseiller culturel faisait à Chuy au milieu de la nuit et pourquoi il avait offert une chambre d'hôtel à un SDF après avoir partagé avec lui le chanvre de l'amitié ? La tête de Sophie, le bonheur des beaux-parents qui avaient toujours estimé que leur gendre était un individu suspect. Il ne dirait rien, comme Delgado qui avait su si bien résister à la torture. Il serait un héros pour la Piscine, un honteux pervers pour les autres. Peut-être Sophie demandera-t-elle le divorce. Expliquera-t-elle aux enfants que leur père avait franchi la frontière pour passer la nuit avec un inconnu à qui il a offert deux cents pesos et une chambre d'hôtel ? Cauchemar.

- Vous n'avez rien à me reprocher, je n'ai commis aucun délit. Laissez-moi passer, s'il vous plaît.

Un des policiers commence à le prendre en photo. Aveuglé par le flash, il est furieux.

- C'est illégal, totalement illégal ! hurle-t-il d'une voix perçante. Je me plaindrai.

- Quelque chose me dit que vous ne vous plaindrez pas..., lâche le chef du détachement narquois. Allez, c'est bon, vous pouvez passer.

Tremblant de tous ses membres, Julien a du mal à remettre le contact et enclencher une vitesse. Il pense à son visage écarquillé sous le flash, diffusé dans tous les commissariats et aéroports uruguayens, et sur Interpol. Pas flatteuse, la photo, moins léchée que celles de Galeria. Il a l'air d'un repris de justice, on le condamnerait pour délit de faciès.

Il parvient enfin à démarrer et constate dans son rétroviseur que le barrage est levé. Un barrage de police rien que pour lui. Décidément ce pays lui rend tous les honneurs dus à son rang. Il a encore droit à deux contrôles de douane, contrôles de routine dont il sort sans encombre mais qui le retardent un peu plus. Il est près de 5h00 du matin lorsqu'il quitte Chuy pour de bon, se promettant de ne jamais y remettre les pieds.

Juin en Uruguay est l'équivalent de décembre en France. S'il y fait un peu moins froid, les nuits y sont aussi noires et humides. La route est déserte. Julien roule très vite. De temps en temps, il croise un poids lourd qui ôte brièvement ses pleins phares pour ne pas trop l'éblouir. Il a mis un CD d'Elli Medeiros. « *Toi, mon toit* » lui rappelle les soirées étudiantes pendant lesquelles il ne dansait pas et regardait ses collègues lever des minettes rutilantes. Si on lui avait dit à cette époque qu'il serait un jour père de famille, conseiller d'ambassade et accusé de passer ses nuits dans des hôtels sordides avec des beaux inconnus virils et vénaux... La voie pointue d'Elli se moque de ses petits états d'âme, aussi étroits que ses épaules sous la veste de costume qu'il n'a pas retirée. Elle le berce. Il commence à se sentir mieux. La police n'a rien contre lui. Si l'incident s'ébruite, il dira qu'il s'était rendu à Chuy pour acheter un cadeau pour Sophie, un lave-vaisselle ou un grille-pain, et s'était perdu en chemin. Cela arrive tous les jours, des COCAC distraits qui se trompent de bifurcation et atteignent leur but après la fermeture des magasins. Le portier du premier hôtel pourra témoigner qu'il avait cherché à l'appeler pour la prévenir de son retard. Il y avait même mis de l'obstination.

« *Main dans la main* », Elli et Jacno, le CD déroule ses mélodies pour la seconde fois. Il a passé Rocha, l'embranchement pour la laguna Garzón et celui pour José Ignacio. Encore une cinquantaine de kilomètres et il sera sur l'autoroute, à un peu plus d'une heure de Montevideo qu'il pourra atteindre avant 9h00. Pied au plancher, il a peur de la vitesse. Il somnole. Les rares lumières de phares l'éblouissent comme la torche des policiers. Elles s'approchent toujours plus. Un semi-remorque apparaît, aveuglant, monstrueux. Va-t-il se mettre en feux de croisement ? Julien s'est peut-être endormi. Il se réveille brusquement face au monstre. Désespéré, il braque et freine du plus fort qu'il peut. La voiture évite le choc frontal mais dérape, dérape...

*

Il n'est pas mort. Lorsqu'il reprend conscience, il est à l'hôpital, mais un hôpital étrange plein d'infirmières en blouses vertes et de médecins aux yeux sanguinolents. Sophie est à son chevet, en larmes. Il a du mal à la reconnaître, tant elle est déformée. Les enfants ne sont pas là, peut-être leur a-t-on épargné la vision de leur père défiguré. Il tend la main, mais rien ne bouge. Il essaie de parler, mais aucun son ne se forme. Il ne sent rien, aucune douleur, aucune pesanteur des draps sur sa peau. Il crie le nom de Sophie. Il essaie de lui dire qu'il l'aime, qu'il n'a jamais aimé qu'elle, qu'Aurélie et Olga ne comptaient pas, mais il voit bien qu'elle n'entend pas. La communication n'a jamais été son fort, mais pas à ce point. Il voit un autre médecin entrer, imposant, visiblement le chef, un médecin qui ressemble un peu à Dablanc en blouse rouge sang.

- Chère madame, dit l'homme, nous constatons une évolution notable ce matin, quelques signes d'activité cérébrale. Le coma de votre mari, de parfaitement profond passe à très profond, nous avons bien fait de ne pas le débrancher.

- Peut-il nous entendre ?

- C'est possible, chère madame. Nous n'avons pas encore percé les mystères du coma profond. Certains survivants croient se rappeler d'une conscience diffuse, d'une perception approximative des couleurs, des sons et des formes. Si cela se trouve, votre mari croit me voir avec une blouse rouge et des dents vertes.

Il est exact que Julien voyait vertes les dents du mandarin, couleur complémentaire du rouge de sa blouse. Il ne comprenait toutefois pas pourquoi le toubib avait la tête de Dablanc. C'était maintenant au tour de Foussier d'entrer dans la pièce, le visage recouvert d'un masque hygiénique mais bien reconnaissable.

- On a retrouvé l'homme de Chuy, chère madame, dit-il. C'est un SDF connu de la population locale. Il nous a dit que votre mari a voulu l'aider car il dormait sur un banc.

Il lui a donné un peu d'argent et comme cela ne suffisait pas, il lui a offert une nuit dans un hôtel de la ville. C'est admirable, chère madame, votre mari est généreux.

- Mais que faisait-il à Chuy ? se lamente l'épouse éplorée.

- Il semble qu'il vous préparait une surprise, genre lave-linge ou toaster. Quoiqu'il en soit, vous pouvez être fière de votre homme comme je suis content de lui à l'ambassade. Vous ne pouvez imaginer avec quel doigté il dirige les mamies de son service et avec quelle efficacité il s'est constitué un réseau de relations dans le monde de la culture. Votre époux est un collaborateur précieux avec lequel j'aurais plaisir à jouer au golf.

Empli d'aise, Julien fermerait bien les yeux s'il le pouvait. Comme quoi, c'est en son absence qu'on est apprécié. S'il n'avait pas eu cet accident tragique, jamais sa femme ne le pleurerait et jamais son ambassadeur ne chanterait ses louanges. Cela donne presque envie de ne pas revenir à la vie.

Il est plongé dans ses pensées maintenant. La tête du ponte lui a rappelé Dablanc. Par une association d'esprit probablement fréquente dans son état, il voit Dablanc à Paris, avec trois des Six doigts de la main, Christian, Edouard et Thomas. Ils sont tous les quatre chez Dablanc, installés sur un canapé de cuir marron, un verre de Ballantines à la main. Ils se penchent sur une feuille de papier dépliée qu'ils déchiffrent avec des visages hilares. En se concentrant, Julien parvient à lire les premières lignes:

« *Mes chers petits,*

Je vais vous raconter l'histoire d'un royaume très lointain, situé au bord d'un océan immense, très au Sud, très loin de la France. Ce royaume, qui fêtera bientôt ses deux cents ans d'existence, s'appelle royaume de la Pampa. Il est gouverné par un roi, entouré de sa cour. Le roi est changé tous les cinq ans par ses sujets pour éviter la lassitude. »...

C'est sa lettre, la première de ses deux lettres.

- Il a marché ! commente sobrement Dablanc en levant son whisky dans lequel s'agitent de grands glaçons.

- Ecoute comme c'est drôle, remarque Christian : « *la libellule au profond regard vert* ».

- Il s'agit d'Olga, explique Dablanc. Notre petite libellule.

- Il est mignon, reprend Thomas connu pour avoir les lèvres les plus étroites de la direction financière. Il a tout pris au sérieux. On s'est tellement moqué de lui pendant dix ans, et il marche encore ! La naïveté à ce degré, c'est pathologique.

- Je le vois à Montevideo, conclut Edouard, se hisser du petit col, boursoufflé de fierté à l'idée de transmettre à son pays des secrets d'Etat. Je ne pensais pas qu'il goberait ton code ridicule, Michel, tes lions, tes gorilles, tes éléphants..., et qu'il y ajouterait même une taupe et une libellule. C'est vraiment désopilant.

Les quatre rient maintenant à gorge déployée. Julien maudit les délires que provoque le coma. Il n'est pas matériellement possible que, de son lit d'hôpital à Montevideo, il puisse assister en direct à une scène qui se serait produite à Paris quelques mois plus tôt. D'ailleurs, voici le toubib-en-chef qui revient se pencher sur lui. Il a le visage de Dablanc, les yeux sanguinolents et les dents vertes. Il sourit de toutes ses dents vertes, une vision insoutenable. Julien se réveille.

*

Il fait jour. Il entend le chant des oiseaux et le bruit de fusée que font les voitures en passant à vitesse vertigineuse sur la ruta 9. Est-ce une nouvelle manipulation du coma profond ? Est-ce une vision post-mortem ? Il est au volant de sa Peugeot, garé sur un terre-plein au bord de la route. Comme dans les films, peut-être son âme s'est-elle détachée de son corps et regarde-t-elle de haut ce minuscule amas d'os et de peu de chair toujours coincé sur la banquette avant du véhicule-corbillard. C'est une sensation étrange, d'être deux Julien Ennac – un qui regarde et l'autre qui est mort – et de flotter.

Mais sa main lui fait mal, l'ongle arraché, le bleu, ainsi que le reste de son corps qui n'a pas encore récupéré du match contre Pancho. Ce sont des douleurs bien réelles, terrestres, plutôt rassurantes. Julien consulte sa montre, ni arrêtée, ni brisée, ni broyée. Il est 9h30. S'il est encore en vie et si c'est le même jour que celui de l'accident, il n'est resté inconscient qu'un peu plus de trois heures.

Il s'étire, avec les douleurs normales d'un sportif de haut niveau. Il parvient à s'extraire de l'habitacle où il n'était pas encastré et dans lequel l'Air Bag n'a pas fonctionné. Il fait le tour de la voiture : rien, pas de trace de choc, pas même une éraflure. Seules sur le bas-côté, de spectaculaires empreintes de pneus témoignent de son instinct de survie. Avant de sombrer, il a eu le temps d'éviter le poids lourd, de piler et stopper son engin !

Miraculé, il est un miraculé. Tout semble fonctionner comme avant, les doigts, les mains, les jambes, le cou, les yeux, la bouche, le démarreur, le frein à main, le pot d'échappement, les essuie-glaces – car il pleut, c'est habituel en cas de miracle. Julien Ennac a droit à une seconde vie. La fatigue était telle et la peur a été si grande que son inconscient s'était persuadé d'un accident qui n'a jamais eu lieu. Il avait inventé cette histoire de coma au milieu d'un cauchemar dont le ressuscité a bien du mal à se dégager. Ce n'est que trempé qu'il décide de reprendre la route, à toute petite vitesse.

Lorsqu'on a vu la mort d'aussi près, la vie n'a plus la même valeur. Entre San Carlos et Pan de Azucar, Julien décide d'abandonner ses ambitions professionnelles et de se consacrer à sa mère, sa femme et ses enfants. Entre Pan de Azucar et le péage d'El Pinar, sa résolution se fortifie à chaque kilomètre, soit environ soixante-treize fois. Mais arrivé à Montevideo, il juge plus prudent d'aller à l'ambassade car c'est le jour du match.

Le garde de sécurité le regarde passer bouche bée. Dans la salle d'attente du consulat qu'il traverse comme un automate, le silence s'est fait. On entend craquer ses genoux dans l'escalier. A son arrivée dans le patio des culturels, sa secrétaire en a le souffle coupé.

- On dirait que vous revenez d'outre-tombe ! lui dit-elle interloquée.

- Ce n'est pas faux, Anita, sourit-il en resserrant sa cravate et en essayant de remettre de l'ordre dans une chevelure qu'il a continué à laisser pousser malgré la fin de son amitié avec Olga zu Chahapazoff. Quoi de neuf ?

- L'ambassadeur souhaiterait vous voir dès votre arrivée.

- Je voudrais d'abord poser mes affaires et appeler mon épouse.

- Je serais vous, Julien, j'irais directement.

Dans l'affaire, Julien avait oublié le contrôle de police de Chuy. Mon dieu, ce n'était pas possible, l'ambassadeur ne pouvait être déjà au courant ! Passant aux toilettes se recoiffer et arranger son costume passablement froissé, le COCAC s'autorise une brève pensée nostalgique pour les toilettes du ministère à Paris qu'il avait si bien connues. Mais pas le temps de s'attendrir. Il frappe à la porte de Foussier.

- Entrez, grogne le patron.

Il entre sans se tromper de poignée.

- Où étiez-vous, Julien ? Vous arrivez tous les matins avant 8h00, et le jour le plus important de l'année vous débarquez comme une fleur à presque midi. Ce n'est pas sérieux, je suis sur le point de partir à la fête nationale russe, avant de rejoindre le Lycée où nos invités et les médias nous attendent.

- Je suis désolé, monsieur l'ambassadeur.

- Je voulais vous dire que Bernardo va être débordé cet après-midi. Nous avons les ministres, les vedettes, les anciens joueurs, les Français, les Uruguayens, les enfants, les parents, les télés, les radios, les journaux et même Canal +, TF1, TVE et CNN ! Du jamais vu !

- Que devrai-je faire, monsieur l'ambassadeur ?

- L'aider, le seconder, vous occuper des personnalités présentes. J'ai confiance en vous, vous le ferez mieux que Georgette qui est parfois un peu froide ou que Carayon que je ne trouve pas très motivé dans cette affaire.

- Merci de votre confiance, monsieur l'ambassadeur.

Mais il doit s'appuyer sur la table de réunion pour ne pas tomber. Les deux hommes étaient restés debout car la conversation devait être brève. L'ambassadeur se rend soudain compte de l'état de son collaborateur.

- Cela ne va pas, Julien ? s'inquiète-t-il. Voulez-vous vous asseoir ?

- Merci, murmure le COCAC à bout de forces, en s'écroulant sur une chaise. Ce n'est rien, un coup de fatigue.

Foussier appelle sa secrétaire qui ne sait que faire. Dommage que le poste de V.I. linguistique ait été supprimé, car plus personne n'est secouriste à l'ambassade à l'exception d'Etienne dépêché pour la journée au Lycée.

- Une défaillance de rien du tout, monsieur l'ambassadeur, reprend Julien d'une voix toujours aussi faible. Ne m'attendez pas, vous allez être en retard.

- Les Russes peuvent patienter, mon ami, ils en ont vu d'autres. Je ne peux pas vous laisser dans cet état.

Marguerite appelle une ambulance qui ramène le malade chez lui où l'accueille le médecin de l'ambassade. La première ordonnance avait été celle de Foussier :

- Interdiction totale de travailler cet après-midi, mon cher Julien. Nous ferons sans vous. Je vous charge, si vous en avez la force, de suivre les retransmissions télévisées de votre lit et de me rendre compte de la manière dont l'événement du Lycée est traité.

Périple commencé dans l'exaltation du devoir à accomplir et achevé par un trajet en ambulance et des pantoufles devant la télé…

Epilogue

Le week-end fut pour Julien celui de la réconciliation. Après le baiser effleuré d'un trente-huit tonnes et le séjour réel ou imaginaire au royaume des Ténèbres, il ne pouvait consacrer ses heures à autre chose qu'à se réconcilier avec Sophie et renouer ses liens avec Cédric et Gaël. Ignorante d'un problème entre eux, à l'exception de tous ceux qui existaient depuis tant d'années, Sophie devint méfiante en voyant son mari multiplier les attentions, les cadeaux et les promesses. Elle qui ne se doutait de rien, ne fut pas longue à entrer dans le soupçon et à trouver étranges la nuit d'absence et sa grande fatigue au retour. Plus il se montrait attentionné, plus elle devenait froide et distante.

Il se méprit sur la signification de cet étrange phénomène, en en déduisant qu'elle avait quelque chose à cacher. Que faisait-elle de ses journées pendant que les enfants étaient à l'école et lui au bureau ? Avait-elle trouvé un camarade de jeu, prince de l'asado, roi du tango et empereur du lasso ? L'homme devait être grand, poilu, avec du muscle et l'admiration facile pour la femme d'un COCAC. Dans un effort sur lui-même, qui pouvait également ressembler à de la lâcheté, il décida de ne rien dire, de ne pas montrer qu'il avait compris, de fermer les yeux.

Le week-end s'acheva dans une ambiance de congélateur et malgré son intense fatigue, Julien fut heureux de retourner au bureau lundi matin. L'ambassade bruissait d'une activité désordonnée et joyeuse : jamais on n'avait vu autant de retombées médiatiques pour un événement qu'elle avait organisé. Les articles de presse succédaient aux articles de presse, les photos étaient excellentes, le lycée et son slogan – « *Une rencontre de tous les jours* » - étaient mis à l'honneur et l'ambassadeur apparaissait partout. El País avait même titré sur le 0-0 entre la France et l'Uruguay : « *Un match nul diplomatique* » en imprimant au-dessous du titre la photo de l'ambassadeur et du ministre de l'Intérieur se serrant la main.

Seul à ne pas partager l'excitation générale, Foussier avait réuni ses collaborateurs. Après avoir dressé le bilan de l'opération et indiqué que le capital sympathie gagné serait utile un jour de plus gros temps, il avait listé les échéances prochaines et insisté sur l'importance de réussir l'inspection, ainsi que le 14 juillet et son exposition.

Julien avait besoin d'un café et d'un peu d'alcool. Il avait surtout besoin qu'on l'écoute et qu'on l'aime. Personne à l'ambassade n'était à même de remplir cet office, malgré la bonne volonté d'Anita et la serviabilité du garde de sécurité. Il se résolut à appeler Olga pour un verre au Bacacay, à la sortie du bureau.

Elle fut merveilleuse et sans bien comprendre comment, il se retrouva à prendre un dernier whisky chez elle. Elle habitait un petit appartement de plafonds élevés dans un vieil immeuble de la rambla Mahatma Gandhi, proche de la baie de Pocitos. Deux chambres riquiqui et un salon donnant sur le Rio. Le fleuve était là, à leurs pieds, inconnu dans l'obscurité, immense, une sensation de liberté et d'espace qui enivra Julien. Il n'eut plus le courage de repartir. Après avoir dérangé Carayon sur son portable et obtenu sa couverture, il appela Sophie pour lui dire qu'il dormait chez le premier conseiller, sans donner plus d'explications. Elle comprendrait. Cela la ferait réfléchir à son prince de l'asado.

Nuit éternelle avec son corps contre le corps d'Olga, qu'il ne put voir car celle-ci tenait à l'absence totale de lumière qu'elle trouvait plus suggestive. Elle s'occupait de lui. Il devait se retenir pour ne pas pleurer. Jamais Sophie n'avait été aussi douce. Jamais Sophie n'avait passé autant de temps à l'écouter. La patience d'Olga était sans limite, sa lenteur magnifique, les élans slaves qu'il sentait parfois chez elle le transportaient dans un autre univers. Ces sensations étaient nouvelles et il se demandait si Foucault les avait connues. Ce monstre du Département avait-il trompé son ex-épouse – ils étaient divorcés – avec une princesse autrichienne ? Avait-il éprouvé la tendresse infinie que peuvent donner certaines femmes aimantes, savantes et interdites ? Avait-il oublié un instant les notes commandées, les rapports abscons, les collaborateurs incompétents ? Julien oubliait tout dans l'appartement de la rambla Mahatma Gandhi, sauf Foucault et la stupéfaction d'être aussi heureux.

Mais il ne pouvait pas. Il était lié à Sophie par des liens plus solides que ceux qu'il imaginait. En petit fonctionnaire parcimonieux, il enregistra et conserva dans sa mémoire ces heures de bien-être général, mais ne consomma pas, restant au bord de la débauche, au bord de l'engagement, au bord de l'adultère. Avec un sourire teinté de profonde humanité, qu'il crut distinguer dans le noir, Olga finit par le laisser dormir. Lorsqu'il se réveilla, il était presque midi, elle avait préparé un café fumant, mais il préféra filer à l'ambassade sans plus tarder. Assis derrière son bureau, il se sentait bien et mal, transformé et infiniment semblable à ce qu'il avait toujours été.

*

L'inspection fut excellente pour Foussier et alla même jusqu'à approuver sa clémence envers le chiffreur. Julien renonça à son ressentiment et au sabotage insidieux qu'il avait planifié : l'ambassadeur présentait un tel bilan depuis son arrivée qu'il était inattaquable. De plus, il se révélait plutôt bienveillant à l'usage et s'était mis à dire beaucoup de bien de son COCAC. Dans ces conditions, laisser entendre qu'il était un traitre à la patrie se justifiait difficilement. Il n'avait aucune preuve à l'appui de suspicions qui, au fil du temps, lui étaient parues de plus en plus absurdes.

Une fois l'inspection passée, la préparation de l'exposition du 14 juillet mobilisa les énergies. Cela tombait bien, car il n'avait plus envie de penser. L'abandon du tennis avait créé un trou béant dans sa vie qu'Olga Strehunlinden zu Chahapazoff ne comblait pas : il ne l'avait pas revue, seulement croisée lors de concerts et de réceptions. Il se demandait comment il avait pu passer une nuit avec elle, quel égarement l'avait emporté si loin de l'excessive prudence qui était un trait majeur de son caractère depuis l'enfance. Il craignait maintenant qu'elle ne fasse usage de cette faute.

*

Arriva la célébration, à laquelle Sophie avait accepté de participer avant de partir en vacances en France avec les enfants – et peut-être ne pas revenir. Les portes du musée s'étaient ouvertes et flanqués du premier conseiller, du

COCAC et de la consule, l'ambassadeur et madame Foussier avaient accueilli les visiteurs, plus de six cents invités se pressant entre les œuvres.

Le conseiller culturel prononça un discours présentant l'exposition. Jamais il ne s'était exprimé devant six cents personnes. Sans papier, il fut brillant en français et en espagnol, avec un niveau de langue qu'on n'aurait jamais imaginé d'un étudiant jadis médiocre et d'un conseiller qui ne parlait pas un mot de castillan voici quelques mois. Il paraissait même connaître quelque chose de l'art contemporain, ce qui aurait sidéré Foucault et ses anciens collègues parisiens. Il n'eut qu'un trou angoissant, un vide de quelques secondes à ne plus savoir où il était et à se demander si le cauchemar du coma profond ne se poursuivait pas : alors qu'il tentait un parallèle osé et brillant entre l'œuvre de Veilhan, un des artistes exposés, et l'héritage du peinte uruguayen Torres-García, il crut distinguer Michel Dablanc dans l'assistance. Un Dablanc qui se ressemblait beaucoup, avec sa silhouette solide, son visage à forte personnalité, ses cheveux crépus et sa veste de bonne coupe sans cravate. La cime est toujours proche de l'abîme, le sommet de la carrière côtoie la pente vertigineuse du déséquilibre mental, les hallucinations reprenaient.

Pendant le discours de l'ambassadeur, Dablanc a disparu. Julien détaille chacun des invités face à lui, Dablanc n'est plus là, comme un mauvais rêve, un fantasme ou la résurgence d'un sentiment de culpabilité. Cet homme l'a peut-être fait nommer à Montevideo, mais en échange le COCAC a failli lui faire don de sa vie sur la route de Chuy.

Ne sont-ils pas quittes, et ne vaut-il pas mieux maintenant s'engager loyalement aux côtés du seul Foussier ?

L'ambassadeur a fini en saluant le parcours exceptionnel de la *Celeste*, demi-finaliste d'un Mundial qui a enflammé le pays. Les applaudissements crépitent, les serveurs armés de plateaux gigantesques font leur apparition et les tables du buffet sont ouvertes. Les moins affamés se précipitent sur l'extraordinaire et son COCAC pour les féliciter de leurs propos. Delgado prend Julien à l'écart et lui dit : « *C'est très bien, mon petit, votre discours était excellent. Vous avez un magnifique niveau d'espagnol maintenant. J'ai l'impression que la France tient en vous un grand conseiller culturel. Cela me ferait plaisir de vous inviter à déjeuner la semaine prochaine* ». Rouge de bonheur, même s'il sent que c'est peut-être un moyen d'acheter son silence, il accepte et court s'en vanter auprès de Sophie qu'il retrouve en étroite discussion avec un haltérophile poilu. « *José est disc-jockey* », explique-t-elle à son mari, « *spécialiste de musique électronique et père de deux enfants qui vont au Lycée français. Tu devrais l'entendre, c'est un grand musicien et un remarquable cavalier. Il a le projet de créer un spectacle du type de ceux de Bartabas avec des chevaux criollos et de la musique locale, tango, milonga et candombe, modernisée* ». L'homme se penche vers lui et lui broie la main en silence, sombre et concentré. Julien cherche à formuler une déclaration de guerre, ce qui lui prend du temps, lorsqu'Olga Strehunlinden fait son apparition : « *Oh !* », s'exclame-t-elle à l'attention de Sophie, « *ton mari a été éblouissant. Quelle assurance ! Quelle profondeur dans ses jugements artistiques ! Je peux te l'enlever deux minutes ?* ». Ambiance tendue. Julien n'a pas le temps de réagir qu'Olga l'a déjà entraîné. Lorsqu'ils sont à distance, elle lui glisse à l'oreille :

- Tu ne vas pas te battre avec ce lourdaud quand même, tu n'as aucune chance. Il a plus de muscles dans son seul annulaire gauche que toi de la tête au pied, mais pas plus de cervelle. Il n'y a rien entre lui et ta femme. Ta femme n'a pas d'amant, Julien.

Julien la dévisage, médusé.

- Qu'en sais-tu ? demande-t-il.

- Tout se sait ici, sauf pour l'instant la nuit que tu as passée chez moi. Quelqu'un veut te voir, Julien. Dans une heure, le temps de saluer tes admirateurs et d'embrasser ta femme et tes enfants, tu sors d'ici, tu traverses le parque Rodo en vérifiant qu'on te suit pas et tu vas à ce café. Tu le reconnaîtras.

Elle a glissé dans la main de Julien un papier plié avec l'adresse et disparaît dans la foule.

*

Julien hésite une heure et se rend au lieu indiqué avec un pressentiment. Le pressentiment est confirmé : dans le coin le plus obscur, attablé devant un medio y medio, mélange de vin mousseux et de vin blanc, Michel Dablanc le regarde avancer.

- Tu existes donc bien, constate le COCAC après s'être installé en face de son ami.

Il est calme. Il a pris son temps pour parler. Il sent que tout va s'éclaircir.

- Je suis aussi réel qu'on peut l'être, sourit Dablanc, même si tu ne m'en voudras pas de rester discret. Je suis en mission.

- Où dors-tu ? Veux-tu venir à la maison ?

- Je loge chez Olga.

- C'est elle, votre contact en Uruguay ? Pas moi.

- C'est elle et toi. Nous la rémunérons, tu es payé également par le gouvernement.

Julien commande une caïpirinha, l'alcool des infiltrés. Il regarde autour de lui, personne de suspect. Malgré tout, il est content de retrouver son ami.

- Cela fait longtemps ? demande-t-il à voix basse.

- Presque vingt ans qu'elle travaille pour nous. Nous avions plusieurs contacts pendant la dictature, moins bien adaptés à la démocratie. Olga est parfaite, elle connaît tout le monde. Elle dispose d'une couverture magnifique et est particulièrement fine.

- Plus que moi ?

- Oui, mon bon Julien. Je vois que tu es devenu un excellent COCAC, mais tu es un très mauvais espion. Tu t'es laissé manipulé par elle et tu n'as rien vu : quel complot pouvait-il bien avoir entre Foussier et Delgado ?

- La déstabilisation des pays voisins ? La vente d'armes ? Les financements illicites ?

- Rien que ça ? Tu sais, la vie est beaucoup plus banale qu'on ne le croit, et les activités de renseignement bien ternes en général. Sur le terrain, nous glanons de l'information en essayant de ne pas être repérés et en laissant le soin aux grosses têtes du boulevard Mortier de les recouper et de les exploiter. Puisque tu insistais, nous avons scanné les comptes bancaires de ton ambassadeur : rien à signaler. En revanche, ta virée à Chuy a été un exploit qui restera dans les annales de notre compagnie. Tu as réussi à alerter les polices brésiliennes et uruguayennes à tel point que j'ai dû changer de numéro de portable et qu'il a fallu mener une opération en urgence pour arrêter l'enquête que les forces de l'ordre uruguayennes menaient sur toi : elles étaient persuadées de l'existence d'un réseau de trafic de drogue dirigé de l'ambassade de France par votre chiffreur et par toi ! Tu peux te vanter d'avoir provoqué notre incident de renseignement le plus grave depuis trente ans en Uruguay !

Julien est confus. Il avait bien l'intuition d'avoir été maladroit.

- Et pour couronner le tout, conclut Dablanc en riant, tu as trouvé le moyen de passer une nuit avec une espionne, sans même en profiter pour coucher avec elle mais en te compromettant gravement. Imagine qu'Olga ait travaillé pour une puissance étrangère : dans quel pétrin te serais-tu fourré, et nous aurais-tu fourrés par la même occasion ?

Nul. Il avait été nul. L'homme choisi pour sa discrétion avait été catastrophique. Il avait multiplié les bourdes sans même s'en rendre compte.

- Tu as bien dû te marrer, fait-il d'une toute petite voix, quand tu as lu mes lettres à tes neveux. Je te parlais d'un complot qui n'avait jamais existé. Je me suis bien fait avoir !

Il en est marri. Ces échecs le ramènent au temps de Paris où il était abonné au désastre et considéré par son entourage comme un loser inoffensif et définitif. Michel Dablanc baisse la tête, un peu embêté.

- Il faut que je t'avoue quelque chose.

Mais Julien a compris.

- Je sais, coupe-t-il. Le code des lions, cigales et perroquets était une plaisanterie que tu as montée avec les Six doigts. Vous vous êtes bien foutus de moi, les amis. Vous attendiez mes courriers pour les lire ensemble, en vous tordant de rire à l'idée de ce petit secrétaire de chancellerie à l'autre bout du monde qui croyait faire dans l'espionnage et envoyait de ridicules contes pour enfant avec un code auquel un demeuré de six ans n'aurait pas cru. Tu as raison, je ne suis pas fait pour ce métier.

- Je suis désolé, Julien, ce n'était pas très malin de ma part.

- Pourquoi as-tu pris le risque de montrer aux autres que je travaillais pour la Piscine ?

- Pour qu'ils ne le croient pas, justement. C'était tellement gros qu'aucun d'entre eux ne pouvait penser que je t'avais demandé quelque chose de sérieux. La dissimulation parfaite.

- Tu es tordu, Michel !

- Exact, mais sais-tu pourquoi je suis là, camarade ?

- Non.

- Parce qu'Olga m'a parlé de ton accident. Tu as failli perdre la vie dans cette affaire de Chuy. Chuy ne faisait pas partie de la plaisanterie, j'étais sérieux lorsque je te demandais de m'informer en temps réel de faits suspects. Je ne pouvais imaginer que cela allait provoquer ce drame. Je ne me le serais jamais pardonné s'il t'était arrivé quelque chose de grave. Tu es mon ami, Julien. C'est ce que je suis venu te dire aujourd'hui. Tu n'es pas fait pour les activités de renseignement, je m'étais trompé, nous n'aurons pas le plaisir de travailler ensemble comme je l'espérais depuis dix ans. Mais je compte sur ton silence total sur tout ce que tu sais, et peut-être que tu me conserves un peu d'amitié.

Julien réfléchit. Michel a l'air sincère. Il ne pouvait prévoir que l'impétrant, qui avait à Paris le profil parfait pour ne pas se faire remarquer, allait se révéler aussi catastrophique sur le terrain.

- OK, Michel, dit-il lentement. J'ai failli perdre la vie, mais je te dois ma nomination en Uruguay, la plus grande chance de mon existence avec mon mariage et mes enfants. J'ai un peu mûri depuis quelques mois. Tu es venu chercher mon pardon, je te le donne à deux conditions : la première est que les Six doigts de la main cessent définitivement de se moquer de Guillaume et de moi ; la seconde est que tu me soutiennes l'année prochaine pour mon passage en A.

Surpris, Dablanc regarde le COCAC avec attention. Cet homme a changé. Il a appris à défendre ses intérêts.

- C'est d'accord, dit-il avec un sourire. D'accord sur les deux conditions. Et maintenant, va te réconcilier avec Sophie. Votre bouderie est ridicule.

- Comment sais-tu ?

- Tout se sait, en Uruguay.

*

Le press-book que Julien conserve sous la pile de ses sous-vêtements est épais comme une citrouille. La chouette s'est envolée, remplacée par un diplomate agrégé de bulgare et père de deux enfants devenus les meilleurs amis de Cédric et Gaël. La taupe est aveugle et a conservé toute son affection au jeune COCAC. Elle est devenue familière de la maison de Carrasco où Sophie la reçoit en fumant de longues cigarettes de contrebande. Olga a écrit un roman dont l'intrigue se situe dans la Vienne de l'immédiat après-guerre. On y découvre un agent minuscule, très maigre, au beau visage français mangé par l'ombre de son éternel feutre mou. Aurélie et Guillaume se sont mariés. Les beaux-parents se sont résignés à l'inévitable et tentent de populariser à Montevideo des recettes de cuisine française. Monsieur Yffenec a même évoqué avec la taupe l'idée de créer un marathon sur la rambla, projet que Delgado a jugé trop révolutionnaire. Les emplois ont été préservés au sein du service culturel en raison de son efficacité et l'Uruguay va bien. Il faudra le quitter à l'été, après plusieurs prolongations de mission : vient d'être rendue officielle la nomination du COCAC sur un poste magnifique au service scientifique de l'ambassade de France à Washington ! La progression de carrière se poursuit. Julien Ennac, cadre A du ministère des affaires étrangères, prend ses enfants sur les genoux. Ils sont beaux. Ils sont fiers de leur père. Sous le regard attendri de leur mère, ils le serrent très fort entre leurs petits bras bilingues et optimistes.

Mais cela ne suffit pas tout à fait. Il a comme un regret, un goût d'inachevé. Il n'a pu mener à bien toutes les tâches qui lui ont été confiées. Il y pense encore sous un soleil de plomb, alors que la place de l'Indépendance reste hors d'atteinte. Elu quelques mois plus tôt, Tabaré Vázquez va recevoir l'écharpe de son prédécesseur, José Mujica. Cinq années ont passé. C'est la même cohue, le même désordre indescriptible, et Julien n'a pu avoir accès aux sièges officiels. Un mouvement de foule le sépare brièvement de Sophie et des enfants. Un homme apparaît, un mètre soixante-huit environ, entre cinquante-cinq et cinquante-sept ans, une moustache triste, des cheveux blondins filasses, une veste marron, un pantalon de tergal bleu cigarette, des chaussures en vinyle noir, des yeux pastel fuyants, une gourmette d'étain terne au poignet et penché en avant comme pour se confondre avec le décor.

- Monsieur Ennac ? demande-t-il.

- Oui. Non..., répond Julien qui ne sait trop s'il doit se dévoiler.

- Désolé de vous déranger, reprend l'homme sans le regarder.

Il parle français avec un fort accent étranger, roulant considérablement les « *r* », un accent ouralien.

- On nous a beaucoup parlé de vous, monsieur Ennac, et nous avons appris votre prochaine mutation dans un pays impérialiste. On nous a vanté votre ambition, votre sens de l'observation et votre discrétion. Peut-être pourriez-vous consacrer ces qualités à une cause... Notre ambassade a quelque chose à vous proposer...

Le conseiller ouvre de grands yeux affolés.

- Quelle ambassade ?

L'homme prend un air gêné, visiblement peu fier du procédé.

- Celle qui connaît ce qui s'est passé dans un appartement de la rambla Mahatma Gandhi, un soir de juin 2010...

Tout se sait en Uruguay, et les destins tiennent souvent à peu de chose, un frôlement de lèvres, un déshabillé, une idée vaporeuse.

Table des matières

Mis en page en Janvier 2021 par Gustave Le Roux

Achevé d'imprimer en janvier 2021
sur les presses de
La Manufacture - Imprimeur – 52200 Langres
Tél. : (33) 325 845 892

N° imprimeur : 210072 - Dépôt légal : février 2021
Imprimé en France